ARCHE

Marghanita Laski

HERZ, SPRICH LAUTER!

ROMAN

Aus dem Englischen
von Sabine Roth

ARCHE

Die Originalausgabe erschien 1949 unter dem Titel
Little Boy Lost bei The Cresset Press, London.
Die deutsche Erstausgabe erschien 1954 unter dem Titel
Wer sucht wird gefunden im Arche Verlag, Zürich.
Die vorliegende Ausgabe ist eine Neuübersetzung.

FSC
www.fsc.org
MIX
Papier aus verantwortungsvollen Quellen
FSC® C014496

ISBN 978-3-7160-2778-3

Neuausgabe
1. Auflage 2019

Der Titel stammt aus dem Gedicht »Er weiß nicht, ob er sie liebt« von Erich Kästner und ist zitiert aus: *Ein Mann gibt Auskunft*. In: Werke, Band 1.
Außerdem wird zitiert aus: Charles Dickens: *Dombey und Sohn*. Aus dem Englischen von Carl Kolb. In: Sämtliche Werke, Band 10 und 11.
Lektorat: Angela Volknant, Hamburg

Gesetzt aus der Sabon LT Std
Satz: Pinkuin Satz und Datentechnik, Berlin
Druck und Bindung: GGP Media GmbH, Pößneck
Printed in Germany

www.arche-verlag.com
www.facebook.com/ArcheVerlag

I DER VERLUST

ERSTES KAPITEL

Es war Weihnachten, als Hilary Wainwright vom Verschwinden seines kleinen Sohnes erfuhr, der Weihnachtstag 1943.

Der lamettageschmückte Baum mit seinen Geschenken strahlte hell in dem dunklen Zimmer. Auf jedem Zweig brannten flackernd die kleinen rosa Kerzen, und in ihrem sanften Schein beobachtete Hilary die Gesichter um ihn herum – Mutter, Schwester, sein kleiner Neffe, die Nichte. Die Augen der Kinder leuchteten andächtig, die laute Fröhlichkeit seiner Schwester war einem gerührten Ausdruck gewichen, und in dem warmen Kerzenlicht schien es möglich, aus den Zügen seiner Mutter nicht die ablehnende Kühle herauszulesen, der er unweigerlich mit Bitterkeit begegnete, sondern den Trost und die Liebe, die er bis zum heutigen Tag bei ihr suchte.

Und mein Gesicht?, fragte er sich. Verwandelt dieser magische Glanz auch mich? Wenn sie jetzt zu mir hinschauen würden, sähen sie dann statt dem Fremden, dem verdächtigen Intellektuellen, der Scheu und Abwehr bei ihnen auslöst, den lustigen Onkel, den liebevollen Bruder, den gehorsamen Sohn?

Die dünnen Kerzen brannten rasch herunter. Ihr Schimmer ließ nach, und die Kinder warteten voller Ungeduld, den Baum plündern zu dürfen. Irgendwann kommt der Tag, an dem dies mehr als nur schöner Schein ist, dachte Hilary, der Tag, wenn John endlich bei mir ist, und im Geist sah er zwischen den beiden aufgeregten Kindern ein drittes – seinen eigenen Sohn.

»Licht an!«, befahl Mrs Wainwright.

Augenblicklich zerstob die Illusion. Das elektrische Licht in seinem rosa Alabasterschirm überstrahlte die tropfenden Kerzen, ließ den Baum deplatziert wirken zwischen den Nussbaumtischen und den Sesseln aus schwerem Samt. Die Kinder nörgelten an ihren Geschenken herum – »Ich wollte den Vierer-Baukasten, und Onkel Hilary hat mir nur den Zweier geschenkt«, beschwerte sich Rodney, und Hilary, der sich im Vorweihnachtsrummel durch die Spielzeugläden gekämpft und beim Kauf ein anderes Kind vor Augen gehabt hatte, dachte, so undankbar wäre John ganz bestimmt nicht, und sehnte sich nur umso stärker nach dem kleinen Jungen, den er nie gekannt hatte.

»Meine beiden müssen langsam heim«, sagte Eileen schließlich. »Schön, dass wir uns mal wieder gesehen haben, Hilary. Lässt dir denn dieser Geheimauftrag, den du da hast, wenigstens Zeit für deine hochgeistigen Gedichte?« Sie lachte laut über die eigene Frage, während sie sich in ihren dicken Bisammantel zwängte. »Auf geht's, Blagen«, rief sie und trieb ihre Kinder vor sich her.

»Herzig, die zwei Kleinen, nicht wahr?«, sagte Mrs Wainwright, als sie von der Haustür zurückkam. »Sie sind groß geworden, findest du nicht? Nachdem du uns ja eine halbe Ewigkeit nicht mehr besucht …« Sie brach jäh ab.

»Wozu denn auch?«, sagte Hilary melancholisch, und dann sahen er und seine Mutter sich bestürzt an.

Eilig sagte sie: »Ich dachte, nach der üppigen Mahlzeit vorhin brauchen wir sicher nicht viel zum Abendessen, deshalb habe ich Annie gebeten, uns ein paar Brote zu belegen. Sie stehen auf dem Teewagen bereit, wenn du so gut wärst und ihn hereinholst.« Sie setzten sich in die Sessel rechts und links von dem elektrischen Kaminfeuer, und während sie aßen, kamen sie etwas verhalten überein, welches Glück Hilary habe, dass er über Weihnachten Urlaub bekommen hatte, und wie schön es doch wäre, wenn Eileens Mann George ebenfalls in England stationiert sein könnte.

Danach, als der Kaffee durch den gläsernen Kaffeebereiter lief, hatte Mrs Wainwright den glücklichen Einfall, das alte Fotoalbum herauszuholen. »Das ist das allererste Bild von dir«, sagte sie. »Da warst du gerade mal drei Wochen alt.« Und die Erinnerung an die vorbehaltlose Liebe, die sie ihm als Säugling hatte geben können, hüllte sie beide in wohltuende Nostalgie. »Hier ist dein Vater nett getroffen – kurz vor unserer Hochzeit war das«, sagte sie, und in wundersamer Weise unverkennbar blickte da der alte Doktor aus dem Gesicht des tatkräftigen jungen Mannes, der am Stab der Sonnenuhr lehnte und nichts ahnte von dem Tod, durch den seine Frau und sein Sohn zusammengespannt werden sollten in erbittertem, unaufhörlichem Zwist. »Ach, und unser altes Haus«, sagte Hilary und nahm ihr das Album aus der Hand, und schon regte sich wieder der versteckte Unmut, der sinnlose Zorn auf die Mutter, die sich nicht in die Rolle hatte fügen wollen, die er ihr zugedacht hatte – die der würdigen Witwe in dem Queen-Anne-Haus am Domplatz –, weil ihr die Bridge-Gesellschaften und der hohle Klatsch eines Londoner Vororts wichtiger waren. Doch an diesem Abend nahm ihm Mrs Wainwright, statt seine instinktive Feindseligkeit mit der ihrigen zu erwidern, das Album wieder weg und blätterte zurück. »Schau«, sagte sie, »erinnerst du dich noch an die Ferien in Cliftonville?«, und Hilary sah sich als Fünfjährigen mit blanken braunen Schuhen, grauer kurzer Hose und Jacke, die Strümpfe ordentlich hochgezogen, den runden grauen Filzhut tief über den lachenden Augen, ein fröhliches, selbstgewisses Grinsen im Gesicht. Seine Mutter warf einen raschen Blick zu ihm hinüber und fragte dann: »Ob der kleine John dir wohl ähnlich sieht?« »Ja, das frage ich mich auch oft«, erwiderte Hilary – aus tiefstem Herzen fragte er es sich, und seine Mutter sagte vorsichtig: »Ich hoffe so sehr, dieser furchtbare Krieg ist bald vorbei, sodass du hinfahren und ihn heimholen kannst.«

Hilary zögerte. Ist es möglich, dachte er, dass es doch richtig war, herzukommen? Dass sich all die Jahre des Grolls und des Missverstehens doch auslöschen lassen und ich bei ihr jetzt und für immer den Trost finde, nach dem ich so hungere? Vielleicht, wenn ich es schaffe, ihr einzugestehen, wie sehr ich mich nach meinem Sohn sehne – und im selben Moment klingelte es an der Tür.

»Wer kann das sein?«, fragte Mrs Wainwright ungehalten, und Hilary sagte: »Annie hat frei, oder? Ich gehe schon«, und er erhob sich und ging zur Haustür.

Vor der Tür stand ein Fremder. Er trug einen schäbigen Regenmantel mit Gürtel und einen mehrfach um den Hals geschlungenen Wollschal. Er war etwa in Hilarys Alter und wie dieser groß und dünn, aber blond, mit hellblauen, sehr müden Augen.

Als Hilary die Tür öffnete, machte der Mann eine schnelle Vorwärtsbewegung, wie um seinen Fuß in den

Spalt zu stellen, so als verschaffte er sich oft Einlass an Türen, die bei seinem Anblick gleich wieder geschlossen wurden – wobei Hilary, als er es sah, unwillkürlich dachte, dass das Unrecht bei denen lag, die ihn auszusperren versuchten. Darum öffnete er die Tür noch etwas weiter und wartete.

»*Vous êtes Hilary Wainwright?*«, fragte der Fremde, und auf Hilarys überraschten Blick hin fuhr er rasch und mit gesenkter Stimme auf Französisch fort: »Wenn Sie allein sind, dürfte ich dann hereinkommen und Sie sprechen? Es ist wichtig, sonst würde ich Sie nicht stören.«

Doch nun musste Hilary trotz seiner intuitiven Sympathie für den Fremden auf der Hut sein. Sein Einsatz war nicht nur geheim, er war auch hochwichtig. »Können Sie mir vielleicht sagen, worum es geht?«, fragte er. »Ich habe eigentlich Urlaub, wissen Sie.«

Der Franzose lächelte, was seinen Zügen erstaunlich viel von ihrer müden Angespanntheit nahm. Er sagte: »Ich habe Ihre Adresse über Ihren Brigadeführer erhalten« – er nannte den Namen. Dann fügte er hinzu: »Erinnern Sie sich an Jeanne? Ich war mit Jeanne verlobt.«

Hilary erschrak und konnte ein kurzes Zittern nicht unterdrücken. Er hatte ganz selbstverständlich angenommen, dass die Ankunft des Fremden in irgendeiner Weise mit seinem Einsatz zusammenhing, und der Name seines Brigadeführers hatte ihn in dieser Annahme bestätigt. Jetzt – ohne einen Glaubwürdigkeitsbeweis, der ihm im Falle eines Irrtums als Rechtfertigung hätte dienen können – traute er diesem Mann. »Kommen Sie herein«, sagte er, und seine Mutter rief aus dem Wohnzimmer: »Wer ist da, Hilary?«

Er ließ den Fremden in der Diele stehen und machte

ein paar schnelle Schritte in das Zimmer. »Jemand aus meiner Einheit, der mich dienstlich sprechen muss«, sagte er. »Darf ich ihn mit ins Esszimmer nehmen?«

»Himmel noch mal«, sagte Mrs Wainwright, »können sie dich nicht mal an Weihnachten in Ruhe lassen? Von mir aus, geh mit ihm ins Esszimmer – da ist schon aufgeräumt.«

Er schloss die Wohnzimmertür und führte den Fremden in das angrenzende Esszimmer. »Legen Sie ab«, sagte er. »Ich hole uns etwas zu trinken«, und er öffnete die Tür am Sideboard und holte eine Flasche Bier und zwei Gläser heraus.

Der Franzose zog Mantel und Schal aus und ließ sich schwer in den Armstuhl am Kopfende des Tisches sinken. Seine Gesichtshaut spannte vor Erschöpfung, und beim Sprechen fielen ihm immer wieder die Augen zu, worauf er sie jedes Mal überweit aufriss, wie um sich mit Gewalt wach zu halten, bis er das Gespräch zu Ende geführt hätte.

Er sagte: »Ich sollte gleich vorausschicken, dass ich nur vierundzwanzig Stunden in England bleiben kann, und außer den Leuten, die ich hier aufsuche, darf niemand wissen, dass ich hier bin. Mein Name ist übrigens Pierre Verdier, aber das vergessen Sie bitte gleich wieder, bis der Krieg vorbei ist. Es ist ein großes Wagnis, dass ich zu Ihnen komme, es verstößt gegen alle Pflicht und Disziplin, aber wenn Sie mich zu Ende angehört haben, werden Sie verstehen, warum ich mich darüber hinwegsetze. Nur muss ich mich darauf verlassen können, dass keiner etwas erfährt – Ihr Brigadeführer weiß Bescheid, aber sonst niemand.«

Hilary sagte: »Wenn Sie mit Jeanne verlobt waren,

müssten wir uns doch eigentlich begegnet sein. Aber ich erinnere mich gar nicht an Sie.«

»Nein, nein«, sagte der Franzose, »wir haben uns erst nach Kriegsausbruch verlobt, und danach waren Sie und ich wohl nie zur selben Zeit in Paris. Es war auch keine offizielle Verlobung. Nachdem Frankreich geschlagen worden war, konnte ich Jeanne noch manchmal besuchen, und gelegentlich habe ich auch Ihre Frau gesehen.«

Er hielt nervös inne und sah Hilary an, aber der saß nur steif auf seinem Stuhl und starrte vor sich hin. Pierre Verdier suchte nach Worten. »Sie wissen …? Ich bin nicht der Erste, von dem Sie es erfahren?«

Hilary sagte schroff: »Ich weiß, dass Lisa tot ist. Ich habe einen Brief vom Außenministerium bekommen.«

Er klappte die Brieftasche auf, zog den Brief hervor und reichte ihn Pierre. In hölzerner Amtssprache stand dort zu lesen, das Ministerium habe auf nicht näher bezeichneten Wegen Kenntnis davon erhalten, dass Lisa Wainwright im Dezember 1942 in Paris durch die Hand der Gestapo zu Tode gekommen sei. Näheres sei derzeit nicht bekannt, man werde Hilary jedoch kontaktieren, falls man mehr erfahre.

Pierre las den Brief langsam und gab ihn dann zurück. »Und hat man Sie kontaktiert?«

»Nicht direkt«, sagte Hilary. »Auf den Brief hin habe ich geschrieben und gefragt, ob sie etwas von dem Kind wüssten, aber darauf hieß es auch wieder nur, sie wüssten nichts, würden sich aber melden, wenn sie etwas hörten. Seitdem ist nichts mehr gekommen, außer …« Er brach ab und schluckte, um die plötzliche schmerzhafte Trockenheit in seinem Mund zu lindern.

Pierre wartete.

»Außer ein Brief von Lisa«, sagte Hilary nach einiger Zeit und mit spürbarer Überwindung. »Ich habe nur zweimal von ihr gehört, nachdem ich sie 1940 in Paris zurückgelassen hatte. Kurz nach meiner Rückkehr nach England bekam ich eine Rotkreuz-Postkarte – ganze fünf Worte, aber immerhin wusste ich dadurch, dass sie und das Kind wohlauf waren. Dann, vielleicht drei Monate später, kam zwar kein Brief, aber ein Mann von der Royal Air Force. Ich war zu der Zeit hier bei meiner Mutter – ich war auf dem Weg aus Frankreich heraus verwundet worden, ein Beinschuss, der nicht richtig heilen wollte, und woanders konnte ich nicht hin.« Die Erklärung war für einen Fremden bedeutungslos, dennoch fühlte er sich gezwungen, sie abzugeben. »Dieser Mann war über Frankreich abgeschossen worden, und im Zuge seiner ›Ausschleusung‹, wie er sagte, hatte er eine Nacht in unserer – in Lisas Wohnung verbracht, und sie hatte ihn gebeten, mir Grüße zu überbringen. Er war nicht sehr mitteilsam – einen Brief für mich hätte sie ihm lieber nicht mitgegeben, falls er erwischt würde, sagte er –, aber es ging ihnen offenbar gut. Nicht viel später las ich seinen Namen dann in einer Gefallenenliste. Und danach nichts mehr« – seine Stimme, bisher sorgsam beherrscht, wurde lauter, heftiger –, »nichts, gar nichts, bis der Brief vom Außenministerium kam.«

Pierre sagte behutsam: »Und der letzte Brief – der Brief von Lisa?«

Auf dem Polsterstuhl im Esszimmer seiner Mutter sitzend, rief Hilary sich Lisas letzten Brief ins Gedächtnis zurück.

»Darling Hilary«, hatte der Brief begonnen. Der Rest war auf Französisch geschrieben.

Dieser Brief wird Dich erreichen, da bin ich mir sicher – auch wenn es das Letzte ist, dessen ich mir sicher bin. Ich glaube inzwischen, ich habe ein schweres Unrecht an dir begangen. Als Du uns hier in Paris zurückgelassen hast, wäre ich es Dir vielleicht schuldig gewesen, unseren Schutz über alles andere zu stellen. Sobald es mir besser ging, hätte ich mich irgendwie mit dem Kind in die unbesetzten Gebiete durchschlagen müssen, um dort zurückgezogen zu leben und zu warten – wobei ich auch dort hätte inhaftiert werden können, ob nun meiner polnischen Herkunft wegen oder weil ich einen Engländer zum Mann habe, wer kann das jetzt sagen. Aber damals schien es mir richtig, daheim auf Dich zu warten, und später genauso richtig, die Aufgabe zu übernehmen, die ich übernommen habe – ich weiß, dass Ralph heil durchgekommen ist, und so wird er bei Dir gewesen sein, und Du wirst wissen, wovon ich spreche. Ich war überzeugt, dass ich diese Arbeit tun muss, dass sie das Mindeste war, was ich tun konnte, und dass die Risiken einfach die Risiken waren, die ein jeder von uns auf sich nehmen muss, wenn er es verdienen will, zu überleben. Aber jetzt merke ich, dass ich feige bin, und ich vergehe vor Angst um Dich und um unser Kind.

Eine minimale Chance besteht, dass ich mich unnötig sorge, aber daran glaubt kaum einer. Wir glauben, dass wir aufgeflogen sind und dass alles aus ist, und doch kann ich nicht fliehen, kann nicht versuchen, mich zu retten, denn falls ich mich doch unnötig sorge, gäbe ich durch die Flucht zu viel preis. Ich habe John zu Jeanne gebracht.

Sie ist in die Sache, bei der ich mitmache, nicht verstrickt, und bei ihr wird er sicher sein, bis dieser Albtraum vorbei ist und Du ihn zu Dir holen kannst.

Mein Liebster, ich versuche, ganz ruhig zu schreiben und Dir alles Wichtige zu sagen, aber ich finde nicht die Worte, die Qual ist zu groß. Ich habe Dich verloren, fürchte ich, verloren für immer. Wir waren so glücklich, und wir könnten es so leicht wieder sein. Ich sehe mich in der Wohnung um, und da sitzt Binkie auf dem leeren Bettchen, ein rosa Samtohr hochgestellt, eins heruntergeklappt, und ich denke daran, wie Du ihn mir auf dem Jahrmarkt in Carpentras geschossen hast, und es tut so weh, dass ich nicht weiterschreiben kann. Wie oft habe ich all diese Jahre allein im Bett gelegen und an den Bauernhof Deines Onkels gedacht, auf dem wir eines Tages wohnen wollten, nicht nur mit unserem kleinen Sohn, sondern mit all den anderen Kindern, die wir uns immer gewünscht haben, ich als Bauersfrau und Du mit Deinen Gedichten – den Hof, auf dem wir zusammen alt werden wollten.

Gut, was ich über uns sagen möchte, über Dich und mich, weißt Du ohnehin. Aber Du hast unser Kind nie erlebt, und ich wage es nicht, dies ungesagt zu lassen: Hilary, Du musst kommen und unser Kind retten. Sobald die Lage es zulässt, musst Du kommen und John bei Jeanne abholen und ihm Englisch beibringen und ihn zu Deinem Sohn machen. Ich kann alles ertragen, selbst für immer von Dir getrennt zu sein, nur nicht den Gedanken, dass unser Kind ohne uns aufwachsen muss, ohne die Liebe, die keiner außer uns ihm geben kann. Hilary, ich halte alles aus, wenn nur mein Kind in Sicherheit ist.

L.

Hilary bog langsam die Finger auseinander und zwang seine Gedanken zurück in die Gegenwart, zu Pierre, der wartend dasaß, die Hände auf dem Tisch gefaltet.

»Und der letzte Brief?«, hatte Pierre gefragt. »Der Brief von Lisa?«

»Das war merkwürdig«, sagte Hilary. »Der Umschlag trug Lisas Handschrift und war mit einer englischen Briefmarke frankiert. Sie hatte ihn hierher adressiert, und er wurde mir zu meiner Einheit nachgeschickt. Es war ein richtiger Schock, ihre Schrift zu sehen, und dann diese englische Marke. Bevor ich ihn öffnete, dachte ich sogar eine Sekunde lang, dem Außenministerium wäre ein grausamer Fehler unterlaufen und sie wäre am Leben und hier. Aber als ich ihn dann las, wurde natürlich alles klar.«

»Wann hatte sie ihn geschrieben?«, fragte Pierre.

»Er war nicht datiert«, sagte Hilary, fast wie zu sich selbst. »Sie muss ihn unmittelbar vor ihrer Verhaftung geschrieben und jemandem mitgegeben haben, von dem sie wusste, dass er nach England ging. Sie schrieb, Jeanne hätte den Jungen zu sich genommen.« Er sah auf, und der Blick, den er auf Pierre richtete, wurde plötzlich bohrend.

»Ja«, sagte Pierre, »deshalb bin ich hier.«

Er schwieg einen Moment, die Augen geschlossen. Dann öffnete er sie und sagte fast obenhin: »Wie schon gesagt, meine Pflicht verbietet es mir eigentlich, zu Ihnen zu kommen. Sie verbietet mir natürlich auch, Ihnen all das zu erzählen, was Sie erfahren müssen, um die Zusammenhänge zu verstehen, aber das ist jetzt zweitrangig.

Jeanne und Lisa waren schon seit ihrer Studienzeit an der Sorbonne befreundet, das wissen Sie ja, deshalb habe ich Lisa nach meiner Verlobung mit Jeanne auch öfter getroffen. Damals war sie schwanger, und Sie waren an der Front. Komisch, dass wir uns nie begegnet sind, aber offenbar hatten wir nie gleichzeitig Urlaub.«

»Jetzt fällt es mir wieder ein«, sagte Hilary langsam, »Lisa hat mir einmal von Ihnen und Jeanne erzählt, aber nur ganz beiläufig – ich habe nicht groß darüber nachgedacht.«

»Kurz nach dem Waffenstillstand«, fuhr Pierre fort, »schloss sich Lisa einer Gruppe an, die englischen Gefangenen zur Flucht verhalf. Ich weiß, dass Jeanne das für falsch hielt, aber Lisa sagte, es sei ihre Pflicht, und zu der Zeit blieb uns allen nur übrig, das zu tun, was wir für unsere Pflicht hielten. Jeanne wählte einen anderen Weg.« Er brach ab und sagte dann mit einem freudlosen Lachen: »Ich verrate Ihnen so viel, da kann ich Ihnen auch das sagen: Jeanne arbeitete bei einer Widerstandszeitung mit.«

»Und Sie?«, fragte Hilary.

»Ich war und bin im Untergrund«, sagte Pierre trocken. »Das brachte mich weiterhin regelmäßig mit Jeanne zusammen, und zweimal traf ich auch Lisa, beide Male nur ganz kurz, in einem Café.«

Es fiel Pierre sichtlich schwer, all dies zu erzählen; Hilary merkte deutlich, dass er nichts sehnlicher wünschte, als es hinter sich zu bringen, aber er konnte nicht an sich halten und fragte: »Wie sah sie aus?«

Pierre sagte sehr sanft und ungezwungen: »Wunderschön, sogar noch schöner als vor dem Kind. Sie war so klein und zart, ich glaube, wir alle bangten um sie mehr als um irgendjemand anderen, aber sie wirkte immer ruhig und heiter und unerschrocken. Es hat für mich bis heute etwas Wohltuendes, an sie zu denken, mit ihrem glatten goldenen Haar und den blauen Augen und dem feingeschnittenen Gesicht.«

»Danke«, sagte Hilary. »Entschuldigen Sie die Unterbrechung. Erzählen Sie doch bitte weiter.«

Pierre sagte: »Jeanne habe ich zum letzten Mal in ihrer Wohnung gesehen, an dem Abend, nachdem die Gestapo Lisa geholt hatte. Ihr Sohn schlief nebenan – Jeanne hatte ihn zwei Tage vorher zu sich genommen. Wir dachten alle, dass Jeanne nicht gefährdet sei; wir glaubten, die Gestapo wäre nur dem Fluchthelferring auf die Spur gekommen.«

Diesmal wagte ihn Hilary nicht zu unterbrechen, um die Frage zu stellen, die im Raum stand.

»Wir haben viel geredet an diesem Abend«, sagte Pierre leise. »Wir glaubten uns zwar noch in keiner unmittelbaren Gefahr, aber trotzdem konnte jedes Treffen das letzte sein, und der ganze Abend war von dem Gefühl beherrscht, dass wir an einem Endpunkt angelangt waren. Jeanne blickte auf ihre Widerstandsarbeit zurück wie auf ein Kapitel, mit dem sie abgeschlossen hatte. Was sie getan habe, sei verkehrt gewesen, meinte sie; wir alle hätten von Grund auf verkehrt gehandelt. ›Wir haben die Dinge jahrelang nur aus der Sicht von Bewegungen und Gruppen betrachtet‹, sagte sie, ›statt aus der des Einzelnen. Wir haben das Urteil der Gruppe zu unserem gemacht und ihm unsere Moral untergeordnet.‹ Und sie sagte: ›Jetzt weiß ich, dass das falsch war. Das einzig Gute, das wir tun können, die einzigen guten Taten, derer wir sicher sein können, sind unsere eigenen – das Gute, das ein jeder von uns als Einzelner tut. Als Gruppe tun wir oft Böses, damit daraus Gutes entsteht, und sehr oft tritt dieses Gute nicht ein, und alles, was uns bleibt, ist das sinnlos begangene Böse.‹

Sie werden verstehen«, fuhr Pierre fort, »dass das im Frankreich jener Tage eine haltlos idealistische Sichtweise war. So gut wie alles, was ich persönlich tat, war nach Jeannes Definition böse – Spionage, Zerstörung, Mord –, und wie wir alle glaubte auch ich, dass das notwendig und richtig war, nicht aus sich heraus natürlich, aber weil es einem guten Zweck diente. Also argumentierte ich dagegen, aber Jeanne schien wie verwandelt – sie hatte völlig den Kurs gewechselt. Sie sagte: ›Des Zwecks kann man sich nie gewiss sein, nur der Mittel, und darum müssen wir dafür sorgen, dass die Mittel gut sind. Die einzigen Motive, derer wir uns sicher sein können, sind unsere eigenen; nur die können wir prüfen und uns vergewissern, dass sie rein sind. Um Gewissheit zu haben, muss jeder von uns im engsten Umkreis Gutes tun, dort, wo er den Ausgang beurteilen kann, denn nur so ist Verlass darauf, dass etwas Gutes herauskommt.‹ Dann sah sie zu der Tür hinüber, hinter der das Kind schlief, und sagte: ›Deshalb scheint es mir jetzt am wichtigsten, Lisas Sohn zu beschützen und ihn seinem Vater zu übergeben. Wenn mir das gelingt, dann weiß ich, ich habe etwas getan, das wahrhaft und definitiv richtig ist.‹

Ich sagte: ›Aber die Zeitung?‹, und sie antwortete: ›Das Kind ist wichtiger.‹ Auch da versuchte ich ihr zu widersprechen, denn für unsere Bewegung war die Zeitung extrem wichtig, und sie sagte, wegen der Zeitung seien schon viele Menschen gestorben, und sie wisse, dass das schlecht sei. Das Kind am Leben zu halten und zu beschützen sei etwas Gutes, und darum habe das für sie Vorrang.«

Pierre hob den Blick und sah Hilary an. »Ich bin wütend auf sie geworden«, sagte er tonlos. »Ich habe ihr Feigheit vorgeworfen, ich habe gesagt, sie würde Frankreich verraten, sie würde allen patriotischen Französinnen Schande machen. Ich stritt leidenschaftlich mit ihr, und ich stürmte aus ihrer Wohnung, natürlich mit dem festen Vorsatz, am nächsten Abend wiederzukommen – Sie wissen ja, wie das unter Liebenden ist – und mich mit ihr auszusöhnen. Aber es war zu spät. Die Gestapo war schon mittags da gewesen.

Sie haben sie ermordet, was sonst«, sagte er knapp. »Ich hatte sie der Feigheit bezichtigt, aber sie ließ sich lieber zu Tode foltern, als dass sie einen Namen preisgegeben hätte. Wir hatten falschgelegen mit unserer Annahme, die Gestapo hätte es nur auf den Fluchthelferring abgesehen; es stellte sich als ein gewaltiger Rundumschlag heraus, und ich selbst entkam nur durch eine ganze Reihe von Wundern.«

»Aber der Junge?«, brachte Hilary flüsternd heraus.

»Ich konnte an dem Abend, bevor ich aus Paris wegmusste, noch ganz kurz mit Jeannes Concierge sprechen«, sagte Pierre. »Sie sagte, Mademoiselle sei am Morgen, bevor *sie* kamen, mit dem kleinen Jungen fortgegangen und ohne ihn zurückgekommen. Vielleicht habe Mademoiselle ihn ja zum Curé gebracht, zu dem Priester an der Ecke der Rue du Vaisseau. Ich wollte wissen, warum Mademoiselle das hätte tun sollen, aber da machte sie schlagartig dicht wie eine Auster; wahrscheinlich hätte sie etwas verwechselt, sagte sie, und ohnehin ginge es sie ja nichts an. Mir blieb keine Zeit, der Sache nachzugehen. Ich musste Paris Hals über Kopf verlassen, und ich war seitdem nicht mehr dort.«

»An diesem Abend, als Sie bei Jeanne waren«, fragte Hilary sehr vorsichtig, »haben Sie da auch den Jungen gesehen?«

»Nein«, sagte Pierre bedrückt, »das habe ich nicht. Er

schlief schon, als ich kam, und offen gestanden dachte ich an nichts als an Jeanne. Nein, ich habe den Jungen nie gesehen.«

»Das einzige Mal, dass ich ihn gesehen habe«, sagte Hilary, »war einen Tag nach seiner Geburt.«

Pierre saß stumm und erschöpft da; Hilary spürte instinktiv, dass er nach der Geschichte, die er eben erzählt hatte, nicht ohne Weiteres fortfahren konnte, dass er eine Pause brauchte, einfach ein paar Minuten, ohne zu sprechen. Also ergriff nun Hilary das Wort und begann, dem stillen, fast apathisch wirkenden Pierre zu erzählen, wie sie unmittelbar vor Kriegsausbruch übereingekommen waren, dass Lisa in der Wohnung in Saint-Cloud bleiben sollte, während Hilary nach England ging, um sich dort als Soldat zu melden. »Wir dachten alle, die Briten würden in Frankreich kämpfen«, sagte er – und tatsächlich hatte man ihn dank seines inzwischen vorzüglichen Französisch schnell wieder zurückgeschickt, als Verbindungsoffizier zu einem französischen Bataillon in der Nähe von Sedan, wo er so viel Urlaub in Paris herausschinden konnte, dass die Zeit des Sitzkriegs durchaus erträglich für ihn war. Sie waren beide überglücklich gewesen, als sich zeigte, dass sie im Juni Eltern werden würden. »So wie jetzt alle reden«, sagte Hilary, »waren wir vermutlich die beiden einzigen Menschen in Europa, die nicht ahnten, was bevorstand.«

Kurz nach dem Durchbruch bei Sedan war das Bataillon, dem Hilary zugeordnet war, zerschlagen und aufgelöst worden. Der Weg zu den britischen Truppen im Norden war versperrt. Die einzig gangbare Fluchtroute war die nach Südwesten. Hilary hatte sich entschieden, vorher den Abstecher nach Paris zu wagen. Er war einen

Tag vor den Deutschen dort angelangt, am Tag nach der Geburt seines Sohnes.

Lisa hatte in dem großen Doppelbett gelegen, bleich und sehr schwach. Es sei eine unerwartet schwere Geburt gewesen, sagte ihm Jeanne, die Lisa versorgte, aber Lisa sei natürlich auch extrem zart. Der Arzt hätte sie lieber im Krankenhaus gesehen, doch das hatte sie verweigert, um Hilary nicht zu verfehlen, falls er käme. Und nun war er da und saß am Bettrand, ihre Hand in seiner, und über Lisas Wangen liefen große, langsame Tränen der Schwäche. »Du musst weg hier«, drängte ihn Jeanne. »Die Deutschen kommen. Brich auf, bevor es zu spät ist«, und Hilary rief verzweifelt, sie sollten Lisa in eine Decke wickeln, einen Wagen auftreiben, sie irgendwie nach England schaffen, in Sicherheit.

Aber Jeanne sagte, daran sei nicht zu denken, und der Arzt, der dazukam, bestätigte es. »Madame würde schwerste Blutungen riskieren«, warnte er. »Nein, Monsieur, gehen Sie, gehen Sie. Es wird ja nur für kurze Zeit sein. General Weygand wird die Loire zweifellos halten, und Sie und Madame werden sehr, sehr bald wieder vereint sein.«

Und so hatte er zuletzt nachgegeben und war gegangen. Er hatte den Blick noch einmal durchs Zimmer wandern lassen und kurz Binkie, den rosa Plüschhund mit den Knopfaugen, an seinem Stammplatz auf dem Kaminsims vermisst, um ihn gleich darauf in der Korbwiege zu entdecken, die – ganz ungewohnt – am Fußende des Ehebetts stand. Zaghaft hatte er einen Zipfel der rosa Decke zurückgeschlagen (»In Frankreich kleidet man Jungen rosa«, hatte ihm Lisa erklärt, »und Mädchen blau, weil die Jungfrau Maria Blau trägt – und wir bekommen einen Sohn«). Fast ohne ihn richtig wahrzunehmen, hatte er auf den in ein Wolltuch gehüllten Säugling mit seinem schwarzen Schopf und dem roten Gesichtchen herabgeschaut und dann Lisas tiefblaue, tränennasse Augen geküsst. Und dann war er gegangen.

»Und so kommt es«, sagte er, »dass ich das Kind nur dieses eine Mal gesehen habe.«

In Pierre kam nun langsam wieder Leben. Er hatte den Kopf gehoben, und seine Augen waren weit offen und erstaunlich hell. Die Energie schien zusehends in ihn zurückzukehren, während er auf den Höhepunkt dessen hinsteuerte, was er sagen wollte, auf den eigentlichen Zweck seines Besuchs.

»Ich bitte Sie um Erlaubnis«, sagte er, »Ihren Sohn für Sie zu suchen.«

»Wie?«, fragte Hilary, aber er fragte es mechanisch, und Pierre ging nicht darauf ein. Er sprach jetzt voller Eifer.

»Sie wissen so gut wie ich«, sagte er, »wenn es für uns irgendeine Zukunft geben soll, dann muss die Zweite Front errichtet werden, und wenn das gelingt, wird auch Frankreich bald wieder frei sein. Sobald es so weit ist, kehre ich nach Paris zurück – bis dahin habe ich andere Aufgaben. Nun haben Sie ja Ihren eigenen Einsatz. Ich weiß nicht, ob er Sie auch nach Frankreich führen wird?« Fragend hielt er inne, und Hilary schüttelte den Kopf. Es gab keinen Grund, weshalb sein Einsatz ihn von seiner Nissenhütte wegführen sollte, ehe der Krieg beendet war. »Ich rechne nicht damit, in absehbarer Zeit nach Frankreich zu kommen«, sagte er, und Pierre sprach ungeduldig weiter: »Nun, selbst wenn, wären Sie nicht in der Lage, Ihre Nachforschungen in gleicher Weise zu betreiben wie ich. Die

Menschen werden viele widerstreitende Gefühle haben, wenn das Land erst einmal frei ist, und auch wenn Sie in Frankreich gelebt haben, sind Sie doch Ausländer. Man würde Sie vielleicht sogar vorsätzlich in die Irre führen – das haben sich viele unserer Leute über die letzten Jahre so angewöhnt. Aber ich habe Übung darin, Fragen zu stellen und herauszuhören – oder herauszubekommen –, ob den Antworten zu trauen ist. Wenn irgendjemand Ihren Sohn finden kann, dann ich.« Er hielt inne und beugte sich vor, den Blick beschwörend auf Hilary gerichtet.

Erst jetzt begriff Hilary vollends, was Pierre ihm da sagte. Seit Lisas Tod hatte er davon geträumt, eines Tages sein Glück mit einem Kind zu finden, das in seiner Vorstellung weniger sein ihm noch unbekannter Sohn war als das überlebende Symbol seiner und Lisas Liebe. Aber er hatte keine Notwendigkeit gesehen, diesem Phantomkind an seinem sicheren Ort in Frankreich schon jetzt sein Herz zu öffnen; sein tiefes, unstillbares Leid sollte ganz allein Lisa gelten.

Nun aber saß vor ihm dieser Franzose und teilte ihm mit, dass nicht nur Lisa, sondern auch sein Kind, ein reales Kind, verloren war, dass das Leiden und Mitleiden auf unbestimmte Dauer verlängert, Glück und Trost auf unbestimmte Dauer vertagt würden. Mit Entsetzen entdeckte er in sich nur den übermächtigen Wunsch, verschont zu bleiben von diesem neuen Ansturm des Schmerzes, ertappte sich sogar bei dem Gedanken: Wenn der Junge verloren ist, dann soll es so sein. Sich die möglichen Qualen des verlorenen Kindes vorzustellen, dazu reichte seine Kraft nicht aus.

Doch Pierre fixierte ihn noch immer mit diesem seltsam bittenden Blick, als könnte Hilary ihm etwas geben, etwas von großem Wert, und Hilary spürte das und fragte gedämpft: »Warum wollen Sie das so sehr?«

»Das werden Sie doch wohl verstehen.« Pierres Ton war bewusst nüchtern. »Ich habe Ihnen erzählt, was Jeanne über den Jungen sagte und wie ich darüber lachte und Streit mit ihr anfing. Ich habe das Gefühl, dass sie mir vergeben würde – nein, falsch, ich weiß, das hat sie längst –, ich glaube, ich könnte mir selbst vergeben, wenn ich ihr ihren Wunsch erfüllen würde.«

»Heißt das also«, sagte Hilary, »dass Sie Jeannes Standpunkt jetzt teilen?«

»Nein«, sagte Pierre müde, »ich teile ihn ganz und gar nicht. Es ist eine Doktrin für Heilige – oder für Frauen in Friedenszeiten. Aber gerade weil ich ihn nicht teile, scheint es mir umso wichtiger, in ihrem Sinne zu handeln.«

»Ja, das verstehe ich.« Hilary nickte. Nach den Prinzipien eines anderen zu handeln, als Buße dafür, dass man ihm unrecht getan hatte, war eine Form der Abbitte, die auch ihm einleuchtete. Aber seiner eigenen Bürde konnte sich Hilary auf diese Weise nicht entledigen. Er trug an keiner Schuld aus der Vergangenheit; für ihn war die Zukunft entscheidend, denn jetzt und hier wurden Maßstäbe gesetzt, und ab sofort würde ihn jede Handlung dem so gesteckten Ziel näher bringen oder aber es zerschlagen.

Er sagte: »Sie müssen mir verzeihen, wenn mein Hirn etwas langsam arbeitet. Bis Sie kamen, wusste ich ja nicht, dass der Junge verschwunden ist, und es will mir immer noch nicht recht in den Kopf. Glauben Sie denn, Sie haben eine Chance, ihn zu finden? Haben Sie irgendeine Vermutung, was mit ihm geschehen ist?«

Pierres Anspannung wich. Sein Gesicht war jetzt glatt, sein Ausdruck beherrscht. Er sagte: »Es kann natürlich sein, dass es ganz einfach wird, ihn zu finden. Sehr viele Familien haben jüdische oder auch andere Kinder, hinter denen die Deutschen her sind, bei sich aufgenommen. Es ist gut möglich, dass der Curé, von dem die Concierge gesprochen hat, da als Mittelsmann auftritt, und wenn das zutrifft, wird er wissen, wo der Junge ist, und wir müssen nur hingehen und ihn abholen.«

»Das wäre die bestmögliche Version«, sagte Hilary grimmig. »Was ist die schlimmste?«

»Das weiß ich nicht«, sagte Pierre. »Ich weiß es nicht. Ich kann Ihnen gar nicht sagen, wie oft mich diese Frage schon gequält hat. Sollte er den Deutschen in die Hände gefallen sein – wir wissen, dass viele Kinder nackt in Waggons gesteckt wurden, auf deren Boden Ätzkalk verteilt war, eine sehr ökonomische Vorgehensweise, denn wenn die Züge bei den Gaskammern ankamen, waren die meisten Kinder schon tot. Im Gestapo-Hauptquartier in Paris haben sie Kinder getötet, indem sie ihre nackten Körper mit Säure übergossen. An den Wänden dort, heißt es, sind die Abdrücke ihrer Finger zu sehen, die sie im Todeskampf in den Beton gekrallt haben – zuoberst die großen Hände der Männer, ein Stück tiefer dann kleinere Hände, von Frauen wahrscheinlich, womöglich auch die von Jeanne und Lisa, und zuletzt, ganz unten, die winzigen Handabdrücke der Kinder.«

»Um Himmels willen«, rief Hilary, »hören Sie auf!«

»Für Sie ist das neu«, sagte Pierre in kaltem Ton. »Deshalb finden Sie es unerträglich. Wenn Sie erst eine Zeit lang einer von uns sind, werden Sie genau wie wir entdecken, dass es leichter ist, Ihre Fantasie allen nur denkbaren Schreckbildern zu öffnen, als sich vorzumachen, es gäbe sie nicht.«

»Nein!«, rief Hilary nochmals.

»Ich versichere Ihnen, es ist so«, sagte Pierre. »Und zwar bei seelischem wie körperlichem Schmerz gleichermaßen. Ich erinnere mich an einen Mann im Lazarett in Marseilles – ihm war die Hand halb weggeschossen worden, und sie faulte. Er hielt die Augen geschlossen und sah sie nicht an, Stunde um Stunde lag er stocksteif da und unterdrückte den Drang, hinzuschauen. Aber zuletzt brachte ihn der Arzt, der ein weiser alter Mann war, doch dazu, die Augen aufzumachen und die Hand anzuschauen. Sie sah fürchterlich aus, das kann ich bezeugen, denn ich habe sie selbst gesehen. Voll weißer Maden ... Aber nachdem dieser Mann hinzuschauen gelernt hatte – und es dauerte einige Zeit, wohlgemerkt, bis er normal hinsehen konnte, anstatt zu starren –, als er das gelernt hatte, fing sie zu heilen an.«

Hilary lauschte Pierres Worten, ohne ihren Sinn in sein Hirn einzulassen. Als Pierre schwieg, sagte er: »Gibt es noch andere Möglichkeiten – was den Jungen betrifft, meine ich?«

»Nun ja, eine Möglichkeit gäbe es noch«, sagte Pierre. »Wie man hört, nehmen die Deutschen eine Anzahl von Kindern aus allen besetzten Ländern mit und ziehen sie als Deutsche auf. Sie holen sie als Kleinkinder, ändern ihre Namen und geben sie deutschen Familien. Natürlich nehmen sie nur blonde Kinder – gute Arierkinder.« Er hielt inne und sah Hilary fragend an.

Hilary sagte: »Mein Sohn war dunkelhaarig – bei der Geburt jedenfalls.«

»So etwas kann sich bei Kindern schnell ändern«, sagte Pierre zweifelnd, »und Lisa war ein sehr heller Typ.«

Danach breitete sich eine längere Stille aus, ein abgeschlafftes, einträchtiges Schweigen. Schließlich stand Pierre, der jetzt eine Spur erholter aussah, auf und sagte: »Ich denke schon so lange über all dies nach, dass Sie mir hoffentlich verzeihen, wenn ich Ihnen aus Zeitgründen einfach den Plan aufnötige, den ich mir zurechtgelegt habe. Ich habe veranlasst, dass Sie benachrichtigt werden, falls mir etwas zustößt; wenn Sie also nichts hören, können Sie davon ausgehen, dass ich, sobald Paris wieder uns gehört, nach Ihrem Sohn suchen werde. Ich schreibe Ihnen dann, so schnell ich kann.« Er streckte Hilary die Hand hin, und Hilary hielt sie eine Weile, seltsam getröstet von dem nüchternen Mitgefühl, das er bei Pierre spürte. Den Mann hatten keine persönlichen Gefühle für Hilary hierhergeführt; es traf sich nur zufällig so, dass Hilary Teil der Sühne war, die Pierre sich auferlegt hatte, und die starke Sympathie, die sie beide in diesem Moment füreinander empfanden, war etwas Bleibendes und hatte angenehm wenig zu tun mit den aufwühlenden Emotionen, die sie zusammengebracht hatten.

Als Hilary zurück ins Wohnzimmer kam, fragte seine Mutter: »Wo ist dein Freund? Wäre es nicht höflicher von dir gewesen, ihn kurz hier hereinzubitten und ihn mir vorzustellen?«

»Er war in Eile.« Hilary nahm einen grünen Porzellanhasen in die Hand, betrachtete ihn abwesend und stellte ihn wieder hin. Seine Mutter sagte spitz: »Und was war so wichtig, dass er dich deshalb an Weihnachten stören musste?«

»Er kam, um mir zu sagen, dass … dass John …« Hilary starrte seine Mutter an, aufs Neue überwältigt von dem Wunsch, sie möge sich wundersam in jemanden verwandeln, der ihn tröstete, einfach nur tröstete.

»Dass er – tot ist?«, flüsterte Mrs Wainwright.

Hilary forschte immer noch in ihren Zügen. Dann sagte er voller Verzweiflung: »Ja – tot.«

II DIE SUCHE

ZWEITES KAPITEL

1945, drei Jahre nachdem der kleine Junge verloren gegangen war, fuhr sein Vater nach Frankreich, um ihn zu suchen.

In dem klapprigen Bus vor dem Flughafengebäude fragte sich Hilary, was aus dem Herzklopfen geworden war, diesem ganz eigenen Hochgefühl, das sich bei früheren Landungen in Frankreich seiner zu bemächtigen pflegte. Wie oft in den hinter ihm liegenden Jahren der Verbannung hatte er sich, mit einer Intensität, die geradezu etwas Körperliches hatte, nach Frankreich gesehnt, nach Frankreichs Sonne, den baumgesäumten Landstraßen, den unvergesslichen Großstadtgerüchen, der weichen, aromatischen Luft. *De veoir France, que mon cueur amer doit*, sagte er sich im Geist vor, wie er es so oft getan hatte, aber den Worten haftete kein Zauber mehr an. Das hier war nicht das Frankreich seiner Erinnerung, dieser zerbombte Flughafen, die gesichtslose Vorstadtstraße, die neben dem Bus geparkten britischen Armeelaster. Der Handelsreisende, mit dem er sich am Flughafen unterhalten hatte, stieg nun auch ein. Es war offensichtlich, dass er sich gern neben Hilary gesetzt, gern das tröstliche englische Gespräch im fremden Land fortgeführt hätte, aber Hilary hatte den Nachbarsitz misanthropisch mit seinem Trenchcoat und einem Packen Bücher und Zeitschriften belegt. »Wissen Sie schon, wo Sie wohnen werden?«, fragte der kleine Mann und blieb neben dem Sitz stehen, ganz klar in der Hoffnung, dass der Platz frei gemacht und eine Einladung ausgesprochen würde, aber Hilary sagte abweisend: »Mich holt höchstwahrscheinlich ein Freund ab«, und griff nach einer seiner Zeitungen. Ab sofort würde ein neues Kapitel für ihn beginnen, nicht der flüchtigste frühere Kontakt sollte ihm von hier an mehr nachhängen, und enttäuscht zog der Handelsreisende ab.

Wenn Pierre nur wirklich kommt, dachte Hilary beklommen. Dieses Frankreich war unvertraut, feindlich fast, und er fühlte sich isoliert und allein. Er dachte an die Ausflüchte, hinter denen er sich verschanzt hatte, als Pierre in seinem ersten Brief vorsichtig, nahezu kleinlaut gefragt hatte, ob Hilary nicht nach Frankreich kommen wolle, um sich anzuhören, wie er bei der Suche vorzugehen gedachte. Die Reise würde nicht genehmigt werden, solange er in der Armee war, hatte er unwahrheitsgemäß geschrieben; er hatte die Ergebnisse der Blutuntersuchung geschickt, von denen Pierre meinte, sie könnten hilfreich sein; das Foto von sich als Fünfjährigem hatte er jedoch nicht liefern können. Dafür hätte er zu seiner Mutter fahren und seine Lüge eingestehen müssen, hätte die Vorwürfe über sich ergehen lassen müssen, die Ratschläge und Mutmaßungen, denen er sich durch seine Lüge hatte entziehen wollen. Pierres erster Brief war fast ein Jahr her, und nun war Hilary seit einer Woche im Besitz seiner Entlassungspapiere, die Ausrede galt nicht mehr, und Pierre hatte vor Kurzem geschrieben, er müsse bald kommen, wenn das Ganze noch einen Sinn haben sollte.

Pierre durfte auf keinen Fall merken, wie sehr sich alles in ihm gegen diese Suche sträubte.

Er sagte sich: Der Junge ist nun schon so lange verschwunden. Ich hatte fast zwei Jahre Zeit, mich gegen meine Gefühle zu panzern. Ich brauche jetzt keinen Trost mehr. Ich bin es zufrieden, in meinen Erinnerungen zu leben. Hauptsache, niemand stört mich dabei.

Ja, wenn der Junge schon gefunden wäre, dachte er, wenn ich schon mit Joyce verheiratet wäre, wenn mein Leben schon in geordneten Bahnen verliefe, wenn mein Gewissen beruhigt und die alten Bande endgültig durchtrennt wären. Aber um das zu erreichen, muss ich sie selbst zerschneiden, muss mir mein Glück mit Lisa aus dem Herzen reißen. Ich habe keinen Mut. Ich scheue die Schmerzen, die es mir bereiten wird, die Vergangenheit hinter mir zu lassen. Aber das darf Pierre nicht wissen.

Es regnete jetzt, leichte Windstöße schlugen Kaskaden von Wasser geräuschvoll gegen die Busfenster. Es war kalt. Hilary fröstelte; wenn wir nur endlich abfahren würden, dachte er und verwünschte die Formalitäten, die sie so lange in Le Bourget festhielten, diesem Trichter ineffizienter Amtlichkeit, durch den sie einer nach dem anderen geschleust wurden.

Schließlich waren alle an Bord, und der Bus begann ruckelnd seine Fahrt nach Paris hinein. Jetzt regte sich doch zaghafte Vorfreude in ihm, denn er erkannte erste Dinge wieder: hier die abblätternde Anschlagtafel auf der Wiese beim Flugplatz, die noch immer »Baptêmes de l'Air« versprach, dort die Mauer mit der riesigen weißen Aufschrift »Défense d'afficher«, die sich, Wandel und Besatzung ungeachtet, auf die Verfassung von 1875 berief; und auf den Gehsteigen schlurften wie früher Frauen in schwarzen

Kleidern und schwarzen Halbschuhen, das widerspenstige graue Haar von schwarzen Kopftüchern gebändigt, mit langen Stangenbroten unterm Arm. Ja, Frankreich war wieder vertraut – bis der Bus an der zerbombten Fabrik vorbeiächzte, der Behelfsbrücke, den rostenden Überresten von Lokomotiven, und die Engländer im Bus einander betreten zuflüsterten: »Meinen Sie, das waren wir?« – um sich daraufhin erstmals zu fragen, ob zwischen den Zerstörern und den Opfern der Zerstörung noch Freundschaft möglich war.

Immer weiter ratterte der Bus, durch die engen, verwahrlosten Straßen, zwischen den grauen Häuserruinen hindurch, vorbei an den übervollen Schaufenstern der Stoffläden und den leeren der Metzgereien. »Doch, daran erinnere ich mich«, sagte sich Hilary immer wieder, »jetzt sind wir fast da.« Aber jedes Mal trog der Schein; Unvertrautes folgte dem vermeintlich Vertrauten, und seine ständige Vorwegnahme der baldigen Ankunft ließ die Fahrt, ließ Paris, diese kleine abgeriegelte Hauptstadt, unendlich wirken.

Selbst als der Bus zuletzt vor dem Gebäude in der schmalen Seitenstraße des Boulevard des Italiens anhielt, hatte er noch nichts zweifelsfrei wiedererkannt. Verwirrt stolperte er mit den anderen hinaus, sah sich nach seinem Gepäck um, nach Pierre, während beflissene Beamte sie in das Gebäude hinein- und durch etliche Räume hindurchlotsten, zu dem letzten Abgleich, der letzten Kontrolle, bei der Hilary nach so langer Zeit erstmals Gelegenheit fand, in Frankreich Französisch zu sprechen, als er angab, dass seine Geldmittel aus hundert englischen Pfund sowie einem Kreditbrief über zwanzigtausend Franc bestanden.

Und dann war die Prozedur abgeschlossen, und die

Beamten entließen ihn mitsamt seinem Gepäck ins Foyer. »Wollen wir uns vielleicht ein Taxi teilen?«, flüsterte der Handelsreisende, der unterwürfig wieder an seiner Seite aufgetaucht war. »Ich weiß nicht«, sagte Hilary, während sein Blick fieberhaft den Raum, die Glastüren, die Straße dahinter absuchte. Dann legte sich eine Hand auf seine Schulter, und er hörte eine Stimme seinen Namen sagen; endlich standen sie voreinander, er und Pierre.

»Gut, Sie zu sehen«, sagte Pierre schlicht, und Hilary nahm seine ausgestreckte Hand und wusste, als er ihn ansah: Ja, es war gut. Hier bestand eine Beziehung jenseits aller Zweifel oder Analysen, eine Sympathie, eine Zuneigung, die nichts zu tun hatte mit den Umständen ihrer Entstehung.

»Ich habe eine Droschke organisiert«, sagte Pierre, »haben Sie viel Gepäck?«

»Nein«, sagte Hilary, »nur die Tasche hier«, und nun war er imstande, sich herzlich von dem kleinen Handelsreisenden zu verabschieden, bevor er seine Reißverschlusstasche aufhob und Pierre ins Freie folgte.

Draußen wartete ein Trauerspiel von einem Fuhrwerk, ein morscher Holzkarren mit zerschlissenem grauem Verdeck, davor ein erbärmlich dürrer Gaul, dessen Kopf tief zwischen den Deichselstangen hing. »Richtige Taxis gibt es fast gar keine«, sagte Pierre entschuldigend, während er die Plane zur Seite schlug, um Hilary einsteigen zu lassen, und sich dann neben ihn setzte, »ich hatte Glück, die hier aufzutreiben.« Und Hilary, eingehüllt in den seltsam stechenden Geruch muffigen Pferdefells, sagte: »Was für ein beängstigendes Gefährt. Mit so einem Klepper würde einen im Roman ein Geisterkutscher die Straße der Verdammnis hinabkutschieren.«

»Sie werden feststellen, dass der Preis, wie bei allen Geisterkutschen, ein hoher ist«, sagte Pierre. »Sie haben schon davon gehört, wie teuer hier in Paris alles ist, nehme ich an?«

Hilary nickte und versuchte, unter dem flatternden Verdeck hinauszuspähen. »Das eben war die Place de l'Opéra«, sagte Pierre. »Ich habe Ihnen ein Zimmer im Hotel du Louvre besorgt. Lieber hätte ich Sie ja im Scribe untergebracht, da gibt es richtiges warmes Wasser, aber wie Sie wahrscheinlich wissen, hat es die Presse mit Beschlag belegt, da ließ sich nichts machen. Zimmer sind in Paris momentan fast unmöglich zu bekommen.«

»Wo wohnen Sie denn?«, fragte Hilary, und Pierre antwortete unbestimmt: »Hier und dort. Mal bei diesem Freund, mal bei jenem«, und dann fuhren sie über die Place du Palais Royal, und die Droschke hielt vor dem Hotel.

Unfassbar, dachte Hilary, während er die Lobby durchquerte, vom Lift nach oben getragen wurde und den Korridor entlangging: Über diesen Boden, auf den ich jetzt meine Füße setze, sollen die Stiefel der deutschen Besatzer gepoltert sein? Der Portier, der mich so höflich gebeten hat, meine *fiche* auszufüllen – hat er die Deutschen ebenso bedient? Sich verbeugt, ohne eine Spur von Hass im Gesicht, vielleicht sogar ohne Hass im Herzen? Oder, schlimmer noch, könnte es sein, dass er statt der Deutschen mich hasst?

Kaum hatte der Page die Tasche abgestellt und die Tür hinter sich geschlossen, brach es aus ihm heraus: »Fragen Sie sich denn nicht bei jedem Fremden, der Ihnen begegnet, was er während der Besatzungszeit gemacht hat?«

»O doch«, erwiderte Pierre prompt, »aber inzwischen

fast reflexhaft und ohne dass mir groß an der Antwort läge. Ich bin es leid, andere als ›Kollaborateur‹ zu beschimpfen. Jeder von uns hat unter den Deutschen das getan, was er konnte; was das war, stand längst fest, bevor sie kamen.«

Hilary ging zum Fenster und stieß es auf. Das Zimmer kam ihm stickig vor, und zu seiner Überraschung entdeckte er, dass der Heizkörper glühte. »Hatten Sie nicht gesagt, hier gibt es kein heißes Wasser?«, bemerkte er, und Pierre sagte trocken: »Das ist nur eine eigenwillige Art, unseren knappen Brennstoff aufzubrauchen. Warten Sie's ab, das Wasser im Bad wird eiskalt sein.«

»Verrückt«, sagte Hilary, und dann: »Aber wenigstens hat die Besatzungszeit einem jeden gezeigt, wozu er fähig ist. Meinen Sie nicht, das zu wissen ist ein Wert an sich?«

»Nein, warum?«, fragte Pierre. »Manche haben mehr Mut bewiesen, als sie gedacht hätten, andere weniger. Das erfahren wir doch im täglichen Leben andauernd.«

»Aber im täglichen Leben sind wir uns dessen nicht so bewusst«, wandte Hilary ein. Aus irgendeinem Grund schien ihm das von enormer Wichtigkeit. »Eine Besatzung, oder eine Schlacht, alles Derartige spitzt das Ganze doch auf unentrinnbare Weise zu – wie bei einer Feuerprobe.«

»Und danach sehen Sie sich?«, fragte Pierre behutsam. Hilary erschauerte heftig und schwieg.

Pierre dachte: Er stellt es sich völlig falsch vor. Die großen Prüfungen laufen nie so ab wie erwartet. Wenn die, für die wir uns wappnen, überhaupt eintreffen, bleibt meist gar kein Entscheidungsspielraum; wahrhaft bewähren muss man sich dann auf ganz andere Art. Er warf einen Blick auf Hilarys Gesicht, bemerkte, wie weiß es plötzlich um den Mund herum war, und überlegte: Kann es sein, dass diese Suche für ihn zu der Feuerprobe geworden ist, die sein gesamtes Sein auf den Prüfstand stellt? Das muss ich herausfinden, dachte er, und dann lächelte er und fragte: »Haben Sie unterwegs etwas zu essen bekommen? Sind Sie sehr hungrig?«

Hilary lächelte auch, aber bei ihm war es das erleichterte Lächeln eines Mannes, der einen Freund findet, wo er einen Feind erwartet hat. »Um ehrlich zu sein«, sagte er, »ich vergehe vor Hunger. Wie stehen hier denn die Chancen auf Tee und einen kleinen Imbiss?«

»Tee und ein kleiner Imbiss«, wiederholte Pierre. In gespielter Überforderung griff er sich an den Kopf. »Ich wollte so ein guter Gastgeber sein«, sagte er zerknirscht, »und kaum sind Sie da, finden Sie mich schon ratlos. Ich habe keine Ahnung, wie die Chancen auf Tee und einen Imbiss stehen.«

»Was ist mit dem Café Rumpelmayer?«, schlug Hilary zögernd vor. Er fügte hinzu: »Ich komme mir vor wie Rip van Winkle, wenn ich das so sage. Wahrscheinlich antworten Sie mir gleich, Sie hätten vor langer Zeit einmal eine alte Frau getroffen, die noch wusste, wo früher das Rumpelmayer stand.«

»Gehen wir und schauen nach«, sagte Pierre entschlossen.

Auf den Stufen vor dem Hotel sagte Pierre: »Ich fürchte, wir müssen zu Fuß gehen, es sei denn, Sie wollen Métro fahren. Im Moment gibt es gerade mal zwei Busse in Paris.«

»Ich laufe sehr gern«, sagte Hilary. Hier draußen überkam ihn allmählich wieder das alte berauschende

Paris-Gefühl. »Sonst kann ich ja gar nicht glauben, dass es wirklich wahr ist: Ich bin in Paris, und es riecht wie immer. Kommen Sie, gehen wir.«

Sie gingen die Rue Saint Honoré entlang, Hilary jetzt mit raschen, ungeduldigen Schritten. »Das Merkwürdige ist«, sagte er nach einer Weile, »dass in meiner Erinnerung alles geschrumpft zu sein scheint. Ich hatte mir eingebildet, diese Straße in- und auswendig zu kennen, und jetzt ist die Strecke sicher viermal weiter, als ich dachte. Nach meinem Gefühl müssten wir schon längst bei der Rue Royale sein, dabei sind wir noch nicht mal an der Place Vendôme. Kennen Sie das auch?«

»Nein«, sagte Pierre. »In Algier hatten wir ein Spiel, das wir abends manchmal gespielt haben. Wir haben so getan, als würden wir den Boul' Mich' entlanggehen, und gewonnen hatte der, der sich am genauesten an jeden kleinen Laden, jede Gasse erinnern konnte. Oder wir haben uns die Métro-Haltestellen aufgezählt.« Er verfiel jetzt in einen Ton, der Hilary unwillkürlich an den Abend im Haus seiner Mutter erinnerte, und er warf einen scharfen Blick zu Pierre hinüber, nur um sich plötzlich der Veränderung bewusst zu werden, die seitdem mit ihm vor sich gegangen war. Die Schlaffheit und Erschöpfung, die lastende Traurigkeit, die ihn damals umgeben hatten, waren vollständig verflogen. Selbst seine Stimme klang anders. Erst jetzt, da Hilary wieder den Tonfall von damals hörte, ging ihm auf, dass hier ein anderer Mann vor ihm stand, ein Mann, der stark und selbstsicher und, dachte Hilary verdutzt, eindeutig auch glücklich war.

»Hier entlang«, sagte Pierre, als sie in die Rue de Rivoli einbogen, und da, genau, wie Hilary es in Erinnerung gehabt hatte, war das Café Rumpelmayer.

»Da haben Sie's wieder«, sagte Pierre in komischer Verzweiflung, »es sind immer die Leute von auswärts, durch die man die eigene Stadt kennenlernt.« Sie stießen die Tür auf und traten ein.

Die Kellnerin brachte ihnen ihr Essen: Tee ohne Milch und Zucker, ein paar Scheiben trockenen Toast, ein Schälchen mit unnatürlich rosafarbener Marmelade. Hilary und Pierre lächelten sich an. Ihr gegenseitiges Einvernehmen war groß genug, um sie bei solch banalen Belangen auf Förmlichkeiten verzichten zu lassen, sodass sich keiner beim anderen dafür entschuldigen musste, dass das Essen in Frankreich so schlecht beziehungsweise dass es in England so viel besser war. Ermutigt durch die Wärme, die das Lächeln zwischen ihnen schuf, wagte Hilary zu fragen: »Und?«, um in dem darauffolgenden Schweigen hinzuzufügen: »Was haben Sie mir zu berichten?«

Worauf Pierre sehr langsam, fast schon widerwillig sagte: »Ich habe einen Jungen gefunden, der, glaube ich, Ihr Sohn sein könnte.«

»Wo ist er?«, fragte Hilary schroff. Die Frage entsprang keiner gezielten Überlegung; sie war ein Produkt seiner Anspannung und schien ihm selbst ohne Sinn.

»Ich erzähle Ihnen besser alles von Anfang an«, sagte Pierre.

»Ich kam vor etwa neun Monaten aus Afrika zurück«, begann er, brach aber gleich wieder ab und verwarf diesen Anfang, der vielleicht als Einleitung zu einer langen, detailreichen Erklärung hätte dienen sollen. Abrupt sagte er: »Es gibt eine Frau, die über die Sache mehr weiß als irgendjemand sonst. Wenn wir aufgegessen haben, würde ich Sie gern zu ihr bringen.«

»Also hören Sie«, wandte Hilary ein, »Sie können mich doch nicht so mir nichts, dir nichts zu irgendeiner Frau schleppen, das ist nicht –« Und nun brach auch er ab. »Nicht fair«, hatte er sagen wollen, aber das hätte gar zu kindisch geklungen. Er sah Pierre an und erkannte mitleidig, dass sein Gegenüber fast besorgter war als er. Es war ihm nicht in den Sinn gekommen, dass der andere sich Sorgen darum machte, wie er die Geschichte aufnehmen würde. Flüchtig durchzuckte ihn der Gedanke, dass ihm etwas unerträglich Entsetzliches enthüllt werden sollte, aber das dauerte nur einen Moment, und dann sagte er mit einer Zartheit, die zur Gänze der Zuneigung zu Pierre entsprang: »Bitte, erzählen Sie mir mehr.«

Hilarys innerliches Einlenken machte es Pierre leichter. Jetzt konnte er sich eine Zigarette anzünden, den Rauch langsam durch die Nase ausstoßen und dann fast beiläufig fragen: »Erinnern Sie sich daran, was ich über Jeannes Concierge erzählt hatte – wie sie mir an dem Morgen damals sagte, dass der Junge vielleicht zu dem Curé an der Ecke der Rue du Vaisseau gebracht worden sei?«

Hilary nickte.

»Zu der Zeit war nichts weiter aus ihr herauszuholen«, fuhr Pierre fort, »sie hatte sichtlich Todesangst, zu viel verraten zu haben. Aber als ich anfing, nach dem Jungen zu forschen, habe ich sie natürlich als Erstes aufgesucht.« Er seufzte. »Es war wie verhext mit dieser Sucherei«, sagte er heftig und vergaß einen Moment lang seine Rücksicht. Dann sprach er in gewollt emotionslosem Ton weiter. »Die vermaledeite Frau war zu Verwandten nach Puy-de-Dôme gezogen, und es dauerte endlos, bis ich sie dort ausfindig machte. In der Zwischenzeit habe ich alle möglichen anderen Quellen anzuzapfen versucht – Organisationen unterschiedlichster Art –, aber keine Spur schien irgendwohin zu führen.« Er hielt inne, um düster über einigen dieser ins Leere laufenden Spuren zu brüten.

»Aber die Concierge?«, hakte Hilary nach.

Pierre sagte: »Jetzt, nach Kriegsende, war sie nur zu bereit zu sprechen. Sie ist eine gutherzige Frau, das hatte auch Jeanne oft gesagt. Das Dumme war, dass sie fast nichts wusste. Anscheinend war besagter Curé ein, zwei Mal bei Jeanne in der Wohnung gewesen, und irgendein altes Weib, das manchmal mit der Concierge schwatzte, hatte ihn bei einem dieser Male das Haus verlassen sehen und daraufhin erwähnt, er habe Verbindungen zum Untergrund und würde jüdische Kinder vor der Gestapo verstecken. Wirklich erzählt hat der Concierge natürlich niemand etwas, aber als sie Jeanne mit dem Jungen weggehen sah, da hat sie sich eben zusammengereimt, dass er wahrscheinlich bei diesem Curé versteckt werden sollte.«

Hilary sagte nachdenklich: »Ich frage mich, ob dieser Gedanke – mit dem Curé und den jüdischen Kindern, meine ich – bei ihr daher kam, dass mein Sohn dunkelhaarig war. Die Idee wäre doch vielleicht weniger naheliegend gewesen, wenn sie Jeanne mit einem flachsblonden, blauäugigen Kind gesehen hätte?«

»Das kann sein«, stimmte Pierre zu, »aber andererseits wusste oder vermutete sie wahrscheinlich, dass Jeanne für die Résistance arbeitete, und solche Menschen haben Kinder nicht zum Spaß bei sich aufgenommen. Allein schon die Tatsache, dass Jeanne ein Kind bei sich hatte, egal ob blond oder dunkel, sprach dafür, dass es ein gefährdetes Kind war, und das dürfte ausgereicht haben, um sie auf die Idee mit dem Curé zu bringen.«

»Vielleicht«, räumte Hilary ein. Zum ersten Mal versuchte er ganz bewusst, sich das Gesicht seines unbekannten Sohnes vorzustellen, aber alles, was er sah, war ein leeres Oval unter einem dieser grauen Filzhüte, wie englische Jungen sie am Strand trugen. »Dann war Ihre nächste Station wohl der Curé«, sagte er.

»Der Curé ist tot«, sagte Pierre lapidar. »Das war der nächste Rückschlag. Er war kurz nach Jeannes Verhaftung gestorben. Nein«, sagte er, als Hilary fragend die Brauen hochzog, »das scheint alles mit rechten Dingen zugegangen zu sein. Er war schon sehr alt und starb eines Nachts friedlich im Schlaf.«

»Ein friedliches Ende, mag sein, aber ein extrem ungelegenes«, bemerkte Hilary.

»Es war ungeheuer schwierig, irgendetwas über ihn in Erfahrung zu bringen«, sagte Pierre. »Er hatte sich vor über zwanzig Jahren aus dem Beruf zurückgezogen – anscheinend besaß er etwas eigenes Geld – und lebte allein in einem heruntergekommenen Häuschen, wo er an einem großen Werk über irgendeinen kleinen Unterpunkt der Doktrin schrieb. So viel konnte ich von den Nachbarn erfahren, und von dem Arzt, der ihn behandelte. Aber nirgends bin ich auf einen Hinweis gestoßen, dass er Kinder vor der Gestapo versteckt haben könnte. Wohlgemerkt«, sagte Pierre im Ton eines Fachmanns, der an eine Arbeit die höchsten Standards seiner Zunft anlegt, »wenn er tatsächlich Kinder vor der Gestapo versteckt hat, durfte es natürlich auch keinerlei Hinweis darauf geben. Sonst hätte er seine Sache sehr schlecht gemacht.«

»Hatte er keine Haushälterin oder dergleichen?«, fragte Hilary.

»Nein«, sagte Pierre, »leider nicht, nur ein leicht unterbelichtetes Mädchen, das für ein paar Stunden jeden

Tag kam. Ich habe mit ihr gesprochen, aber sie war zu nichts zu gebrauchen – debil, muss man fast sagen. Und außerdem ist sie immer nur vormittags dort gewesen, von Besuchern zu irgendeiner anderen Zeit hat sie nichts mitbekommen. Sie wusste nur eines ganz sicher: dass sie nie, nie ein Kind in dem Haus gesehen hatte.« Er blickte Hilary triumphierend an, wie ein Bergführer am Fuß einer scheinbar unüberwindlichen Felswand, über die er einen Wanderer dennoch sicher ins Nachbartal führen wird.

Hilary fand diese Geschichte so fesselnd wie letztlich jedes Abenteuer, das die Frontkämpfer ihm, dem Daheimgebliebenen, erzählten. Mit echtem, wenn auch unpersönlichem Interesse fragte er: »Was haben Sie also gemacht?«, gespannt, auf welche Weise der Pfad entdeckt, die Steilwand bezwungen worden war.

Pierre sagte: »Ich bin immer wieder zurück in die Rue de Vaisseau gegangen und habe alle befragt – den Briefträger, den Schreibwarenhändler, den Kellner im Café –, von denen ich mir irgendeine Information über die Kontakte des alten Herrn versprach. Nach außen hin gab es keine. Nichts schien die Geschichte zu erhärten, die Jeannes Concierge mir erzählt hatte. Und doch spornte mich gerade das dazu an, nicht lockerzulassen, und überzeugte mich schließlich gegen jede Logik davon, dass er nicht nur für die Résistance gearbeitet hatte, sondern dies hochgradig effizient getan haben musste.

Eines Tages saß ich in dem Café gegenüber dem Haus des Curés, als die Frau des *patron* zu mir kam und sagte, Madame Thillot, die Gemüsehändlerin von nebenan, wisse etwas, das mir eventuell weiterhelfen könne. Ich hatte natürlich kein Geheimnis aus dem Grund für meine Neugier gemacht. Misstrauische oder feindselige Nachbarn hätten mir nichts genützt, und wie man sich denken kann, reagierten alle sehr mitfühlend und hilfsbereit.«

Die Vorstellung war Hilary zuwider. Seine ureigensten Qualen Gegenstand ordinären Mitleids! Pierre spürte seine Abwehr, den innerlichen Rückzug, und fuhr mit beherrschter Stimme fort: »Wir haben Madame Thillot viel zu verdanken. Sie war die Einzige, von der ich etwas Brauchbares erfahren habe. Sie riet mir, es bei Madame Quillebœuf in der Impasse de la Pompe zu versuchen.«

»Und wer ist das?«, fragte Hilary.

Aber Pierre hatte nur den Einstieg in den Pfad aufgezeigt. Seinen genauen Schlängelkurs zu dem wolkenverhangenen Gipfel empor würde er erst verraten, wenn es so weit war. Er sagte: »Madame Quillebœuf ist die Dame, zu der ich Sie bringen möchte. Ich will Ihnen im Vorfeld nicht zu viel über sie sagen. Sie sollen ihre Geschichte ohne jedes wie auch immer geartete Vorurteil hören. Sie erwartet uns. Sobald Sie Ihren Tee ausgetrunken haben, können wir gehen.«

»Ich bin fertig«, sagte Hilary. Ihn packte das verzweifelte Verlangen, die ganze Geschichte aus Pierre herauszuholen, sie aus Pierres Mund zu hören, gefiltert durch dessen Wahrnehmung. Ihm graute vor dieser stufenweisen Enthüllung, die Pierre da geplant hatte, Schritt für Schritt auf den Punkt zu, da ihm, Hilary, eine Entscheidung abverlangt würde.

DRITTES KAPITEL

Vor dem Rumpelmayer fragte Hilary: »Ist es nah genug, um zu Fuß zu gehen?«

»Wenn Ihnen Laufen nichts ausmacht«, sagte Pierre skeptisch, und Hilary erwiderte: »Im Gegenteil. Sie vergessen, dass ich die letzten fünf Jahre hinterm Schreibtisch festsaß, während ihr anderen in der Welt herumgekommen seid. Und im Grunde«, fügte er spontan hinzu, »bin ich sowieso ein Landmensch.«

»Ach, wirklich?«, sagte Pierre. »Sind Sie auf dem Land aufgewachsen?«

»Das nicht«, gab Hilary zu, »aber mein Onkel – der Bruder meines Vaters – hat in Gloucestershire neunhundert Acre bewirtschaftet, und sooft meine Mutter es erlaubt hat, bin ich ihn besuchen gefahren. Mein Onkel starb, als ich gerade mit dem Studium fertig war, und hinterließ mir das Land. Seitdem ist es verpachtet, und ich bin natürlich heilfroh über das Einkommen; dadurch kann ich es mir leisten, mir meine Aufträge nach Interessensgebiet auszusuchen, wie etwa diesen Band, den ich derzeit herausgebe, bei dem die Bezahlung mehr oder weniger symbolisch ist. Aber Lisa und ich hatten immer vor, irgendwann auf den Hof zu ziehen.«

»Ah«, sagte Pierre, als ginge ihm plötzlich ein Licht auf, »daher also.«

»Was?«

Pierre machte lange Schritte. »Ich habe in Kairo eins Ihrer Bücher gelesen«, sagte er.

»Welches denn?«, fragte Hilary, die unweigerliche Frage eines jeden Autors.

»Es hieß *The Orient Pearl.*« Der englische Titel klang abenteuerlich aus Pierres Mund. »Wobei ich kein Literat wie Sie bin, ganz und gar nicht. Ich lese schon auf Französisch keine Gedichte, und auf Englisch erst recht nicht. Aber das Buch lag in einem Schaufenster, und da ich wusste, dass ich Ihnen eines Tages einen Besuch abstatten würde, war ich natürlich neugierig. Und ich kann Ihnen ganz ehrlich sagen, Hilary, es waren die ersten modernen Gedichte, die mir gefallen haben.«

»Warum?«, wollte Hilary wissen.

»Sie hatten so etwas Heiteres«, sagte Pierre. »So, wie Sie die englische Landschaft beschreiben, kann man sich nichts Schöneres vorstellen, als seine Zeit mit der Frau, die man liebt, auf dem Land zu verbringen. Bei Ihnen ist die moderne Liebe einmal nicht die Großstadtangelegenheit, als die sie sonst immer dargestellt wird, sondern ein arkadisches Idyll.«

»Diese Gedichte habe ich im Frühling '39 geschrieben«, sagte Hilary bitter. »Ich war sehr jung damals.« Und voll ingrimmigem Staunen reflektierte er über die Mühelosigkeit, mit der sein jüngeres Ich die Liebe, von der sein Herz überquoll, mit der Landschaft hatte verschmelzen lassen, die im Grunde noch gar nicht die seine war. Selbst meine Liebeslyrik, dachte er, habe ich auf eine Illusion gegründet statt auf das reale Leben, das Lisa und ich zusammen hatten.

Pierre sagte: »Als ich das Buch las, habe ich mir natürlich ein Bild von Ihnen gemacht. Ich dachte, Sie würden breitschultrig sein statt mager, blond statt dunkelhaarig, rötlich im Gesicht statt blass und glücklich … ich meine, zum Glücklichsein fähig …« Er brach ab, entsetzt über das, was er da gesagt hatte.

Sie gingen schweigend nebeneinanderher, denn auch Hilary war entsetzt über Pierres letzte Bemerkung. Die Fähigkeit zum Glücklichsein haben, das hieß ja wohl, sich eine Zukunft vorstellen können, in der das Glück seinen Platz hätte. Doch Pierre nahm an ihm das Gegenteil wahr. Bedeutete das, dass sein Blick sich ausschließlich in die Vergangenheit richtete – dass die Zukunft für ihn nur die Zeit war, die es abzusitzen galt, während sie ihn unumkehrbar immer weiter von dem einzigen Glück forttrug, das er kannte und je kennen würde? Oder blickte er zwar in die Zukunft, aber in eine, in der es nur für das Unglück Raum gab?

Wenn der Junge tatsächlich gefunden wird, sagte er sich angstvoll – hätte ich dann nicht doch noch die Chance, glücklich zu sein?

Ganz unverhofft formten sich in ihm die ersten beiden Zeilen eines neuen Gedichts. Er wiederholte sie sich im Geist voller Genugtuung immer wieder, testete den Klang jedes Wortes, den Fall jeder Silbe. Sie hatten den Fluss überquert, und er suchte schon nach einer dritten Zeile, einer vierten, ehe ihm bewusst wurde, welch hochmütige Resignation aus ihnen sprach.

Pierre sagte: »Das erste Gedicht in dem Buch war ganz anders als die anderen, nicht wahr? Oder vielleicht kam es mir nur so vor, weil es das einzige über Frankreich war. An welchen Ort dachten Sie, als Sie es geschrieben haben?«

»Cassis«, sagte Hilary. »Da habe ich Lisa zum ersten Mal gesehen«, und dann schwiegen sie wieder, während sie zügig den Boulevard Saint Germain entlanggingen. Aber Pierres Anspielung auf das einzige Gedicht in dem Band, das zur Gänze auf Erlebtem aufbaute, ließ Hilary in Erinnerungen versinken. Ich weiß, dass ich mich nicht mit Vergangenem befassen sollte, sondern mit dem, was mich erwartet, sagte er sich, aber er entschied, nein, nicht heute, an das andere denke ich später, jetzt noch nicht. Für den Augenblick kann ich noch nicht sein ohne meine Droge erinnerten Glücks, und er gestattete es seinen Gedanken, zurückzugleiten zu dem Frühling in Cassis, als er Lisa kennengelernt hatte.

Es war Thomas, durch den er nach Cassis gekommen war – Thomas, der ihn nach ihrem Abschluss in Oxford davon überzeugt hatte, dass ein Jahr in Paris genau das war, was sie brauchten, um ihre literarischen Fähigkeiten auszuweiten. Also hatten sie ein möbliertes Atelier im Dachgeschoss eines verfallenden Hauses auf der Ile de la Cité bezogen, wo Thomas Kunstkritiken für eine Handvoll recht verstiegener englischer Zeitschriften schrieb und Hilary Gedichte veröffentlichte, die seine schon früh in Oxford erworbene Reputation stetig mehrten. Aber ihr Hauptziel und -zweck zu jener Zeit waren neue Kontakte, und einem von Thomas' Kontakten verdankte es Hilary, dass er im Frühling 1938 nach Cassis kam.

Sie teilten sich mit einem russischen Bildhauer eine baufällige Villa direkt am Meer. Und dieser Bildhauer stellte Hilary Lisa vor, die sehr schicklich mit ihren Tanten, Mademoiselle Doria und Mademoiselle Nita, im ersten Haus am Platz wohnte.

Es war Liebe auf den ersten Blick. Weder Hilary noch Lisa zweifelten eine Sekunde daran, dass sie heiraten und den Rest ihres Lebens zusammenbleiben wollten.

Dagegen gab es keinerlei Einwände. Mademoiselle Doria und Mademoiselle Nita waren entzückt, dass Lisa einen Engländer heiraten würde. In ihren Mädchentagen in Polen hatte der »englische Sportsman« als der Inbegriff der Eleganz gegolten, und da dies eine Rolle war, die Hilary zu jener Zeit oft und gern spielte, waren beide Seiten gleichermaßen bezaubert voneinander. Die Mesdemoiselles Vorotski waren Lisas Vormünder und die einzigen nahen Verwandten, die sie hatte. Ihre Eltern waren ermordet worden, als sie 1917 unvorsichtigerweise darauf bestanden hatten, eine Besuchsrunde auf russischen Landsitzen abzuschließen; Lisas Tanten hatten mit dem Kind nach Paris fliehen können, wo sie seither alle drei wohnten.

Also wurden Hilary und Lisa im Herbst 1938 in der britischen Botschaft in Paris getraut, und die Mesdemoiselles Vorotski, beide prächtiger Laune, schifften sich umgehend zu Cousine Elena nach Rio de Janeiro ein. »Sind sie so taktvoll, dass sie uns als Verheiratete nicht stören wollen?«, hatte Hilary Lisa gefragt. »Es wundert mich, dass sie so freudig wegfahren, wo du doch ihr Ein und Alles bist«, und Lisa hatte ihm erklärt: »Nein, ihr Ein und Alles war ich, solange ich sie gebraucht habe, aber sie interessieren sich nur für Leute, um die sie sich kümmern können. Cousine Elena in Rio hat gerade ihren Mann verloren und leidet am grauen Star.« Und so waren Lisas Tanten aus ihrer beider Leben verschwunden, so vollständig verschwunden, dass es Hilary gar nicht in den Sinn gekommen war, ihnen zu schreiben, dass nun auch Lisa unwiederbringlich verloren war.

Keine noch so ausführliche Wegbeschreibung hätte es Hilary ermöglicht, die Impasse de la Pompe im Alleingang zu finden. Hinter Saint-Sulpice hatte Pierre ihn durch ein Labyrinth schmaler Gässchen geführt, bis sich vor ihnen schließlich ein kopfsteingepflasterter Durchgang auftat, in dem kaum zwei Männer nebeneinander Platz hatten. Er verlief zwischen hohen Mauern und endete nach etwa fünfzig Metern an einer weiteren hohen Mauer. Nirgends war eine Tür zu sehen, hinter den Mauern erhob sich nur kahles Gezweig.

»Was für ein erstaunlicher Ort.« Hilary war stehen geblieben und blickte auf das Gras, das zwischen den Steinen hervorspross. »Als wären wir nicht in Paris, sondern in einem ärmlichen Dörfchen fernab der großen Straßen.« Und geradezu beschwingt fügte er hinzu: »Ein wunderbar romantisches Fleckchen, um eine Suche zu beginnen.«

»Ja, nicht wahr?«, sagte Pierre mit der Genugtuung, die wir alle empfinden, wenn wir unsere Freunde mit unserer Begeisterung für etwas anstecken können. »Hier um uns herum enden die Gärten der umliegenden Häuser. Ursprünglich waren das alles die Stadtpalais reicher Adliger; ein paar wenige sind es sogar heute noch, aber in den meisten sind mittlerweile Verlagshäuser und dergleichen untergebracht und in einem sogar eine Gipserei.«

»Aber wo«, fragte Hilary mit gespielter Strenge, »befindet sich nun das Domizil der Madame Quillebœuf?«

»Das werden Sie gleich sehen«, sagte Pierre und ging voran.

Am hinteren Ende weitete sich der Durchgang zu einem kleinen Rondell von knapp drei Metern Durchmesser. An der einen Seite ragte ein rostiges Standrohr aus dem Pflaster, der letzte Überrest der Pumpe, die dem Gässchen den

Namen gegeben hatte. An der gegenüberliegenden Wand, sichtbar erst, wenn man unmittelbar davorstand, war ein schmiedeeisernes Tor, das mit einer rostigen Eisenplatte verstärkt war.

»Hier hinein«, sagte Pierre und trat als Erster hindurch.

Sie standen vor einem kleinen, schachtelförmigen Stuckgebäude. Seine Tür befand sich genau in der Fassadenmitte, gerahmt von zwei hohen, unerwartet schön proportionierten Bogenfenstern. Andere Fenster gab es nicht. An den schmutzigen, abblätternden Stuckarbeiten, mit denen der kleine Bau verziert war, hatte sich einmal ein zartes grünes Holzspalier hochgerankt, aber die meisten Latten waren zerbrochen und hingen splittrig herunter. Vor der Türschwelle pickten zwei zerrupfte braune Hennen.

Hilary betrachtete die Szene voller Entzücken. »Ist das« – er versuchte es mit dem Wort, das ihm als Erstes in den Sinn kam –, »ist das ein Pavillon?«

»Ganz genau«, sagte Pierre, den Hilarys Reaktion sichtlich freute. »Das hier war ursprünglich ein Gartenpavillon – in dem Haus dazu ist jetzt die erwähnte Gipserei. Der Besitzer hatte keine Verwendung für dieses hübsche Spielzeug, darum hat er es an Madame Quillebœuf vermietet. Kommen Sie, dann lernen Sie sie kennen.«

Sie gingen das kurze Stück Pfad entlang, an dessen Rändern noch die zerbrochenen Überreste einer Muschelleiste erkennbar waren, und Pierre klopfte an die Tür.

Nur wenige Augenblicke später öffnete ihnen eine alte Frau, die so groß und breitschultrig war, dass Hilary sie ganz verblüfft anstarrte. Sie war eindeutig eine Bauersfrau, keine Pariserin. In ihr mageres braunes Gesicht gruben sich Runzeln von noch tieferem Braun, ihre Füße in den Pantoffeln waren fest und breit auf die Schwelle gepflanzt, als wollte sie einem unwillkommenen Besuch den Weg versperren. Bei Pierres Anblick jedoch fanden die lange Hakennase und das Nussknackerkinn zu einem breiten Lächeln zusammen. »Ah, haben Sie Ihren Freund mitgebracht, Monsieur«, sagte sie mit rauer Stimme. »Nur herein!« Sie machte Platz, damit die Männer an ihr vorbeigehen konnten, und schloss dann rasch die Tür.

Der ganze Pavillon bestand offenbar nur aus dem einen Raum, in dem sie standen. Ein schöner Raum war es nicht – die Tapeten dunkelbraun mit einem groben kubistischen Muster, die spärlichen Möbelstücke dunkel, plump und auf billige Art überladen. An der Rückwand war eine Ecke mit einer zerschlissenen weißen Tagesdecke abgeteilt, und über allem hing ein unguter, feuchter Geruch, der Hilary bekannt vorkam, ohne dass er ihn hätte einordnen können. Madame Quillebœuf rückte für Hilary und Pierre zwei mit Prägesamt bezogene Stühle an ein schnörkeliges Ziertischchen und stellte sich selbst davor auf, die Hände lose über der glänzend schwarzen Schürze verschränkt.

»Ich hab mir gedacht«, sagte Pierre in einem Ton, den Hilary bisher noch nicht bei ihm gehört hatte, einem langsamen, geduldig überredenden Ton, »ich hab mir gedacht, Madame, dass Sie vielleicht damit anfangen könnten, dass Sie meinem Freund hier erzählen, woher Sie den Curé überhaupt kannten.«

Hilary warf Pierre einen Blick zu, wie um zu fragen, ob das wirklich notwendig war, und Pierre nickte kaum merklich. »Ich habe Übung im Fragenstellen«, hatte Pierre in London gesagt; vermutlich sagte ihm die Erfahrung, dass Madame Quillebœuf leichter in ihre Geschichte hineinfinden würde, wenn sie mit dem begann, was für sie einfach und überschaubar war.

»Es ist jetzt bald fünfzig Jahre her, dass ich den Curé kennengelernt hab«, sagte sie. »Ich hatte gerade geheiratet – mein Mann war damals Gärtner beim Herrn Vicomte. Der Curé kam fast zur selben Zeit ins Dorf, wie der Herr Vicomte sein Geld verloren hat. Ab da hat mein Mann für Monsieur Baudouin auf dem Gut gearbeitet, und gewohnt haben wir beide im Pfarrhaus, und für die nächsten fünfundzwanzig Jahre hab ich dem Curé den Haushalt geführt, und mein Mann hat am Abend bei ihm gegärtnert.«

»Erzählen Sie Monsieur, wie Sie nach Paris gekommen sind«, sagte Pierre, immer noch im gleichen, sanft überredenden Tonfall.

»Ja nun, das war wegen dem Malheur von meinem Mann«, sagte Madame Quillebœuf. »Da hatte der Curé grade aufgehört und war nach Paris gezogen, also hab ich mir vom Schulmeister einen Brief schreiben lassen und ihn um Rat gefragt. Er war immer gütig, der Herr Pfarrer – er wusste von diesem kleinen Haus hier, das so billig ist, Messieurs, wie man's gar nicht glauben kann – und er hat gesagt, wir sollen hierherkommen, wo ich mir mit Waschen und Nähen was verdienen kann. Und so schlagen wir uns recht gut durch, Messieurs, nur zum Nähen sind meine Hände diese letzten Jahre zu krumm geworden, deshalb bleibt bloß das Waschen, und so teuer, wie jetzt alles wird, reicht das nicht weit. Aber immer noch besser, wie in der Normandie arm zu sein, wo mein Mann nämlich herkommt, denn da besorgt jede Frau das Waschen noch selber, nicht wie die Pariser Damen.« Diese letzten Worte sprach sie mit einer Art listiger Verachtung und warf dabei einen flinken Blick zu Hilary hinüber, wie um zu sehen, ob er ihren Humor teilte.

Also das war der Geruch, dachte Hilary, Waschtag um Waschtag, Jahr um Jahr um Jahr. Was für ein Malheur mochte ihren Mann wohl befallen haben?, überlegte er, wagte aber nicht, sich zu erkundigen. Er war froh, das Wort Pierre überlassen zu können, dessen Fragen ihm über kurz oder lang irgendeine Erkenntnis über seinen Sohn bescheren würden. Aber er wollte seinen Teil zu der Stimmung beitragen, die Pierre zu erzeugen versuchte, und so erwiderte er Madame Quillebœufs Blick mit einem für sein Gefühl ganz und gar unechten Grinsen.

Doch Pierre schien damit zufrieden, denn auch seine Miene spiegelte Madame Quillebœufs listiges Frohlocken wider. »Ihre Waschdienste sollten sich ja während der Besatzung für viele Pariser als enorm nützlich erweisen«, bemerkte er mit vielsagendem Unterton.

»Und ob«, sagte Madame Quillebœuf, »und ob«, und sie beugte sich vor und stützte die Hände auf die Knie; ein meckerndes Lachen schüttelte sie.

»Aber Monsieur weiß ja gar nicht, wovon wir reden.« Pierre drehte sich in Hilarys Richtung, als wäre er ihm eben erst wieder eingefallen. »Möchten Sie ihm nicht erzählen, Madame, wozu Ihre Wäsche während der Besatzungszeit gut war?«

»Ich hab dem Herrn Pfarrer immer seine Wäsche gewaschen, von meinem ersten Tag in Paris an«, sagte Madame Quillebœuf. »Zahlen konnt er mir natürlich nichts dafür, aber es war immer bloß ein kleines Bündel, und man ist ja froh, wenn man was zurückgeben kann. Jede Woche hab ich meine Runde durch die Rue du Vaisseau gemacht, und als Letztes kam ich immer zu ihm mit meinem großen Korb, und er hatte jedes Mal ein Glas Wein für mich und ein gutes Wort für meinen Mann daheim. Dann hab ich seine paar Sachen zu der anderen Wäsche gestopft und meinen Korb wieder genommen, und das war's bis zur Woche drauf.

Ja nun, Messieurs, so ging das Jahr für Jahr. Jeden Dienstag, so gegen fünf Uhr – mal etwas früher, mal später –, kam ich mit meinem Korb zum Herrn Pfarrer. Und eines Dienstags, die Boches waren grade erst in Paris einmarschiert, da hatte der Herr Pfarrer eine ganz neue Sorte Wäsche für mich.«

Sie hielt inne und sah mit einem fragenden kleinen Lächeln zu Pierre, und dieser antwortete mit einem herzlichen, ermunternden Lachen.

Daraufhin sprach Madame Quillebœuf Hilary zum ersten Mal direkt an. »Das glauben Sie nicht, Monsieur, was für eine Wäsche an dem Dienstag beim Herrn Pfarrer auf mich gewartet hat.« Hilary, der inzwischen auch begriffen hatte, dass die alte Frau Ermutigung durch ihre Zuhörer brauchte, musste seine Gespanntheit diesmal nicht heucheln. »Ein kleiner Bub war's«, sagte Madame Quillebœuf triumphierend, »ein kleiner Bub in einem weißen Spitzennachthemd, der in dem großen Schrankfach unterm Bücherregal schlief.«

Hilary warf einen alarmierten Blick zu Pierre hinüber, der ganz leicht den Kopf schüttelte. »Warten Sie«, formten seine Lippen, während sein Gesicht blitzschnell den Ausdruck gebannter Ungläubigkeit annahm, nach dem die Kunstpause der Erzählerin verlangte.

»Doch, doch«, sagte sie befriedigt. »Ein kleiner Bub mit einem Kopf voll blonder Löckchen, vielleicht zwei Jahre alt, wie eins von Gottes kleinen Englein. ›Madame‹, sagte der Herr Pfarrer zu mir, ›wenn Sie und ich den Jungen nicht retten, dann bringen diese gottverfluchten Teufel ihn um.‹ Und ich sagte, ›Nein, *mon père*, nicht mal ein Deutscher würde so ein Kindchen umbringen‹, denn das waren die ersten Tage der Besatzung, und wir wussten noch nicht, wozu sie fähig waren. Aber der Herr Pfarrer sagte, o doch, sie würden das Kind umbringen, wenn sie es fänden, wegen dem braven Mann, der sein Vater war, und so sagte ich schließlich: ›Gut, *mon père*, und was kann ich tun, damit der Bub gerettet wird?‹ ›Decken Sie ihn mit der Wäsche zu und tragen ihn zu sich nach Hause‹, sagte der Herr Pfarrer, ›und passen Sie auf ihn auf, bis ich jemanden schicken kann, der ihn holt.‹ ›Und was ist, wenn er unterwegs aufwacht und quäkt wie ein kleines Ferkel?‹, fragte ich. ›Ich habe ihm etwas gegeben, damit schläft er bis Mitternacht‹, sagte der Herr Pfarrer. ›Und wenn diese Teufel mein Haus durchsuchen, um zu schauen, ob ich etwas verstecke?‹, fragte ich. ›Dann haben Sie und Ihr Mann das Söhnchen Ihres verwitweten Sohns in Algier zu sich genommen‹, sagte der Herr Pfarrer, der genau wusste, dass unser lieber Isidor, der schon seit fünfzehn Jahren tot war, drüben als Busfahrer für die Compagnie Générale Transatlantique gearbeitet hatte.« Sie musste Atem schöpfen.

»Das war sehr vorausschauend von Ihnen, all diese Schwierigkeiten zu bedenken, ehe Sie handelten«, sagte Pierre leise.

»Ja, vorausschauend bin ich«, sagte Madame Quillebœuf mit gebührendem Stolz, »vorausschauend und keine Schwätzerin, deshalb hatte der Herr Pfarrer ja auch mich ausgewählt für diese schwierige und gefährliche Aufgabe.

Gut«, fuhr sie fort, »ich hab den Kleinen also heim zu mir genommen, und drei Tage blieb er bei uns, nur mit seinem kleinen weißen Hemdchen am Leib, denn andre Kleider hatte ich für ihn keine. Aber der Herr Pfarrer war wunderbar klug, er dachte an alles. Am dritten Abend – das war dann, warten Sie, Donnerstag –, als es gerade dunkel geworden war, klopfte ein junger Mann bei mir. ›Madame‹, sagt er, ›ich wollte fragen, ob Sie wohl das Waschen für meine Schwiegermutter besorgen können‹, denn wissen Sie, Messieurs, genau so hatte es mir der Herr Pfarrer angekündigt. Darauf sollte ich sagen: ›Und wo wohnt Ihre Schwiegermutter?‹, also hab ich's gesagt, und drauf er, genau wie abgemacht: ›Nur fünf Minuten zu Fuß vom Orphelinat in Auteuil.‹ Jedes Mal, wenn jemand zum Abholen kam – denn es war nicht immer derselbe junge Mann –, wurden genau diese Worte gesagt. Und dann holte dieser junge Mann aus seinen Manteltaschen eine kleine Hose und ein Hemd und Sandalen, und wir zogen sie dem Bübchen an und sagten ihm, dass es jetzt heimging zu seiner Maman, und fort gingen sie, lustig und vergnügt.«

»Und gingen sie zu seiner Mutter?«, fragte Hilary.

»O nein«, sagte Madame. »Seine Mutter war ja längst umgebracht. Wir haben ihm das bloß gesagt, damit er unterwegs Ruhe gibt.«

»Sehr schlau ausgedacht«, sagte Pierre hastig und bedachte den entsetzt auffahrenden Hilary mit einem strafenden Blick.

»Das haben wir ihnen immer gesagt, wenn sie geholt wurden«, sagte Madame zufrieden. »Sie waren immer lieb und brav, wenn sie dachten, sie gehen jetzt zu ihrer Maman.«

»Und wohin gingen sie in Wirklichkeit?«, fragte Hilary.

»Das weiß ich nicht«, sagte Madame entschieden, »und ich wollt's auch nicht wissen. Je weniger man von andern Leuten wusste, desto besser. In ein gutes katholisches Zuhause, hoff ich aber, denn viele von denen, die ich in meinem großen Korb mitgenommen hab, waren kleine Israeliten.«

Was für eine schauerliche Person, dachte Hilary mit unfreiwilliger Bewunderung. Ihm schien nichts problematischer, als über einen Charakter zu befinden, in dem sich Gutes und Böses gleichermaßen offenbarten; er sah, wenn auch widerstrebend, ein, dass sowohl gute Menschen ein paar kleine Laster als auch böse ein paar kleine Tugenden haben konnten; sein Unvermögen, die eigene Persönlichkeit auf der einen oder anderen Seite dieser moralischen Trennlinie anzusiedeln, war etwas, was ihn immer wieder beunruhigte.

Pierre sagte indessen: »Monsieur würde gern etwas über das Letzte all dieser Kinder erzählt bekommen.«

Hilary sog scharf den Atem ein und wartete.

»Ach«, sagte Madame leise und mit großer Zärtlichkeit, »mein kleiner Boubou.«

»Hieß er so?«, fragt Hilary rasch.

»So hab ich ihn genannt«, sagte Madame. »Seinen richtigen Namen weiß ich nicht, den hat mir nie einer gesagt. Boubou, so hab ich auch meinen Isidor genannt, als er noch ein ganz kleines Würmchen war.«

Sie kann nicht von meinem Kind reden, dachte Hilary. Wie könnte mein Sohn diesen Dragoner von einer Frau an ihren Isidor erinnert haben? Er merkte nicht, dass er sein unbekanntes Kind damit erstmals nicht als Symbol sah, sondern als einen Menschen, den er gegen ein möglicherweise übelwollendes Urteil in Schutz nehmen musste.

»Erzählen Sie Monsieur, wie Boubou zu Ihnen gekommen ist«, bat Pierre.

»Nun«, sagte Madame, »gekommen ist er wie all die anderen auch, in meinem großen Wäschekorb, fest schlafend. Da war nichts Ungewöhnliches dran. Ich hab ihn heim zu mir getragen wie all die andren, und wie er am Morgen wach wurde, fragte er: ›Wo ist Maman?‹, wie sie alle, und ich hab ihm gesagt, deine Maman kommt dich bald holen, wie ich's immer gemacht hab, und er war engelsbrav. Er saß stundenlang still da und hat meinen armen Mann angeschaut.«

»Wieso das?«, entfuhr es Hilary, der seine Neugier nicht länger bezähmen konnte.

»Sehen Sie selber, Monsieur«, sagte Madame, und sie ging zu der herabhängenden weißen Tagesdecke in der Zimmerecke und schlug sie beiseite.

Ein großes Messingbett kam zum Vorschein und auf dem Bett ein alter Mann. Seine Haare und der Bart waren weiß, seine Haut grotesk bleich, und seine Augen starrten leer in eine unbestimmte Ferne. Er lag vollkommen still. Nichts an ihm bewegte sich bis auf eine große Speichelblase, die langsam in seinem Mundwinkel wuchs, zerplatzte und ihm als Sabber übers Kinn lief, während sich schon die nächste Blase bildete.

»Stundenlang konnt er bei ihm auf dem Bett sitzen und ihm zuschauen«, sagte Madame mit einem Stolz in der Stimme, der ihrem Mann und dem kleinen Jungen zu gleichen Teilen zu gelten schien.

Leichte Übelkeit befiel Hilary. Der Anblick dieser

schlaffen Gesichtszüge erfüllte ihn mit Ekel. »Wie lange geht das schon so?«, fragte er.

»Vier Jahre«, sagte Madame gleichmütig und ließ die Decke wieder herabfallen. Sie kehrten zu ihren Stühlen zurück. »Davor war bloß die eine Seite gelähmt. Da konnt er zwar nicht mehr graben und alles das, aber kleinere Sachen im Haus gingen noch, die Hennen füttern, so was. Aber seit dem letzten Schlag ist er so, wie Sie's jetzt sehen. Tun kann für ihn keiner mehr was, außer ihn füttern und sauber machen.«

Hilary stellte sich diese Verrichtungen vor, und seine Übelkeit wuchs. Das verwunschene Häuschen flößte ihm jetzt nichts als Grauen ein, er wollte nur noch fort, fort von der ganzen Geschichte, die ihn hierhergeführt hatte. Mit Mühe kämpfte er ein Würgen nieder, den Blick verzweifelt auf Pierre gerichtet, der ganz ruhig sagte: »Was für ein Glück, dass der kleine Boubou so genügsam war, da er ja so lange bei Ihnen bleiben musste.«

»Aber damit hatte ich niemals gerechnet«, sagte Madame dramatisch. »Die Kinder sind ja immer geholt worden, eh die Woche um war, manche sogar gleich am selben Abend, manche erst nach drei oder vier Tagen, aber immer, bevor's wieder Dienstag wurde. Ich hab nicht gewusst, was ich denken soll.

Und dann, Dienstag drauf – kurz vor Weihnachten war das –, komm ich mit meinem großen Korb in die Rue de Vaisseau und höre, dass der Herr Pfarrer tot ist. Im Schlaf gestorben, haben sie mir gesagt, noch in der Nacht, wo ich meinen kleinen Boubou zu mir gebracht hab. Ich hab nicht gewusst, was ich tun soll. Ich bin wieder heim mit meinem Korb und hab gewartet, dass jemand kommt und fragt, ob ich seiner Schwiegermutter die Wäsche mach.

Es wurden zwei Wochen, Messieurs, drei Wochen, ein Monat, und immer noch kam niemand, und mit jedem Tag ist mir der Kleine lieber geworden. Ich hab ihm erzählt, ich wär seine Oma, die auf ihn aufpasst, solange seine Maman fort ist – Grandmaman hat er zu mir gesagt. Und manchmal hab ich mir sogar vorgemacht, er wär wirklich der Sohn von meinem Isidor – der nie geheiratet hat, Gott hab ihn selig –, und gehofft, es klopft nie an der Tür.«

Sie brach ab, um sich mit dem schwarzen Schürzenzipfel die Tränen wegzutupfen, die langsam aus ihren trüben roten Augen quollen. Hilary murmelte Pierre über den Tisch hinweg zu: »Der alte Mann war wahrscheinlich gestorben, bevor er die nächsten Schritte veranlassen konnte.« »Das nehme ich auch an«, sagte Pierre leise, und dann warteten beide, dass die alte Frau fortfuhr.

»Es hatte keinen Sinn«, sagte sie knapp. »Nach drei Monaten hab ich mir da nichts mehr vorlügen können. Ich hätt den Buben ja nicht sein Leben lang wie einen Gefangenen hier im Zimmer halten können, wo er nicht mal vor die Tür durfte, damit keiner ihn rufen hört. Außerdem hatte ich nicht das Geld. Es gab kaum Arbeit, und so ein Kleinchen braucht Milch, Butter, gutes rotes Fleisch, nicht auszudenken, was das auf dem Schwarzmarkt kostet. Und dann wär er ja gewachsen. Er wär aus seinen Kleidern rausgewachsen, und wo hätt ich dann neue hernehmen sollen? Ich hab hier gesessen, an diesem Tisch, Nacht für Nacht, und nach Auswegen gesucht, wie ich ihn behalten kann, und keinen gefunden.«

Vor Hilarys innerem Auge erstand das Bild der abgearbeiteten alten Frau, die gebeugt am Tisch saß und sich das Hirn zermarterte, wie sie sich ihren unerreichbaren

Herzenstraum erfüllen könnte, während der alte Mann in seinem Messingbett lag und das Kind – »Wo hat das Kind geschlafen?«, fragte er unvermittelt.

»Da drüben, bei uns«, sagte Madame überrascht und zeigte auf den angegrauten Überwurf. »Wo hätt er denn sonst schlafen sollen? Wir haben uns gegenseitig warm gehalten.«

»Mein Gott«, sagte Hilary gepresst, hin- und hergerissen zwischen Mitleid und Ekel angesichts der Szene, die seine Fantasie ihm ausmalte.

Pierre sagte: »Ja, das ist immer schwierig, wenn Kinder aus ihren Kleidern herauswachsen. Wie war der kleine Boubou denn angezogen, Madame, als er zu Ihnen kam?«

»Ach«, sagte Madame, »bei dem Kind konnte man sehen, dass es geliebt worden ist. Diese wunderschöne Stickerei auf seinem Hemdchen – von Hand gesmokt – und drüber ein kleiner hellblauer Strickpullover. Und kleine wollene Knickerbocker und Söckchen aus Seide! Gut, es war alles schmutzig und knittrig, als er zu mir kam, aber eine Waschfrau erkennt gute Qualität und Handstickerei, wenn sie sie sieht.«

»Hatte er einen Mantel?«, fragte Pierre.

Madame Quillebœuf schüttelte den Kopf. »Nein, keinen Mantel«, antwortete sie. »Das hat mich auch gewundert, muss ich sagen, es war ja Dezember, wie er zu mir kam, aber dann hab ich gedacht, gut, er wird's warm genug haben unter der ganzen Wäsche, und es ist ja nur für einen Tag oder zwei, denn das dachte ich damals ja noch, wissen Sie. Und der Herr Pfarrer war so blass und vergrämt, da hab ich nicht fragen mögen, auch wenn ich nicht geahnt hab, dass es der Schatten des Todes ist, der schon über ihn fällt.«

Pierre seufzte. »Ja, und als Boubou dann drei Monate bei Ihnen war ...«, half er nach.

»Es ging nicht mehr«, sagte Madame abschließend. »Wie ich's auch gewendet hab, es lief immer aufs Selbe raus. Irgendwie musste ich für meinen Boubou ein gutes Zuhause finden.«

In der winzigen Pause vor ihrem nächsten Satz entspann sich in Hilarys Kopf eine ganze Saga: Unter Madame Quillebœufs Kundinnen war eine reiche Frau, die gerade ihren einzigen Sohn verloren hatte, sie hatte den kleinen Boubou bei sich aufgenommen, sie überschüttete ihn mit Fürsorge und Liebe, es wäre grausam, ihn ihr wegzunehmen ...

»Und schließlich ist mir«, sagte Madame, »das Waisenhaus in A-- eingefallen, wo ich geboren bin.«

Pierre warf einen scharfen, warnenden Blick in Hilarys Richtung, der, ohne sich seiner veränderten Körperhaltung bewusst zu sein, plötzlich ganz verkrampft dasaß.

Madame sagte: »Ich wusste gleich, das ist ein guter Plan. Aber ihn auszuführen war nicht so einfach. Da gab es erst einiges zu regeln.

Da war schon mal das Fahrgeld. Bei den reichen Leuten geht so was leicht, die zücken ihre Börse, die sagen: ›Wie viel?‹, und legen das Geld hin. Bei unsereins ist das anders. Da ist jeder Sou doppelt verplant, und was zurücklegen, dazu reicht's schon seit Jahren nicht mehr.

Am Ende hab ich die Wanduhr verkauft. Es war für einen guten Zweck. Ich bereu's nicht.

Das nächste Problem waren die Kleider. Als Erstes hat er einen Mantel gebraucht gegen den kalten Märzwind, und außerdem, wie hätt das im Zug ausgeschaut, wenn alle gesehen hätten, unterm Mantel ist er angezogen wie das Kind von reichen Leuten? Aber schließlich hab ich gewusst, was ich tun muss. Eines Nachts hab ich ihn in einem alten Hemd von meinem Mann ins Bett gesteckt, und dann hab ich jeden Faden, den er am Leib hatte, gewaschen und geflickt und gebügelt. Er hatte die Sachen ja tagein, tagaus an, für weiß Gott wie lange Zeit. Ich kann nicht sagen, dass sie noch so aussahen wie anfangs, als er zu mir kam. Aber ich hab mich redlich damit geplagt, und am Morgen hab ich sie genommen und verkauft.«

Sie starrte Hilary mit einem Trotz im Blick an, den er nicht recht zu deuten wusste. Pierre verstand schneller. Er sagte behutsam: »Ich bin sicher, Madame, wenn die Angehörigen des Kindes je gefunden werden, dann werden sie der Meinung sein, dass Sie absolut recht daran getan haben, die Kleider zu verkaufen.«

»Ja«, sagte sie, etwas begütigt jetzt, aber immer noch abwehrend, »so hab ich's gemacht. Ich hab die Kleider verkauft und ihm stattdessen Sachen besorgt, wie sie für ein Kind aus dem Volk passen. Neu waren sie nicht, das kann ich nicht behaupten. Aber es war alles dabei, was man braucht – und Sie hätten ihn sehen sollen, wie er sie angezogen hat, stolz wie nur was.

Am nächsten Morgen sind wir in aller Herrgottsfrühe zum Bahnhof, bevor einer von den Nachbarn auf den Beinen war. Ich hab meinen Mann nicht gern einen ganzen Tag lang allein gelassen – es war das erste Mal, aber was hätt ich sonst tun sollen –, und zum Glück ist nichts passiert, auch wenn's beim Heimkommen natürlich doppelt Arbeit gemacht hat. War nicht einfach, die Mutter Oberin dazu zu kriegen, dass sie den Buben nimmt, aber zum Schluss hat sie's eingesehen. Ich kann ihn besuchen kommen, sooft ich will, hat sie noch gesagt, als ich gehen musste, aber dafür hat das Geld nie gereicht. Drei Jahre ist das jetzt her ...« Sie verstummte und stand reglos da, einen verbissenen Schmerzenszug um den Mund.

Ohne nachzudenken sagte Hilary: »Madame, ich weiß noch nicht, ob das Kind, von dem Sie uns erzählt haben, dasjenige ist, das ich suche, aber würden Sie mir erlauben, Ihnen im Namen der Eltern wenigstens die Kosten zu erstatten, die Sie seinetwegen hatten?« Er brach ab, entsetzt über sich selbst. Er hatte aus einem Impuls der Dankbarkeit heraus gesprochen, einem Wunsch, zu trösten, aber machte sein Anerbieten, für etwas zu zahlen, das frei gegeben worden war, das Geschenk letzten Endes nicht wertlos?

Doch Madame Quillebœuf plagten keine solchen Bedenken. Ihr Mund verlor seinen verbissenen Zug, und sie sagte: »Monsieur ist zu gütig. Ich kann nicht so tun, als ob ich nicht manchmal gehofft hätte, dass vielleicht irgendwann ...«, und dann, in fast wilder Gier: »Ich kann Ihnen gar nicht sagen, wie sehr ich das Geld brauche.«

Eilig zog Hilary seine Brieftasche hervor, entnahm ihr einen Tausend-Franc-Schein und sah unsicher zu Pierre hinüber, der vehement nickte. Dann gab er den Schein der alten Frau, die ihn geschwind in einer Tasche unter ihrer Schürze verschwinden ließ und feierlich sagte: »Möge der Herrgott Sie segnen, Monsieur.«

Pierre flüsterte: »Gibt es irgendetwas, das Sie sie noch fragen möchten, bevor wir gehen?«

Hilary schluckte und fragte, wobei er jedes Wort sorgfältig betonte: »Hat er ... hat der Junge jemals irgendetwas über sein Zuhause erzählt – über seine Mutter?«

Die alte Frau dachte ein Weilchen nach. »Ich hatte natürlich nicht oft Zeit zum Reden«, sagte sie endlich, »und es waren so viele Kinder, da komm ich manchmal durcheinander damit, was eins gesagt und was das andre gesagt hat. Man konnte merken, dass Boubou gut erzogen war – er hatte beim Kauen immer schön den Mund zu, und einmal, das weiß ich noch, hab ich gesagt: ›Wisch dir die Nase ab‹, und er sagte: ›Ich hab kein Taschentuch.‹« Bei der Erinnerung lächelte sie. »Ja«, wiederholte sie, »das hat er gesagt: ›Ich hab kein Taschentuch.‹«

Pierre murmelte: »Ich fürchte, mehr werden Sie von ihr nicht erfahren. Ich hab's auch schon versucht, aber sie erinnert sich an nichts Brauchbares.«

Er stand auf und dankte der alten Frau in aller Form dafür, dass sie sie so freundlich empfangen hatte, und Hilary tat es ihm nach, so gut er konnte. Und dann waren sie dem baufälligen Pavillon, dem versteckten Gässchen endlich entronnen und standen wieder draußen auf der lärmenden Straße.

»So«, sagte Pierre munter, »wollen wir etwas trinken gehen?«

VIERTES KAPITEL

Hilary sagte: »Das ist eine gute Idee. Kennen Sie irgendein Lokal, wo es ruhig ist – ich meine, wo wir in Ruhe reden können?«

»Dafür ist nachher noch genug Zeit«, sagte Pierre und zog Hilary mit sich. »Vorher möchte ich Ihnen noch eine kleine Bar zeigen. Ein paar Freunde von mit treffen sich dort öfter, und ich würde Ihnen gern zwei, drei davon vorstellen.«

Verwirrt trottete Hilary hinter Pierre her. Sollten wir nicht besser gleich über alles sprechen, dachte er, solange die Eindrücke noch frisch sind? Er verstand Pierres plötzlichen Stimmungsumschwung nicht – woher kam, nach der vorsichtigen Zartheit, mit der er Madame Quillebœuf begegnet war, auf einmal diese Unternehmungslust? Zum ersten Mal, seit er Pierre kannte, konnte von Einvernehmen zwischen ihnen keine Rede sein.

Als er freilich zehn Minuten später bei einem Pernod in der kleinen Bar bei Saint-Sulpice saß, waren Madame Quillebœuf und ihr ramponiertes Puppenhaus völlig vergessen. Pierres Freunde waren schon da, als sie eintrafen. Einer war Edouard Renier, Herausgeber einer der renommierteren unter den unzähligen literarischen Monatszeitschriften. Dann war da eine kleine vierschrötige, unruhig wirkende Frau mit markanten Gesichtszügen, die, wie

Pierre sagte, völlig in der Résistance aufgegangen war und sich nun überflüssig und verloren fühlte. Ein vornehm aussehender junger Chemiker war da, der in der Forschung arbeitete, und ein Wesen mit schwarzen Zottelhaaren, das politische Leitartikel für eine linke Tageszeitung schrieb.

Mit all diesen Menschen verstand Hilary sich auf Anhieb ausgezeichnet. Diese Menschen waren seine Freunde, seine Wahlverwandten. Wo immer auf der Welt er sich aufhielt, früher oder später fand er Anschluss an solch eine Gruppe und war von da an unter seinesgleichen. All diese Menschen würden, soweit es ihnen freistand, ihre Wohnung auf ähnliche Art einrichten; man konnte ein Zimmer in Prag oder Budapest, Paris oder London betreten, und schon ein Blick auf die hell getünchten Wände, die schweren Webvorhänge, die großen, abgewetzten Armsessel, die witzige Nippesfigur im Regal stellte klar, dass hier ein europäischer Intellektueller einer bestimmten Generation mit bestimmten, wiedererkennbaren Ansichten zu Hause war. In jedem dieser Zimmer würden die offenen Regale aus hellem Holz die gleichen Bücher enthalten, und daher gab es zwischen Mitgliedern dieser Gruppe, sobald sie sich trafen, eine ganze Bandbreite lohnender Themen. Sie mussten nicht erst über das Wetter reden, mühsam gemeinsame Bekannte ausfindig machen oder sich Fotos von ihren Kindern zeigen; hatte man sich einmal erkannt, fielen alle Schranken.

Pierres Freunde hatten alle schon von Hilary gehört. Sie freuten sich, ihn kennenzulernen – »endlich«, sagten sie, als wäre schon viel und oft über ihn gesprochen worden. Sie alle hatten Fragen an ihn, und es waren fundierte, interessante Fragen, zu denen er mit seiner Meinung einen willkommenen Beitrag leisten konnte. Hilary stellte seinerseits Fragen an sie, und diese Menschen konnten ihm mit ihren Ansichten die Antworten geben, die er suchte. Und als Pierre später mit Hilary zum Essen ging, kamen Eduoard Renier und die Frau, die alle nur Bobby nannten, mit.

Sie aßen in einem dunklen, schmuddeligen kleinen Lokal ein paar Häuser weiter, dessen Betreiber – und diese Antwort wurde langsam eintönig, wenn Pierre von seinen Bekannten sprach – Mitglied der Résistance gewesen war. Auf den Tischen lagen fleckige Wachstuchdecken, die Stühle waren aus hartem braunem Holz; nichts lud den Zufallsgast, der hoffnungsvoll die Tür öffnete und hereinsah, zum Verweilen ein.

Aber in diesem engen, schäbigen Raum verbrachte Hilary zwei so glückliche Stunden, wie er sie nicht mehr erlebt hatte, seit er Lisa in Paris hatte zurücklassen müssen.

Zunächst einmal war das Essen unglaublich opulent. Es gab Weißbrot, es gab riesige blutige Steaks, gut zwei Finger dick, auf denen reichlich Butter schmolz. Es gab Sahnebaisers, es gab einen reifen Brie, einen vorzüglichen Bordeaux, einen ganz milden Armagnac. Früher einmal – aber wie lang war das her! – hatte Hilary etwas vom Essen verstanden. Er hatte seinen Gaumen als ein kostbares Instrument zum Lustgewinn begriffen und ihm erlesenstes Wissen zugeführt. Doch all dies lag so weit zurück, dass diese Sinneseindrücke für ihn nicht mehr abrufbar waren. Seit etlichen Jahren schon waren die Mahlzeiten nur noch stumpfe, methodische Pflichtübungen, denen sich kaum mehr Wohlgefühl abgewinnen ließ als der Darmtätigkeit, die ihnen unweigerlich folgte.

Und so kam es, dass das Wiedererwachen seiner so

lange schmählich vernachlässigten Geschmacksknospen in Hilary zugleich Erinnerungen an andere sinnenfrohe Empfindungen weckte. Er roch wieder das sonnenheiße Gras der Provence, die teuren Parfüms der Damen in edlen Restaurants, den geharzten Wein, den er in Griechenland getrunken hatte. Er hörte das Zirpen der Zikaden an heißen Abenden in Südfrankreich, die Zigeunermusik in Hortobágy, das Stimmengewirr italienischer Marktplätze. Mit gestochener Klarheit sah er die schwarzen französischen Landstraßen, auf denen die Sonne spiegelnde Lichtseen aufschimmern ließ, sah den flirrend blauen Himmel über der Zackenlinie hoher Berge. Er vergaß, dass er in der Vergangenheit, als all dies seins gewesen war, auch Jugend und Freiheit besessen hatte, in einer Welt ohne Krieg; er wusste nur, dass das Leben, das vor ihm lag, plötzlich auch die Verheißung möglicher Freuden bereithielt, die er bisher in seinen Gedanken komplett ausgeklammert hatte.

Bei Kaffee und Brandy wandte sich das Gespräch praktischen Dingen zu. Edouard Renier fragte Hilary, ob er nicht vielleicht Lust habe, einen Artikel über das Schaffen der englischen Exildichter während des Krieges zu schreiben. Ob er bereit sei, zu einem späteren Zeitpunkt ein paar Vorträge über englische Literatur zu halten? Sein Name sei den jüngeren französischen Autoren durchaus ein Begriff; Renier könne ihm eine große und interessierte Zuhörerschaft versprechen. Und im Gegenzug schlug Hilary vor, Renier möge ihm einige Artikel über französische Schriftsteller schicken, die kollaboriert hatten. Von da kamen sie auf französische und englische Maler zu sprechen, und nun redete die Frau, Bobby, lebhaft und geistreich mit. Sie debattierten über das spontane Aufblühen der angewandten Kunst in Italien und deren historische und soziologische Hintergründe. Und während alldem saß Pierre zurückgelehnt auf seinem Stuhl und hörte mit wohlwollendem Lächeln zu. Ihn in die Unterhaltung einzubeziehen, schien nicht nötig. Einmal dachte Hilary flüchtig, der gute Pierre, ein Intellektueller ist er nicht, bei solchen Diskussionen kann er nicht mithalten – ohne in diesem Aufflackern mitleidiger Herablassung die Hellsichtigkeit zu würdigen, die Pierre dazu veranlasst hatte, aus der Schar seiner Bekannten diese zwei zu ihrem Essen mitzunehmen.

Dann dämmerte es Hilary, dass Renier und Bobby ein Liebespaar waren. Er bemerkte, wie begehrlich Bobby auf Reniers schwarz behaarte Hände blickte, mit welch lässiger Selbstverständlichkeit sich Renier ihre Nähe gefallen ließ. Nach und nach schlug sein unreflektiertes Glücksgefühl in jene nostalgische Wehmut um, die uns so leicht zum Weinen bringt, nicht um uns selbst und unseren augenblicklichen Kummer, sondern um die größere Tragödie unserer Existenz in einer tragischen Welt.

»Wir müssen los«, sagte Pierre ohne Erklärung oder Entschuldigung. Er hatte ein so feines Gespür für Hilarys Stimmungen entwickelt wie eine Mutter bei ihrem einzigen Kind. Draußen vor dem Restaurant sagte er: »Ich komme mir sehr gedankenlos vor. Vielleicht haben Sie ja alte Freunde hier, die Sie viel lieber aufsuchen würden?«

»Nein«, sagte Hilary kurz angebunden. In seinem Pariser Leben mit Lisa hatte es keine französischen Freunde gegeben, von denen er jetzt, nach Krieg und Besatzung, noch hoffen konnte, sie unverändert am alten Platz vorzufinden. Als er hier gewohnt hatte, war er der Meinung gewesen, zur Gänze in Frankreich und im Leben der

Franzosen angekommen zu sein. Nun wurde ihm klar, dass all seine Bekannten Menschen wie er gewesen waren. Engländer, Polen, Amerikaner, Flüchtlinge aus Deutschland, intellektuelle Exilanten, die der Krieg in alle Winde zerstreut hatte.

»Dann setzen wir uns draußen vors Café de la Paix«, bestimmte Pierre. »Sie sind ein ausländischer Tourist, und für ausländische Touristen gehört sich das so.«

Es war ein guter Platz. Menschentrauben zogen lärmend vorbei, der bärtige Mann am Nachbartisch lachte sich eine kleine blonde Prostituierte an, die beiden makellos zurechtgemachten Dunkelhaarigen mit ihren ebenso makellosen Begleitern spielten Damen von Welt. Hilary vergaß die Schwermut, die ihn überkommen hatte, und blickte mit reger Aufmerksamkeit um sich.

Diesen Augenblick wählte Pierre, um endlich zu fragen: »Was halten Sie denn nun von Madame Quillebœufs Geschichte?«

Daran, dass Pierre nach eigenem Bekunden Übung im Fragenstellen hatte, erinnerte sich Hilary in diesem Moment nicht. Ihm war nicht bewusst, dass die befreiende Wirkung, die Pierres Abendgestaltung auf ihn gehabt hatte, es ihm nun ermöglichte, ohne Anspannung und Abwehr über die Sache zu sprechen. Er stellte die Frage, die ihn beschäftigt hatte.

»Warum war es Ihnen so wichtig, zu erfahren, ob das Kind einen Mantel anhatte?«

Pierre seufzte. »Jeannes Concierge hat mir sehr detailliert den Mantel beschrieben, den Ihr Junge anhatte, als Jeanne mit ihm weggegangen ist«, sagte er. »Wenn Madame Quillebœuf sich an denselben Mantel erinnert hätte, wäre das ein untrüglicher Beweis.«

»Und ohne einen solchen Beweis?«, fragte Hilary.

»Ich glaube, es ist Ihr Sohn«, sagte Pierre mit fester Stimme.

Beim Abschied von Madame Quillebœuf war Hilary überzeugt gewesen, dass die Geschichte, die sie über den kleinen Boubou gehört hatten, die Geschichte seines eigenen Kindes war. Jetzt begannen rationale Einwände diese Gewissheit zu überlagern. Er sagte: »Aber mit Sicherheit lässt es sich nicht sagen.«

»Nein, das nicht«, gab Pierre ihm recht, »aber die Wahrscheinlichkeit ist sehr hoch. Wir wissen, dass Jeanne den Curé kannte. Vermutlich wusste sie, dass er andere Kinder in Sicherheit gebracht hatte, und so hätte es für sie nahegelegen, sich an ihn zu wenden, als sie merkte, dass der Junge bei ihr in Gefahr war; im Zweifel blieb ihr nicht viel Zeit, Vorkehrungen zu treffen. Vom Datum her müsste es in etwa stimmen; Madame Quillebœufs Angaben sind nicht sehr präzise, aber nach dem, was sie sagt, kam das Kind eine oder zwei Wochen vor Weihnachten zu ihr. Jeanne wurde am 10. Dezember festgenommen, wenn wir also davon ausgehen, dass der Junge eine Woche beim Curé war, bevor die alte Frau ihn zu sich nahm, kommt es ungefähr hin. Und noch eins: Ich habe seine Blutgruppe bestimmen lassen, und sie deckt sich mit Ihrer. Ich gebe zu, dass auch das kein endgültiger Beweis ist, aber in der Gesamtheit der Indizien spricht doch sehr viel dafür.«

»Es gibt jede Menge Lücken«, sagte Hilary störrisch. »Die Sache mit dem Mantel zum Beispiel. Es war mitten im Winter. Da wir definitiv wissen, dass mein Sohn einen Mantel trug, als Jeanne mit ihm wegging, warum hätte der Curé ihn dann ohne Mantel in die Kälte hinausschicken sollen?«

Pierre sagte: »Dafür fallen mir alle möglichen Gründe ein. Vielleicht hielt der Curé den Mantel für zu auffällig, falls jemand Jeanne mit dem Jungen gesehen hatte – was eine sehr große Gefahr dargestellt hätte, für den Fall, dass die Gestapo nach dem Kind fahndete. Oder das Kind war damit in den Regen gekommen, und der Mantel war zu nass, um ihn anzuziehen. Oder, noch wahrscheinlicher, das Kind hatte den Mantel einfach nicht an, als es den Schlaftrunk bekommen hat, und als Madame Quillebœuf dann kam, hat der Curé, der ja schon sehr alt war, nicht mehr daran gedacht. Auch das erste Kind trug nichts als ein Nachthemd am Leib, erinnern Sie sich? Die nötigen Kleider wurden bei Bedarf mitgebracht, wenn die Kinder abgeholt wurden.«

»Stimmt, das klingt recht plausibel«, sagte Hilary widerwillig. Irgendetwas trieb ihn jetzt, sich verzweifelt gegen seine ursprüngliche Überzeugung zu wehren, dass das Kind sein Sohn war. »Das Problem ist«, sagte er, »es könnte mein Sohn sein, aber genauso gut könnte er es nicht sein. Es gibt so viele andere Möglichkeiten. Was ist zum Beispiel, wenn Madame Quillebœuf gar nicht die einzige Anlaufstelle für die Weitervermittlung der Kinder war? Und es steht ja nicht einmal fest, dass Jeanne meinen Sohn überhaupt zum Curé gebracht hat. Vielleicht hat sie ihn anderswohin gegeben. Vielleicht hat ihn sogar die Gestapo erwischt, und er ist in einem von diesen Zügen umgekommen, von denen Sie mir erzählt haben, oder er lebt als glücklicher arischer Junge bei einer deutschen Familie. Haben Sie«, fügte er aggressiv hinzu, »das schon mal in Erwägung gezogen?«

Pierre erwiderte geduldig: »Natürlich. Aber falls das passiert ist, werden Sie es nie erfahren, und Sie werden ihn nie finden. Die einzige Annahme, die uns weiterbringt, ist die, dass er nicht in die Hände der Gestapo gefallen ist. Ich persönlich bin mir ganz sicher, dass er das nicht ist. Jeanne wusste, was sie tat, und wenn sie den Jungen in Sicherheit gebracht hat, dann an einem Ort, wo er wirklich sicher war.«

»Trotzdem«, sagte Hilary, »wissen können wir es nicht.«

»Nein«, sagte Pierre.

»Selbst wenn wir davon ausgehen, dass der Junge auf jeden Fall in Frankreich geblieben ist«, beharrte Hilary, »würde ich ungern riskieren, dass ich dieses Kind anerkenne, und dann taucht mein eigenes an einem ganz anderen Ort auf.«

»Das wird nicht passieren«, sagte Pierre, »darauf gebe ich Ihnen mein Wort. Glauben Sie mir, Hilary, wenn dieses Kind nicht Ihres ist, dann werden Sie es nie finden.«

Nicht, wenn ich es verhindern kann, setzte er im Geist hinzu. Von ihm würde Hilary ganz gewiss nichts über den Jungen erfahren, der in einer Irrenanstalt in Tours vor sich hin wimmerte und brabbelte und der vom zeitlichen Ablauf wie auch von der Blutgruppe und den wenigen bekannten Fakten bezüglich seines Hintergrunds her durchaus Hilarys Sohn sein konnte. Und erst recht würde er ihm nichts von dem kleinen Jungen sagen, der jetzt der einzige Trost des Elternpaars bei Lyon war, dessen beide Söhne von der Gestapo gefangen und zu Tode gefoltert worden waren; wenn dieser Junge, der auf so verschlungenen Wegen in sein jetziges Zuhause gekommen war, dass niemand sie mehr rekonstruieren konnte, tatsächlich Hilarys Sohn war, dann musste Hilarys Sohn für immer verloren bleiben. Vor seinem inneren Auge sah Pierre das fröhliche, selbstbewusste Gesicht des einen Kindes, das debile Gesabber des anderen und verbannte dann beide aus seinem Hirn. Er glaubte aufrichtig, dass von all diesen Jungen der kleine Boubou am ehesten der war, den sie suchten.

»Haben Sie das Kind denn gesehen?«, fragte Hilary.

»Nein«, sagte Pierre, »noch nicht. Ich bin davon ausgegangen, dass wir morgen zusammen nach A-- fahren.«

Hilary sagte: »Wenn ich mir nur sicher sein könnte.«

»Meiner Meinung nach«, sagte Pierre, »gibt es nur einen Weg für Sie, Gewissheit zu erlangen, indem Sie nämlich hinfahren und sich den Jungen selbst ansehen. Zum einen glaube ich fest an den Instinkt. Wenn es wirklich Ihr Sohn ist, werden Sie das wahrscheinlich auf den ersten Blick spüren. Und selbst wenn Ihr Instinkt versagt – was leicht geschehen kann, wenn wir zu zivilisiert werden, zu verkopft –, kann es immer noch sein, dass es schlüssige Beweise gibt, derer nur Sie habhaft werden können. Sie kennen Ihre Familie; womöglich fällt Ihnen auf, dass er den gleichen Tic hat wie Ihre Mutter oder genauso aussieht wie Ihr Onkel in seinem Alter. Und nicht nur das: Wenn Sie den Jungen ein bisschen kennenlernen und sich mit ihm unterhalten, bringen Sie ihn vielleicht dazu, sich an das eine oder andere aus seinem früheren Leben und seiner Umgebung zu erinnern, Dinge, die niemandem etwas sagen außer Ihnen.«

»Da haben Sie natürlich nicht unrecht«, stimmte Hilary zu, »auch wenn ich bei Letzterem meine Zweifel habe. Der Junge war ja gerade erst zweieinhalb, als er fortgebracht wurde, und jetzt muss er weit über fünf sein. Ich verstehe nicht viel von kleinen Kindern, aber ich selbst erinnere mich an nichts vor dem dritten Lebensjahr.«

»Aber Sie sind erwachsen«, wandte Pierre ein, »Sie wissen vielleicht nicht mehr, woran Sie sich erinnern konnten, als Sie fünf waren.«

»Das stimmt«, sagte Hilary nachdenklich. Möglicherweise hat Pierre ja recht, räumte er innerlich ein, möglicherweise muss ich nur einen Blick auf das Kind werfen, um zu wissen, ob es meines ist oder nicht, und dann streifte ihn der Gedanke: Wenn Pierre dabei ist, werde ich mich unmöglich gegen das Kind entscheiden können. Er sah Pierre plötzlich mit ganz neuen Augen: Vielleicht war hier ja doch der Feind.

»Sagen Sie«, fuhr Pierre nun in einem anderen Ton fort, »was haben Sie mit dem Kind vor, falls es sich wirklich als Ihres herausstellt? Haben Sie ein Zuhause, in das Sie den Jungen bringen könnten, oder wohnen Sie noch in Ihrer Unterkunft?«

»Nein, ich habe letzte Woche meinen Abschied genommen«, antwortete Hilary, »aber so ganz wüsste ich trotzdem nicht, was ich mit dem Kind anfangen sollte. Augenblicklich wohne ich in einer Wohnung am Regent's Park, zusammen mit meinem Freund Thomas, der vor meiner Heirat auch hier in Paris mein Mitbewohner war – aber das ist keine Umgebung, die für ein Kind geeignet wäre.«

Sehnsüchtig dachte er an das schmucke kleine Regency-Haus, in dem die Wohnung lag, an die Bücher, die Schallplatten, die Stille und Abgeschiedenheit. Das Leben, das dort auf ihn wartete, würde beruhigend nüchtern sein; seine Freundschaft zu Thomas hatte die gefahrlose Ebene gegenseitigen beruflichen Respekts nie verlassen. Undenkbar, dass ein Kind in diesen Frieden eindrang. »Außerdem«, fügte er hinzu, »gäbe es niemanden, der sich um den Jungen kümmern könnte.«

»Was ist mit Ihrer Mutter?«, schlug Pierre vor. »Nach meiner Erfahrung brennen fast alle Großmütter darauf, die Kinder ihrer Söhne zu sich zu nehmen.«

»Das käme nicht infrage, fürchte ich«, sagte Hilary kalt. »Meine Mutter und ich haben kein gutes Verhältnis.« Der bloße Gedanke war ein Affront. Ein Kind, das von seiner Mutter aufzogen wurde, hätte nichts gemein mit dem Kind, das ihm in seinen Fantasien ein mögliches Glück verhieß. Ihn schauderte, während er sich mit gänzlich humorlosem Grausen die Schlingen des Vorort-Spießertums vorstellte, die sich um ihn zusammenzogen.

Pierre sagte: »Verzeihen Sie, wenn ich Ihnen zu nahe trete, Hilary – aber haben Sie je daran gedacht, wieder zu heiraten?«

Hilary hob den Aschenbecher auf und stellte ihn sorgsam genau in die Mitte zwischen ihren beiden Gläsern. »Ja«, sagte er in bewusst neutralem Ton, und dann ließ ein Verlangen nach Tröstung ihn halb begierig, halb ängstlich hinzufügen: »Soll ich … darf ich Ihnen davon erzählen?«

»Bitte«, sagte Pierre.

»Sie heißt Joyce«, sagte Hilary. »Ich habe sie während des Kriegs kennengelernt – sie war die persönliche Assistentin meines Vorgesetzten. Sie war schon einmal verheiratet, mit einem Journalisten, ganz jung noch, gleich nach ihrem Abschluss in Oxford. Die Beziehung war anscheinend ein Fehlschlag, jedenfalls haben sie sich sehr schnell wieder getrennt. Sie ist achtundzwanzig.«

»Was macht sie jetzt?«, fragte Pierre. Das schien ihm die passende Frage zu einer Engländerin, die in Oxford studiert und bereits eine Ehe hinter sich hatte.

»Sie arbeitet für die BBC«, sagte Hilary. »Eine sehr gute Stelle.«

»Und was für ein Mensch ist sie?«, fragte Pierre.

»Sie ist ein sehr nettes Mädchen«, sagte Hilary mit einer Mischung aus Bewunderung und Verachtung. »Sie ist intelligent, gebildet, tüchtig und grundgütig. Sie liest jede Woche den *New Statesman* und versteht viel von Politik. Und sie ist sehr verliebt in mich.«

»Aber das klingt doch wunderbar.« In Pierre war eine immense Erleichterung aufgewallt. »Ich könnte mir vorstellen, dass Sie sehr glücklich mit ihr werden.«

»Ja, das sollte man meinen«, bestätigte Hilary bitter.

Pierre sagte scharf: »Hilary, ich muss Ihnen ganz ehrlich sagen, dass ich Sie nicht verstehe. Was gibt es denn an einer Heirat mit dieser Joyce auszusetzen?«

Hilary griff wieder nach dem Aschenbecher, rückte ihn hierhin, rückte ihn dorthin. Und während er damit herumspielte, sagte er mit leiser Stimme: »Es sind jetzt zwei Jahre, seit Sie mir die Nachricht überbracht haben, dass John verschwunden ist.«

Er schwieg eine Weile, bevor er mit gesenktem Blick flüsterte: »Bevor Sie kamen ... ich habe ihn so vermisst. Es war Weihnachten, wissen Sie noch? Die Familie hatte sich um den Baum versammelt, und ich habe ihn betrachtet und mich so nach dem Jungen gesehnt – ich kann Ihnen gar nicht sagen, wie sehr ich mich nach ihm gesehnt habe.«

Nun, da er einmal mit dem Erklären begonnen hatte, konnte er nicht mehr aufhören. Auch wenn es vielleicht nicht sein Freund, sondern sein Feind war, dem er sich erklärte, strömten die Worte doch unaufhaltsam hervor.

»Es war das zweite Mal«, sagte er, »das zweite Mal

innerhalb eines Jahres. Erst Lisa, und das war die Hölle – Sie wissen, was für eine Hölle das ist«, sagte er anklagend und hob den Blick kurz zu Pierre. Dann, die Augen wieder auf den Aschenbecher gesenkt, den er ziellos auf dem Tisch hin und her schob: »Aber nach Lisas Tod konnte ich immer noch glauben, dass es eines Tages wieder Wärme und Trost in meinem Leben geben würde, weil es den Jungen noch gab. Er war ein Teil von mir und Lisa, entstanden aus der einzigen Sicherheit, die ich jemals gekannt habe. Dann sagten Sie mir, dass auch er fort sei, und vor mir lag nichts mehr, keine Wärme, keine Liebe, gar nichts.

Ich hatte zwei Jahre«, sagte er verzweifelt, »zwei Jahre, um mir jegliches Fühlen abzugewöhnen. Das, was Sie mir rieten – das konnte ich nicht. Mir vorstellen, wie Lisa umgekommen ist. Ich habe den Gedanken nicht ausgehalten. Und auch nicht den Gedanken an das, was der Junge womöglich durchmachte – an seine Einsamkeit und Verlorenheit, an die Grausamkeiten, die er vielleicht erleiden musste …« Gequält sah er Pierre an und sagte flehend: »Pierre, ich habe den Gedanken nicht ausgehalten. Und ich halte ihn auch jetzt nicht aus.«

»Aber vielleicht wird jetzt ja alles gut«, sagte Pierre sanft. »Vielleicht ist der Junge ja gefunden.«

»Es ist zu spät«, sagte Hilary mit dürrer Stimme. »Ich will keine Gefühle mehr. Bevor ich Lisa kennenlernte, hatte ich nie etwas wie Zärtlichkeit oder Liebe empfunden. Meine Mutter …« Diesen Satz brach er ab und begann einen neuen. »Ich hatte gedacht, dass es für mich solche Gefühle nie geben würde, und dann kam Lisa, und Sie wissen, wie glücklich wir waren, wie vollkommen unsere Beziehung war. Aber nach Ihrem Besuch dachte ich, dass es besser wäre, nie glücklich gewesen zu sein, nie Liebe und Zärtlichkeit und all diese Dinge erlebt zu haben, als sie zu besitzen und dann zu verlieren.«

Pierre sagte in dem gleichen sanften Ton wie zuvor: »Wenn der Junge gefunden ist, werden auch diese Dinge zu Ihnen zurückkommen.«

»Ich will sie nicht«, brach es aus Hilary heraus. Jetzt offenbarte er viel mehr, als er vorgehabt hatte, aber es gab kein Zurück mehr. »Ich kann auch ohne sie leben«, rief er. »Ich könnte es nicht ertragen, noch einmal verletzt zu werden; lieber empfinde ich gar nichts. Ich mag Kinder an und für sich nicht; sie langweilen mich. Früher dachte ich, ein eigenes Kind würde mich glücklich machen, aber heute stimmt das nicht mehr. Ich kann einem Kind nichts bieten, und ich kann Joyce nichts bieten. Ich will einfach für mich bleiben dürfen, damit ich nicht mehr verletzt werden kann.«

Pierre seufzte. »Der arme Kleine.«

Erst allmählich drang es zu Hilary durch, dass das Mitleid nicht ihm galt, sondern dem verlorenen Kind. Das war unerträglich. Insgeheim wusste er, dass er sich nur zum Reden hatte hinreißen lassen, um sich Pierres ungeteiltes Mitgefühl zu sichern, und mit der Entdeckung, dass dies nicht gelungen war, wurde aus seinem wachsenden Groll gegen Pierre heller Zorn. Feindselig sagte er: »Wie kommt es eigentlich, dass Sie so glücklich sind, und so … so zuversichtlich?«

Pierre betrieb keine Innenschau. Er sprach lieber über das Leben im Allgemeinen als über sich im Besonderen. Die Brauen überrascht hochgezogen, fragte er: »Wirke ich so glücklich und zuversichtlich?«

»Ja«, sagte Hilary brüsk, »und ob! Warum Sie und

nicht ich? Schließlich«, er suchte nach einer befriedigenden Formulierung und fand sie dann, »schließlich sind wir beide vom Tod gehörnt worden.«

»Ja« – dieser Gedanke war offenbar einer, den Pierre nachvollziehen und gutheißen konnte –, »das sind wir.« Er hielt inne und gestand dann: »Es ist mir wohl einfach nicht gegeben, in der Vergangenheit zu leben.«

Hilary sah sich genötigt, sein Verhör fortzusetzen. »Haben Sie sich denn wieder verliebt?«, fragte er.

»Nein, nein«, sagte Pierre, »auch das scheint mir nicht gegeben zu sein. Was nicht heißen soll«, fügte er hinzu, »dass ich als Mönch lebe. Aber eine emotionale Teilnahme – dazu reicht es bei mir offenbar nicht mehr.«

Jetzt packte Hilary ein heftiger Neid. Auch er hatte nicht als Mönch gelebt. Da war das Wochenende mit Rose gewesen, der Nutte aus der Garnisonsstadt, in die man ihn einmal zu einem Lehrgang geschickt hatte; da war die unbehagliche Drei-Monats-Affäre mit Hedi, dem Flüchtlingsmädchen aus Wien. Aber er hatte sich nie in der Lage gesehen, genussvoll und ungezwungen mit einer Frau zu schlafen, wenn er eine begehrte. Trotz seines bewussten Entschlusses, nichts als die körperliche Befriedigung zu suchen, erhoffte er sich unbewusst doch von jedem Abenteuer eine Art transzendenter Tröstung und blieb, da er sie nie fand, sexuell enttäuscht und unerfüllt. In einem so scharfen, zornigen Ton, als wollte er Pierre die Antwort entreißen, fragte er: »Was macht Sie denn dann so zufrieden?«

»Wahrscheinlich«, sagte Pierre, »dass ich etwas gefunden habe, für das ich lebe.«

»Und was ist das?«, fragte Hilary.

»Die letzten fünf Jahre hindurch wusste ich nie, bin ich

ein Held, oder bin ich ein Verräter?«, sagte Pierre. »Jetzt will ich mir zumindest sicher sein können, dass ich ein Patriot bin. Ich habe mich in den Dienst von General de Gaulle gestellt.«

Schlagartig empfand Hilary Erleichterung. Diese Antwort erlaubte es ihm, jedes Gefühl der Freundschaft und Verbundenheit, das er für Pierre empfunden hatte, zu ersticken. Er konnte sich getrost einreden, dass er betrogen und getäuscht worden war. »Dieser Faschist«, sagte er zu sich, denn in Hilarys Weltbild war General de Gaulle der falsche Mann, moralisch unwiderleglich auf der falschen Seite. Für niemanden aus seinen elitären Kreisen wäre eine andere Meinung denkbar gewesen. Dass Pierre dieser anderen Meinung anhing, machte ihn zwangsläufig zum Außenseiter und somit untragbar für Hilary. Die Sympathie zwischen ihnen war unter falschen Voraussetzungen zustande gekommen. Die Seelenverwandtschaft, die Hilary ausgemacht zu haben meinte, existierte nicht. Euphorisch sagte er sich: Ich bin Pierre los, ich kann allein entscheiden.

In dieser einen Sekunde schrieb er Pierre so vollständig ab, dass er ihn nicht einmal mehr eines Widerspruchs für würdig erachtete. Stattdessen sagte er mit viel mehr Wärme als eben noch: »Wie ungemein interessant«, und dann, mit einem Gähnen: »Ich glaube, ich sollte mich langsam auf den Weg ins Hotel machen.«

Pierre spürte Hilarys plötzliche Distanziertheit, ohne sie sich erklären zu können. Besorgt sagte er: »Der Zug nach A-- fährt morgen um halb elf vom Gare du Nord.«

»Gut«, sagte Hilary. Sie gingen zusammen die Avenue de l'Opéra entlang. »Wie heißt das Waisenhaus eigentlich?«

»Notre-Dame-de-la-Pitié«, antwortete Pierre, und Hilary sagte: »Die Oberin ist über mich im Bilde?«

»Ja, natürlich«, sagte Pierre, nur zu bereit, Hilary über alles zu unterrichten. »Ich habe ihr die ganze Geschichte geschrieben, als ich sie um die Blutuntersuchung gebeten habe. Sie erwartet uns morgen.«

Mit gezwungener Beiläufigkeit sagte Hilary: »Hören Sie, mein Lieber, würde es Ihnen sehr viel ausmachen, mich allein fahren zu lassen?«

»Wenn Sie es wünschen«, sagte Pierre tonlos, und es war sonnenklar, dass er bitterlich enttäuscht war.

Hilary glaubte inzwischen fast selbst daran, Pierre für einen politischen Grundsatz von höchstem moralischem Wert verstoßen zu haben. Wenn er ihm jetzt wenigstens die halbe Wahrheit vorsetzte, konnte er sich einreden, er lüge, um ihn zu schonen. »Sie wissen, dass ich nichts lieber täte, als mit Ihnen zusammen zu fahren, aber ich habe das Gefühl, es wäre nicht richtig. Ich gebe so viel auf Ihr Urteil, dass ich fürchte, ich könnte mich davon beeinflussen lassen, und in diesem speziellen Fall halte ich es für unabdingbar, meine Entscheidung ohne jeden Einfluss von außen zu treffen. Ich muss das hier allein durchstehen.« Und auf einer tieferen Bewusstseinsebene brach sich der Gedanke Bahn: »Ich muss weglaufen können.«

»Das ist nur vernünftig«, sagte Pierre entmutigt. »Ich habe kein Recht, Sie als Werkzeug meiner eigenen Buße zu missbrauchen.«

Er verstand ihn zu gut. Inzwischen waren sie vor dem Hotel angelangt, und Hilary beeilte sich zu versichern: »Ich halte Sie natürlich auf dem Laufenden.« »Danke«, sagte Pierre, und dann, als könnte er nicht anders: »Und wenn ich sonst noch irgendetwas tun kann – falls Sie es sich doch anders überlegen ...«

Mit der falschen Herzlichkeit, die alles war, was er für Pierre noch erübrigen konnte, wiederholte Hilary: »Natürlich.« Er ist ein Faschist, hielt er sich vor Augen; wenn er dabei ist, wird meine Feuerprobe wertlos.

»Dann auf Wiedersehen«, sagte Pierre bedrückt, stieg die Stufen hinunter und ging davon.

FÜNFTES KAPITEL

Obwohl die Stadt A-- nur fünfzig Meilen nördlich von Paris lag, hatte der Zug fast vier Stunden dorthin gebraucht. Zum Bersten voll, war er über die wellige Tiefebene des Pariser Beckens gekrochen, hatte seine Fahrt vor jeder klapprigen Notbrücke fast auf Schritttempo verlangsamt, an jeder noch so kleinen Bahnstation angehalten und zwischendurch immer wieder ohne ersichtlichen Grund endlos auf freier Strecke gestanden. Schließlich, nach einer halben Stunde schnaufenden Rangierens in einer Landschaft voll Schlackenhalden und zerbombter Fabriken, hatte er Hilary am Bahnsteig von A-- abgesetzt und war ruckelnd weitergekeucht.

Der Bahnhof lag am äußersten Stadtrand. Hilary ging mit seiner Tasche in der Hand die breite, öde Straße entlang, die vom Bahnhofsgebäude wegführte. A-- gehörte offenkundig zu den Städten, die, im Ersten Weltkrieg übel zugerichtet, mit jener planlosen Missachtung jeder Ästhetik wiederaufgebaut worden waren, die so typisch für das moderne Frankreich war. Nun war der nächste Krieg über sie hinweggezogen, hatte hier das rußige Schmiedeeisen an der Fassade der Autowerkstatt zertrümmert, dort das grellgelb-violette Mauerwerk einer Villa mit Einschusslöchern gesprenkelt. Über Hilarys Kopf hingen die Drähte der Trambahnleitung in wirren

Knäueln, und der Asphalt unter seinen Füßen war rissig und voller Schlaglöcher. Die meisten Leute hielten anscheinend noch Mittagspause, denn die Straßen waren fast menschenleer.

Wohin er auch schaute, sah er nichts als Hässlichkeit. Niemand hatte beim ersten Wiederaufbau von A-- etwas anderes im Blick gehabt als Prestige und schiere Zweckmäßigkeit. Er kam zu einem großen Platz mit einem Kriegerdenkmal in der Mitte: ein *poilu*, der sein Bajonett in einen schartigen Granitsockel rammte. Vom Stadtzentrum war nach wie vor nichts zu sehen, also hielt er einen Passanten an und fragte: »Wo geht es hier zur Innenstadt?« Der Mann zeigte mit dem Daumen auf eine Straße, und Hilary, dem die Tasche jetzt merkbar schwerer am Arm hing, folgte ihr.

Diese Straße machte eine Kurve, sodass von dem Platz aus nur ihr Anfang einsehbar war. Er bog um die Kurve, und ihm bot sich ein Bild der Verwüstung. Bis auf eine Kirche ohne Dach, die durch die Leere ringsum noch höher wirkte, stand im Umkreis einer halben Meile nicht ein einziges Gebäude mehr. Rote Ziegel und graue Ziegel, Dachpfannen und Stuck, Betonplatten, aus denen rostige Drahtseile ragten, türmten sich zu Bergen aus Schutt. Hier hatte offenbar noch niemand Hand angelegt, nur ein paar wenige Schneisen ermöglichten ein Durchkommen. Es war eine Zerstörung von einem Ausmaß, wie es sich Hilary nie hätte vorstellen können.

Heißes Mitleid schoss in ihm auf. Diese Stadt war immer hässlich gewesen. Das Leben hier konnte nie eines gewesen sein, an dem er selbst hätte teilhaben wollen. Und doch hatten da, wo nun diese Ruinen standen, die Bürger einer Nation, die er als die zivilisierteste der Welt ansah, ein erfülltes, befriedigendes Leben geführt, hatten ihr Essen genossen, mit sachkundiger Logik debattiert, waren an den warmen Sommerabenden auf und ab flaniert, hatten in Cafés gesessen und dem Treiben auf den Boulevards zugeschaut. Hausfrauen hatten eingekauft, mit dem selbstverständlichen Vergnügen und Stolz von Menschen, die wissen, was sie tun – hatten die Kohlköpfe gedrückt, um ihre Festigkeit zu prüfen, hatten jede Elle Stoff befühlt, das Handschuhleder längs und quer gezogen, ehe sie mit den Ladenbesitzern handelseinig wurden, die eben diesen Sachverstand bei ihren Kunden zu schätzen wussten. Hilary schienen Bombenschäden in einer französischen Stadt eine größere Tragödie als anderswo, denn eine solche Lebensart zu zerstören stand für ihn in krassem Gegensatz zu allem, was die Bombardierung bezweckt hatte. Am liebsten hätte er selbst die Schaufel zur Hand genommen, um durch seinen eigenen körperlichen Einsatz dabei zu helfen, dieses Chaos zu beseitigen, den Verlust wettzumachen.

Sein Gewissen sagte: »Aber du kannst helfen. Du kannst das Kind finden und es retten.«

Schnellen Schritts suchte er sich einen Weg durch die Trümmer, den Blick dorthin gerichtet, wo noch Häuser standen. Er erreichte die zerstörte Kirche, und hier arbeitete jemand: Ein Mann mit einer Schubkarre kam gerade aus dem Portal, seine Karre voll hellblau und golden bemalter Gipsbrocken. Hilary trat auf ihn zu und fragte: »Gibt es noch irgendwo in der Stadt ein Hotel?«

»Gute Frage«, sagte der Mann. Er zeigte auf einen Schuttberg gegenüber der Kirche und sagte: »Das war das Lion d'Or.« Er zeigte in eine andere Richtung und sagte: »Das war das Hôtel de la Cygne.« Dann hob er die Schubkarre wieder an und nickte zu einer schmalen Schneise hin. »Und da geht's zum Hôtel d'Angleterre«, sagte er und schlurfte davon.

Die Trümmerlandschaft endete jäh, die Bebauung begann wieder. Dies war ein älterer Teil der Stadt, der dem ersten großen Krieg ebenso standgehalten zu haben schien wie dem jetzigen, denn hier waren die Straßen eng, verbunden durch schmale Gässchen, und die Häuser waren von einem verwitterten, gemütlichen Grau, mit hier und da einem breiten Torbogen, den schwere, hölzerne Flügeltüren verschlossen.

Das Hôtel d'Angleterre erhob sich über einem solchen Torbogen. Seine mächtigen Türflügel standen offen und gaben den Blick auf einen Innenhof frei, Kästen voll leerer Flaschen, ein paar verwelkte Topfgeranien und ganz hinten die verfallenen Stallungen. Einer verbeulten Emailletafel an der Innenwand des Torbogens war zu entnehmen, dass das Hôtel d'Angleterre 1929 von einer Organisation namens Les Amis de la Route auf ihre Empfehlungsliste gesetzt worden war.

Wie in den alten Zeiten, dachte Hilary, denn früher hatte er regelmäßig im Restaurantführer geblättert, ehe er seine Unterkunft für die Nacht auswählte, und dann seinen Wagen unter just solch einem Torbogen hindurchgelenkt; es hatte ihn immer so stolz gemacht, dass er das Land gut genug kannte, um die großen, bekannten Hotels zu verschmähen und stattdessen diese kleinen Gasthöfe mit ihrer langen Tradition von zuvorkommendem Service und herausragender Küche anzusteuern. Er stieg die Stufen in der linken Wand der tiefen Toreinfahrt hinauf, und da, in der kleinen Glasnische, saß Madame, eine korpulente, stark behaarte ältere Frau in dem obligatorischen schwarzen Kleid, mit ausladender graublonder Hochfrisur und blassblauen, unerwartet lasziv blickenden Augen, die groß unter den faltigen gelblichen Lidern hervorquollen.

»Guten Tag«, sagte Hilary, stellte seine Tasche auf den Boden und lehnte sich über den Tresen. »Hätten Sie für heute Nacht noch ein Zimmer frei?«

»Einzel oder Doppel?«, fragte Madame ohne Interesse. Dann sah sie auf und sagte mit einem Aufblitzen der Neugier in ihren blassen Augen: »Monsieur ist Engländer, oder?«

»Ja«, gab Hilary zu. Unwillkürlich rechnete er nun mit einem herzlicheren Empfang für den Befreier, den verlorenen Sohn. Doch Madame fragte ohne auch nur den flüchtigsten Blick in das große Buch, das aufgeschlagen vor ihr lag: »Monsieur ist geschäftlich in A--?«

Auch das bestätigte er.

»Monsieur ist vielleicht Handelsreisender?«, erkundigte sich Madame.

»Nein«, sagte Hilary, und dann, ungeduldig: »Haben Sie jetzt ein Zimmer frei oder nicht?«

Madame erwiderte kühl: »Ich muss Monsieur bitten, meine Neugier zu verzeihen. Die letzten Jahre haben uns gelehrt, Fremden gegenüber misstrauisch zu sein.« Nun schaute sie in ihr Buch, und auch Hilary schaute und sah ganz deutlich, dass hinter kaum einer der Zimmernummern auf der Seite ein Name stand. »Mariette«, rief Madame verärgert, und eine kleine, hutzelige alte Angestellte kam ängstlich herbeigeeilt, »Mariette, zeig Monsieur die Nummer 24.«

Die Frau nahm einen Schlüssel vom Brett und wartete dann am Fuß der Treppe. Aber Hilary dachte an den

Rat, den er bekommen hatte, und blieb stehen. »Darf ich fragen, Madame«, sagte er höflich, »wie viel das Zimmer kosten soll?«

»Das können wir besprechen, wenn Monsieur sich entschieden hat, ob ihm das Zimmer behagt oder nicht«, gab Madame kalt zurück und kritzelte wie wild etwas in ihr großes Buch.

Die alte Schnepfe kann mich schon mal nicht leiden, dachte Hilary bei sich, während er den schwarzen Filzpantoffeln der Angestellten die schmale Steintreppe empor und weiter einen engen Gang entlang folgte, um Ecken herum und unvermutete kleine Stiegen hinauf und hinab. Ich sollte wohl besser einen guten Grund dafür haben, dass ich hier bin, dachte er, und dann zog die Frau die Tür zur Nummer 24 auf, eilte durchs Zimmer, um die Fensterläden zu öffnen, und wartete stumm auf Hilarys Urteil.

Alles an dem Raum erschien ihm augenblicklich vertraut – die beige getünchten Wände mit dem pseudoägyptischen Fries, das breite beigefarbene Holzbett mit dem Überwurf aus dickem weißem Stoff, der klapperige Kleiderschrank, die einzelne Birne in dem rosa Glasschirm in der Deckenmitte. Und weil er sehr glückliche Erinnerungen an solche Zimmer hatte, war er von diesem sofort eingenommen und sagte: »Ja, das ist recht. Wie viel kostet es?«, und die Frau antwortete nervös: »Das muss Monsieur mit Madame ausmachen.«

Soll heißen, Madame will mich übers Ohr hauen, dachte Hilary, aber er ging brav wieder nach unten, um aufs Neue durch das kleine Fenster mit Madame zu verhandeln. »Ich nehme das Zimmer«, sagte er in bemüht warmem und freundlichem Ton. »Was ist der Preis?«

Aber sein Charme prallte an Madame ab. Sie sagte: »Das hängt davon ab, ob Monsieur das Zimmer nur für eine Nacht nimmt oder länger.«

Hilary hatte noch keinen Gedanken daran verschwendet, wie lange er in A-- bleiben würde. Um das Organisatorische hatte Pierre sich gekümmert, und seit er Pierre fortgeschickt hatte, waren seine Pläne über den unausweichlichen nächsten Schritt nicht hinausgediehen. Und so stammelte er jetzt: »Das weiß ich noch nicht ...«, um dann rasch nachzuschieben: »Vielleicht können Sie mir ja den Preis für eine einzelne Übernachtung nennen und auch den für mehrere Nächte, falls ich feststelle, dass ich ein paar Tage länger bleiben muss?«

Madame überlegte ein Weilchen, den Blick taxierend auf sein Gesicht gerichtet. Schließlich sagte sie: »Sagen wir doch ...« Sie nannte zwei Preise und sah ihn lauernd an, wie er sie aufnahm.

Hilary überschlug die Summen hastig im Kopf; sie schienen ihm absurd hoch. Aber es würde ja nicht für lang sein, und er würde sich hüten, sich mit diesem grässlichen Weib anzulegen. So barsch er konnte, sagte er: »Schön, ich werde Sie später wissen lassen, wie lange ich bleibe«, und kehrte energischen Schritts zurück in sein Zimmer.

»Und jetzt«, dachte er, »was mache ich jetzt?«

Hätte ich Pierre nur erlaubt mitzukommen, sagte er sich. Er sah in Pierre jetzt nicht mehr den falschen Freund, sondern den nützlichen Reiseleiter, der die Dinge für ihn in die Hand nahm, die Entscheidungen traf, ihn vor der alten Hexe in dem Glaskasten beschützte. Ich bin zu intolerant, schalt er sich. Pierres politische Einstellung ist seine Sache. Ich hätte die Hilfe, die er mir angeboten hat, annehmen und es dabei belassen sollen. Aber gleichzeitig wusste er, dass dies nicht möglich gewesen wäre. Die intuitive tiefe Übereinstimmung zwischen ihm und Pierre hätte sich nie und nimmer in eine reine Zweckbekanntschaft ummünzen lassen.

Gut, sagte er sich, vielleicht ist es ja ganz einfach. Vielleicht merke ich auf Anhieb, dass es das falsche Kind ist. (Woran könnte ich das merken?, überlegte er kurz.) Dann dachte er weiter: In dem Fall wäre es leicht. Ich kehre postwendend nach Paris zurück, sage Pierre, dass es ein Reinfall war (denn Pierre hat gesagt, wenn das hier nicht mein Kind ist, wird mein Kind nie gefunden), und dann kann ich nach Hause fahren zu meinen Artikeln, meinen Büchern und all den anderen Ersatzbefriedigungen, die ich mir gesucht habe.

Er lächelte, denn ohne jedes Zutun stand ihm auf einmal ein Bild vor Augen: er, Pierre und das Kind, liebevoll vereint – die Feuerprobe bestanden, die Läuterung vollendet. Es wäre zu schön, um es mit Worten zu sagen, dachte er träumerisch – und begriff erst danach, was er da gerade dachte. Es kann niemals so sein, sagte er sich, in mir ist nichts mehr, das so etwas auch nur im Ansatz zuließe. Liebe, Zärtlichkeit, Mitleid, diese Verräter, dürfen nie mehr in mir zum Leben erwachen. Ich könnte es nicht ertragen, sie aufkeimen und dann wieder absterben zu sehen.

Müde und langsam stemmte er sich vom Bett hoch, auf dem er gelegen hatte, und machte sich an den nächsten Schritt seiner Suche.

SECHSTES KAPITEL

Er verließ das Hotel und lief erst ein ganzes Stück, ehe er einen Passanten nach dem Weg zum Waisenhaus Notre-Dame-de-la-Pitié fragte. Er wusste selbst nicht, warum ihm gar so viel daran lag, sein Anliegen geheim zu halten; seit jenem Weihnachtstag, als Pierre bei seiner Mutter aufgetaucht war, hatte er zu keinem Menschen ein Wort über die Möglichkeit verloren, dass er einen Sohn in Frankreich hatte, und bevor die Sache nicht abgeschlossen war, würde er daran auch nichts ändern. Wenn der Junge nicht gefunden, identifiziert und heimgeholt wurde, sollte niemand je etwas anderes erfahren, als dass Hilarys Sohn schon lange tot war.

Er ging stadtauswärts, wie man ihm gesagt hatte, nicht zu der Seite, wo die Schlackenhalden und der Bahnhof lagen, sondern in die andere Richtung. Hier standen die Villen, in denen die reichen Kaufleute ihren Ruhestand verlebten, jede in ihrem eigenen kleinen Park hinter hohen, gittergekrönten Mauern – Imitationen der Châteaux aus dem letzten Jahrhundert, die sich die noch reicheren Geschäftsleute des Zweiten Kaiserreichs gebaut hatten.

Das Waisenhaus war eine dieser Villen, größer, aber um einiges heruntergekommener als die Nachbaranwesen. Zu der protzigen Eingangstür mit ihrer Freitreppe führte eine breite, ungepflegte Kiesauffahrt. Rabatten waren nirgends zu sehen, nur am Rand der Zufahrt wucherten ein paar staubige Büsche, und auf einer Seite des Haupthauses erspähte Hilary eine Handvoll Baracken, die sich in unordentlicher Reihe nach hinten erstreckten. Zutiefst beklommen stieg er die Stufen hinauf und klingelte.

Die Tür wurde ihm von einer kleinen, dicken Nonne in weißer Ordenstracht geöffnet. Sie trug ein schwarzes Kruzifix am Gürtel, auf ihrem roten Kinn spross eine riesige haarige Warze. Hilary sagte: »Wäre es wohl möglich, dass ich die Oberin spreche? Ich bin Monsieur Wainwright aus England. Ich glaube, sie erwartet mich …« Es war ihm peinlich, dass er nicht wusste, wie er sie anzusprechen hatte. Er nestelte in seiner Brieftasche, zog eine Visitenkarte hervor und gab sie der Nonne, die sie durch ihre runde Nickelbrille stirnrunzelnd studierte, dann eine Tür öffnete, ihn bat, Platz zu nehmen, und verschwand.

Er fand sich in einem Warteraum wieder, der kalt und bedrückend war und eine unbelebte, förmliche Atmosphäre ausstrahlte. Die Tapete aus karmesinrotem Damast musste noch aus den Tagen stammen, als dies das Esszimmer einer gediegenen Bürgerfamilie gewesen war; auch jetzt nahm der lange Mahagonitisch mit Samttischdecke und schweren Mahagonistühlen zu beiden Seiten fast den ganzen Raum ein. Die untere Hälfte der hohen, schmalen Fenster war mit einer Folie beklebt, die mit Sechsecken aus scheußlichem Rot und Grün einen Buntglaseffekt erzeugte. Ein schlecht gedrucktes religiöses Blättchen lag auf dem Tisch aus, aber Hilary griff nicht danach, sondern saß nur steif und angespannt auf einem der harten, unbequemen Stühle. Nachdem er vielleicht zehn Minuten gewartet hatte, ging die Tür auf, und herein kam eine zweite weißgekleidete Nonne.

Diese Frau war groß und hager, und aus ihren Zügen sprach die nüchterne Tüchtigkeit der guten Krankenschwester, oder vielmehr Oberschwester, denn sie strahlte Autorität und Führungskompetenz aus. Hilary, der sich höflich erhob und ihren kühl-interessierten Gruß erwiderte, empfand einen sofortigen Respekt vor ihr.

»Kommen Sie doch mit in mein Büro«, sagte sie. »Dort können wir besser reden«, und er folgte ihr in ein kleines, vollgestopftes Zimmer, das sich von anderen Büros nur durch das Kruzifix unterschied, das über dem Schreibtisch an der Wand hing.

Hilary hörte sich sagen: »Verraten Sie mir doch bitte als Erstes, wie ich Sie anreden soll? Ich bin nicht katholisch, daher kenne ich mich in diesen Dingen nicht aus …«

Die Oberin lächelte und sagte: »Mich sollten Sie mit *ma mère* ansprechen und die Schwestern mit *ma sœur.*« Sie schwieg einen Moment und betrachtete ihn nachdenklich, ehe sie fortfuhr: »Ihr Freund, Monsieur Verdier, hat mir Ihre Lage in aller Klarheit dargelegt, und ich kann gut verstehen, wie sehr Sie hoffen, dass dieses Kind in unserer Obhut dasjenige ist, das Sie suchen. Eines muss ich Ihnen allerdings gleich zu Anfang sagen. Sie sind kein Katholik, Monsieur, wie Sie mir ja eben selbst bestätigt haben. Sämtliche Kinder hier sind aber katholisch. Sie werden verstehen, dass wir uns sehr, sehr sicher sein müssen, dass dieses Kind tatsächlich Ihr Kind ist, bevor wir zulassen, dass es in ein nicht-katholisches Zuhause kommt.«

»Ach«, sagte Hilary wie nebenbei, »aber mein Sohn würde ohnehin katholisch sein. Meine Frau war katholisch, wissen Sie, und bei der Hochzeit ist festgelegt worden, dass unsere Kinder in diesem Glauben erzogen werden.« Die Frage schien ihm unerheblich. Er war viele

Jahre militanter Atheist gewesen und empfand mittlerweile größere Sympathien für den Katholizismus als für die Kirche, in die er hineingeboren worden war und für die seine Mutter eine sinnleere Achtung eingefordert hatte.

»Aha.« Die Oberin verengte die Augen leicht. »Das lässt die Sache in der Tat etwas anders aussehen.« Und in lebhafterem Ton fragte sie: »Was soll ich Ihnen denn jetzt über den kleinen Jean erzählen?«

»Jean?«, sagte Hilary begierig. »Warum nennen Sie ihn Jean? Mein Sohn hieß John. Hat er Ihnen gesagt, sein Name sei Jean? Das klingt fast gleich, nicht wahr?« Erregt beugte er sich über den Tisch.

Die Oberin sagte mitfühlend: »Ich fürchte, der Name ist reiner Zufall. Als der Junge zu uns kam, nannte er sich Boubou, was, wenn ich es richtig verstanden habe, der Name war, mit dem die Waschfrau ihn zu rufen pflegte, und er konnte uns keinerlei Hinweis darauf geben, wie er wirklich hieß. Darum mussten wir ihm bei der Taufe einen Namen geben, und das war eben zufällig Jean.« Sie lächelte ihn bekümmert an.

»Und vom Namen abgesehen?«, fragte Hilary. »Hat er sonst irgendetwas über sich sagen können?«

»Wir haben ihn bei seiner Ankunft sehr ausführlich befragt«, sagte die Oberin, »um vielleicht irgendetwas herauszufinden, das uns eines Tages helfen könnte, ihn wieder mit seiner Familie zu vereinen. Aber Sie müssen bedenken, dass der Junge sehr klein war – etwa zweieinhalb, meinte der Arzt. Er war außerstande, uns irgendeine hilfreiche Auskunft über sich zu geben, und natürlich wussten wir auch nicht, wonach wir fragen sollten. Möglicherweise hätten Sie, wenn Sie damals da gewesen wären, die richtigen Fragen stellen können …« Sie brach ab und fügte mit einem Lächeln hinzu: »Aber jetzt sind Sie ja hier, und vielleicht gibt Ihnen Gott auch heute noch die richtigen Fragen ein. Nur dürfen Sie nicht vergessen, es sind drei Jahre vergangen, und was ein Kind mit zwei noch weiß, hat es mit fünf meistens vergessen.«

»Das haben wir uns auch schon gedacht«, sagte Hilary. Er verspürte einen Drang zu fragen, ob ihr irgendeine Ähnlichkeit zwischen ihm und diesem Kind ins Auge sprang, aber er hatte Angst vor der Antwort, ob nun positiv oder negativ. Stattdessen fragte er: »Wo ist der Junge – wo ist Jean jetzt?«

»Mit den anderen spazieren«, erwiderte die Oberin. »Die größeren Jungen haben noch Unterricht, aber für die Kleinen endet er um halb fünf, und dann geht Schwester Clothilde eine Stunde mit ihnen ins Freie. Das gibt uns Zeit, Monsieur, zu überlegen, wie wir am besten vorgehen.«

Ihr Ton ließ keinen Zweifel daran, dass sie bereits entschieden hatte, welches der beste Weg war, und Hilary, erleichtert, dass ihm die Entscheidung noch einmal abgenommen wurde, sagte: »Ich tue, wozu immer Sie mir raten.«

»Seit der Krieg zu Ende ist«, sagte die Oberin, »haben einige unserer Jungen uns wieder verlassen. Unsere Kinder sind nicht alle Waisen, wissen Sie. Bei manchen sind die Eltern geschieden, manche leben in Verhältnissen, in denen man sie aus dem einen oder anderen Grund unmöglich belassen kann, oder mit einem alleinstehenden Elternteil, der der Belastung nicht gewachsen ist. Während der Kriegsjahre hatten wir viele Jungen hier, deren Väter in Kriegsgefangenschaft waren, und diese Väter kehren nun heim, und viele kommen, um ihre Söhne abzuholen.«

Sie seufzte. »Wir freuen uns natürlich für die Kinder,

die zurück in ihr eigenes Zuhause dürfen«, sagte sie, »aber wenn das geschieht, sorgt das für großen Kummer unter allen, die hierbleiben müssen, und in vielen weckt es überdies eine Hoffnung, die sich nicht immer ... die sich sehr oft nicht erfüllen lässt. Und deshalb hielte ich es für falsch, Monsieur, wenn der kleine Jean erführe, dass Sie sein Vater sein könnten. Mit Ihrer Erlaubnis werde ich ihm sagen, Sie seien ein Kunde von Madame Quillebœuf, der in ihrem Auftrag kommt, um sich zu überzeugen, dass Jean gesund und munter ist.«

»Das ist eine vorzügliche Idee«, sagte Hilary, der die Last seiner Verantwortung unter diesem kühlen, kompetenten Regiment zusehends schwinden fühlte.

»Es ist eine Notlüge«, sagte die Oberin würdevoll, »und es bleibt zu hoffen, dass wir dem kleinen Jean bald erklären können, warum wir zu ihr gegriffen haben.« Sie wartete auf Hilarys Zustimmung, und er rang sich einen beipflichtenden Laut ab, der einem Stöhnen verdächtig nahe kam.

»Allerdings«, fuhr sie fort, »bringt unsere Notlüge, wie Lügen das oft an sich haben, gewisse Nachteile mit sich. Es wäre in meinen Augen nicht recht, den Jungen zu sehr aus seinen gewohnten Abläufen herauszureißen, falls er, was ja gut sein kann, am Ende zu ihnen zurückkehren muss. Darum wäre mein Vorschlag folgender: Sie kommen jeden Abend um halb sechs, wenn die täglichen Aufgaben erledigt sind, nehmen den kleinen Jean dann mit und bringen ihn um halb acht zurück, wenn die Kleinen zu Bett gehen. Das ist das übliche Vorgehen, wenn ein Kind Besuch bekommt, und niemand wird etwas Außergewöhnliches daran finden. Wenn Sie dann sechs, sieben Tage mit dem Jungen verbringen konnten, werden Sie sich bestimmt in der Lage fühlen, zu entscheiden, ob er Ihr Sohn ist.«

»Dann glauben Sie also nicht an den Instinkt?« Hilary dachte an Pierres Worte.

»Doch«, sagte sie, »ich glaube an den Instinkt – aber einen durch den Verstand kontrollierten Instinkt. Sie, Monsieur, werden instinktiv etwas fühlen, wenn Sie das Kind sehen; ich kenne Sie nicht gut genug, um zu wissen, ob es instinktives Erkennen oder instinktive Ablehnung sein wird.« (Und ob Sie das wissen, dachte Hilary, und besser als ich.) »Aber die Zukunft des Kindes steht auf dem Spiel, und Ihre ganz genauso, Monsieur. Eine solche Angelegenheit erfordert sorgfältigste Abwägung.«

»Da haben Sie recht«, sagte Hilary, und er meinte es so, doch innerlich war er entsetzt. Ihm war Pierres Theorie eines sofortigen Erkennens so willkommen gewesen – diese Vorstellung einer Prüfung, die, kaum angetreten, auch schon überstanden sein würde. Sechs, sieben Tage – er weigerte sich, darüber nachzudenken.

»Und nun«, die Oberin erhob sich, »darf ich Ihnen vielleicht erst einmal unser Haus zeigen?«

»Mit dem allergrößten Vergnügen«, sagte Hilary, indem er aufstand und ihr folgte.

»Das ist unsere kleine Kapelle.« Sie öffnete eine Tür, und Hilary betrat mit ihr einen kleinen Raum – das ehemalige Damenzimmer vermutlich – mit ein paar harten Stühlen darin, einem Altar, einer plumpen Gipsstatue der Jungfrau Maria, mehreren schlecht gemalten Heiligenbildern. Die Oberin beugte das Knie und bekreuzigte sich, während Hilary verlegen dastand und wartete, dass sie ihn wieder hinausführte.

»Wir sind sehr stolz auf unsere Kapelle«, sagte sie

draußen. »Wir haben unsere kleine Marienfigur bei dem großen Luftangriff verloren – die Erschütterungen waren so stark, dass sie umgestürzt und zerbrochen ist –, aber dank der Güte von Madame Mercatel, die bei den gläubigen Damen dieser Stadt gesammelt hat, konnten wir sie ersetzen. Madame Mercatel ist die Mutter unseres Lehrers, den Sie noch kennenlernen werden.«

»Ist Ihre Stiftung vermögend, *ma mère*?«, fragte Hilary, als er ihr eine breite, polierte Treppe hinauffolgte.

»Leider nein«, sagte die Oberin seufzend, »wir sind sogar sehr arm, und durch den Krieg sind wir ärmer denn je, gerade jetzt, wo wir gebraucht werden wie nie zuvor. Aber der Herr sorgt für die Seinen.« Sie neigte kurz den Kopf und öffnete dann eine Tür. »Das hier, Monsieur, ist einer der Schlafsäle.«

Es war der armseligste, trostloseste Raum, den Hilary jemals gesehen hatte. An die vierzig Eisenbetten standen zu vier säuberlichen Reihen angeordnet, jeweils eine Reihe mit dem Kopfende zur Wand hin, zwei mitten im Saal. Auf jedem Bett lag eine dünne graue Decke. Neben jedem Bett stand ein Holzstuhl. Andere Möbel gab es nicht. Die Holzdielen waren nackt, die dunkelgrün getünchten Wände bilderlos. Es gab nichts zum Spielen. Ein Bett war so anonym wie das andere.

»Das ist der Schlafsaal für die Kleinsten«, sagte die Oberin. »Hier schläft auch Ihr ... hier schläft auch der kleine Jean. Das dort müsste sein Bett sein.« Sie ging zu einem Bett in einer der Mittelreihen und sagte, darauf hinabblickend, mit betrübtem Kopfschütteln: »Oh, böser Jean.«

»Wieso, was hat er gemacht?«, fragte Hilary, der an ihre Seite getreten war.

Auf der grauen Decke lag ein Häuflein von Gegenständen. Hilary sah einen Tannenzapfen, eine Murmel aus Steingut, so abgegriffen, dass fast alle Farbe abgewetzt war, eine gestempelte amerikanische Briefmarke und einen winzig kleinen Zelluloidschwan ohne Kopf, der einen schmuddeligen Stofffetzen als Verband um den Hals trug.

»Was sind das für Sachen?«, fragte Hilary.

Die Oberin lachte. »Die Kinder verstecken ständig irgendwelche Dinge in ihren Betten«, erklärte sie. »Sie wissen genau, dass sie einen Strich bekommen, wenn sie erwischt werden, aber das hält sie nicht davon ab. Und Ihr ...«, diesmal korrigierte sie das Pronomen nicht, »Ihr kleiner Jean ist leider einer der ganz Schlimmen.«

»Was passiert denn bei einem Strich?«

»Die meisten unserer Kinder haben Familien oder Verwandte, die sie während der Schulferien zu sich nehmen«, erwiderte die Oberin. »Für diese Kinder bedeuten zehn Striche, dass sie einen Ferientag abgezogen bekommen. Für den kleinen Jean wird es keine großen Konsequenzen haben, außer natürlich, dass ein Strich als extrem ehrenrührig gilt. Manche unserer Jungen sind sehr groß, sodass wir Frauen ihnen körperlich nicht mehr gewachsen sind, Monsieur, deshalb müssen wir statt zu Schlägen zu solchen Methoden greifen, um die Disziplin aufrechtzuerhalten.«

Sie wandte sich von dem Bett ab und führte ihn aus dem Schlafsaal hinaus, durch andere Schlafsäle, die Bäder und die Waschküche, alle gleichermaßen erfüllt von einem ganz eigenen, unverwechselbaren Geruch nach Anstaltsarmut. Hilary folgte ihr und gab die passenden Kommentare ab, wobei ihm immerzu diese Zeilen im Kopf herumgingen:

Spielmarken in der Schachtel standen da,
Ein Stein von vielen Adern rot erhellt,
Vom Meersand glatt gerieben
Ein Stückchen Glas, sechs Muscheln oder sieben.
Ein Glockenblumenstrauß in einem Krug,
Zwei Kupfermünzen, die man rund durchschlug,
Und sorglich kunstvoll alles aufgereiht
zur Tröstung seiner Traurigkeit.

Doch dieses Kind besaß nicht einmal solche Schätze, um sich zu trösten, dachte Hilary und hatte erneut das kümmerliche Häuflein auf dem Bett vor Augen. Sie gingen nun die Treppe wieder hinunter in die Eingangshalle, und die Oberin sagte: »Bis die Kinder zurückkommen, ist noch etwas Zeit. Möchten Sie vielleicht die Klassenzimmer sehen?«

»Sehr gern«, sagte Hilary, dankbar für alles, was eine Ablenkung von dem unerträglichen Mitleid verhieß, das ihn befallen hatte. »Werden die Kinder ihre gesamte Schulzeit über hier unterrichtet?«

»Ja«, sagte die Oberin. »Wir behalten sie bei uns, bis sie vierzehn sind, und dann legen sie eine Prüfung ab. Diejenigen, die gut abschneiden, wechseln an unser Haus in Marly, wo sie vier Jahre lang eine Lehre machen und am Schluss ein solides Handwerk beherrschen. Die anderen müssen leider gleich eine Arbeit finden.«

Mit diesen Worten führte sie ihn aus dem Haus hinaus und in eine große Holzbaracke. Ein Gang durchzog sie der Länge nach, und hinter der dünnen Wand konnte Hilary einen Chor von Kinderstimmen leiernd etwas nachsprechen hören.

»Ich muss Sie in alle Klassenzimmer führen«, sagte

die Oberin, »es ginge nicht an, eines auszulassen, aber eigentlich geht es mir darum, Ihnen Monsieur Mercatel vorzustellen.« Sie drehte den Knauf, und sie betraten den ersten der Räume.

Gut dreißig Jungen sprangen augenblicks auf und standen stramm, die Gesichter den Besuchern zugewendet, die Arme hoch über der Brust verschränkt. Sie trugen ein buntes Sammelsurium ärmlicher Kleider und mussten zwischen zehn und zwölf sein. Die Oberin führte Hilary nach vorn, wo eine lockenköpfige junge Frau in Rock und Pullover neben dem Lehrerpult wartete.

»Das ist Monsieur Wainwright, der aus England zu uns gekommen ist«, sagte die Oberin, »und das, Monsieur, ist Mademoiselle Lucille, die unsere Jungen in Geografie und Geschichte unterrichtet.«

Hilary schüttelte die Hand der jungen Frau, die seinen Blick mied, offenbar zu schüchtern, um ihn anzusehen. Die Oberin sagte wohlwollend: »Ihr habt gerade Geografie, nicht wahr? Kann denn irgendeiner von euch Monsieur die Hauptstadt von England nennen? Ja, vielleicht du, Louis?« Sie zeigte auf einen kraushaarigen kleinen Neger, der »London!« rief und dabei stolz übers ganze Gesicht grinste. Alle, Nonne, Lehrerin und Kinder, sahen Hilary erwartungsvoll an.

Mit solch einem Publikum umzugehen, fiel ihm leicht. Er sagte lebhaft: »Fabelhaft, das stimmt genau, Louis. Ich in deinem Alter hätte bestimmt nicht gewusst, wie die Hauptstadt von Frankreich heißt«, und die Jungen lächelten ihn alle anbetend an, voller Hoffnung, dass die Geografiestunde noch recht lange unterbrochen bleiben möge.

Doch der Form war Genüge getan. »Nun dürfen wir

den Unterricht aber nicht länger stören«, sagte die Oberin, wartete, während Hilary sich höflich vor Mademoiselle Lucille verbeugte, und führte ihn aus dem Raum.

»Ich hätte gedacht, dass die Schwestern den Unterricht halten«, bemerkte er überrascht.

»Nein«, sagte die Oberin, »wir sind kein Lehrorden. Die Betreuung der Jungen ist unsere Sache, aber die Lehrer kommen täglich aus der Stadt. So, hier haben wir die zweite Klasse, die bei Madame Lapointe Lesen lernt.«

Madame Lapointe war auf den ersten Blick als eine tüchtige und erfahrene Lehrerin zu erkennen. An die Wände ihres Klassenzimmers waren Bilder geheftet, Wachsmalzeichnungen der Kinder, aus Pädagogikzeitschriften ausgeschnittene Illustrationen. Sie war mollig und nicht mehr ganz jung, und sie und die Oberin grüßten einander mit einem kühlen, kollegialen Respekt. Auch hier wurde nach dem gleichen Muster verfahren. Der rothaarige Robert las die Fabel von dem Fuchs und dem Käse vor, und Hilary betonte, sehr zur Befriedigung der Jungen, wie viel er darum geben würde, in einem so klaren, akzentfreien Französisch vorlesen zu können, und schon ging es wieder hinaus auf den Gang.

»Und nun«, sagte die Oberin, »kommen wir zu den Großen, die bei Monsieur Mercatel Mathematikunterricht haben. Ich sollte Ihnen noch sagen, dass er als einziger unserer Lehrer über den wahren Grund Ihres Besuchs Bescheid weiß. Er hofft sehr auf eine Gelegenheit, mit Ihnen über den Jungen zu sprechen.«

Sogleich verlor sich ein Teil der Beschwingtheit, mit der Hilary der Oberin zu seinem letzten Gastspiel auf der nun schon bekannten Bühne folgte.

Wieder sprangen die Jungen auf die Füße und kreuzten

die Arme vor der Brust, große Jungen diesmal, derber und männlicher als englische Schuljungen ihres Alters, so schien es ihm. Aber sein Interesse galt dem Lehrer, der mit ausgestreckter Hand auf die Besucher zukam.

Er sieht wie ein Engländer aus, war Hilarys erster Gedanke, aber das stimmte nicht. Er hätte in jedem Land zu Hause sein können, dieser zarte, grauhaarige kleine Herr: gütiger Mund, mild blickende blaue Augen, ein kultivierter Europäer, wie er im Buche stand, herzensgut und ohne auch nur den Ansatz eines Dünkels.

»Ihr habt heute Geometrie, ist das richtig?«, sagte die Oberin, nachdem die Vorstellung abgeschlossen war. »Ich weiß nicht, ob das ein Fach ist, das Sie interessiert, Monsieur Wainwright?«

»Dichter interessieren sich nur selten für Geometrie«, bemerkte Monsieur Mercatel mit einem Lächeln zu Hilary hin, den es unverhältnismäßig freute, dass er für diesen Mann offenbar mehr war als nur ein Vater, der nach seinem verlorenen Sohn suchte.

»Nicht einmal zur Erbauung Ihrer Schüler könnte ich Interesse an Geometrie heucheln«, sagte er laut und lächelte die Klasse freundlich an. »Aber vielleicht gibt es unter euch ja den einen oder anderen Dichter, der meine Gefühle teilt?«

Alle lachten, und Monsieur Mercatel sagte: »Georges hat auf jeden Fall mehr Übung im Verfassen unterrichtsfremder Poeme, als er sollte«, worauf ein hochaufgeschossener Junge in der ersten Bank ein verlegenes Kichern von sich gab. »Allerdings bezweifle ich«, fuhr Monsieur Mercatel fort, »dass seine Gedichte jemals den Bekanntheitsgrad der Ihrigen erreichen werden.«

Damit war den Bedürfnissen der Jungen, die weiterhin

mit verschränkten Armen stramm standen, Rechnung getragen; sie konnten sich selbst überlassen werden, während die drei Erwachsenen sich mit gedämpften Stimmen vorn bei den Diagrammen an der Tafel besprachen.

»Wären Sie wohl bereit«, fragte Monsieur Mercatel, »sich an einem der nächsten Abende mit mir in einem Café zu treffen, Monsieur, damit wir unsere Bekanntschaft ein wenig vertiefen können?«

»Mit dem größten Vergnügen«, sagte Hilary, aufrichtig angetan von der Aussicht auf eine angenehme Unterhaltung und ohne daran zu denken, dass es ein Gespräch über den Jungen sein würde.

»Morgen?«, schlug Monsieur Mercatel vor, und als Hilary zustimmte: »Dann hole ich Sie um acht Uhr in Ihrem Hotel ab, wenn Ihnen das recht ist. Wo wohnen Sie?«

»Im Hôtel d'Angleterre«, sagte Hilary und registrierte mit Befremden einen angewiderten Ausdruck auf den Gesichtern der beiden. »Man vergisst, dass es sonst nichts mehr gibt«, meinte Monsieur Mercatel dann achselzuckend, und sie verabschiedeten sich.

»Ma mère«, fragte Hilary vorsichtig, als er mit der Oberin den Gang zurückging, »was ist am Hôtel d'Angleterre verkehrt?«

Die Oberin zögerte kurz, als wüsste sie nicht recht, wie sie antworten sollte. Dann sagte sie widerstrebend: »Als Christ soll man niemanden verurteilen, Monsieur, aber als Französin fällt mir solche Nachsicht schwer. Wir alle wissen, dass man als Gastwirt in einem besetzten Land zwischen den Stühlen sitzt, aber die einen haben den Deutschen ihren schlechtesten Wein vorgesetzt und die anderen den besten. Monsieur Leblanc gehörte zu den Letzteren.«

»Wie ungut«, sagte Hilary. »Heißt das, er war ein Kollaborateur?«

»O nein«, sagte die Oberin. »Die Leblancs besäßen niemals den Mut, sich auf eine Seite zu schlagen, schon gar nicht auf die falsche. Es gab natürlich einige, die fanden, sie hätten nach Kriegsende vor Gericht gestellt werden sollen, aber solche Leute anzuklagen, wäre zwecklos. Es traf sich höchst unglücklich, dass die anderen Hotels Opfer der Bombardierungen wurden. Die Einheimischen haben eine Zeit lang einen Bogen um das Angleterre gemacht, aber die Menschen vergessen schnell – und vielleicht ist es auch gar nicht wünschenswert, dass sie ihren Groll zu lange hegen.«

»Im Hotel wirkten sie nicht sehr erfreut, mich als Gast zu haben«, sagte Hilary nachdenklich. Sie näherten sich jetzt einer freien Kiesfläche.

»Sie sind feige«, sagte die Oberin verächtlich. »Sie denken wahrscheinlich, Sie als Engländer kommen, um sie zu bestrafen.« Sie ließ das Thema fallen und verfiel wieder in ihren alten Ton: »Und hier, Monsieur, spielen die Kinder.«

»Aha.« Mehr konnte Hilary zu dem kahlen, leeren Platz nicht sagen, und sie überquerten ihn schweigend und kehrten zurück ins Haus.

Eine Glocke begann zu bimmeln.

»So«, sagte die Oberin, »der Unterricht ist für heute zu Ende, und die Kleinen sollten von ihrem Spaziergang zurück sein. Wenn Sie sich noch etwas gedulden, Monsieur, schicke ich Jean zu Ihnen, sobald er gegessen hat, und wenn Sie möchten, können Sie mit ihm hinausgehen.«

Damit ließ sie Hilary im Warteraum zurück und verschwand, und er saß da, gelähmt in Denken und Fühlen, und starrte auf das geometrische Muster der Folie an der

Fensterscheibe und versuchte, in den bunten Sechsecken Figuren zu erkennen, alle hässlich, alle sinnlos, alle durch und durch unbefriedigend. Die Zeit kam für ihn zum Stillstand, während er dort saß.

Dann hörte er, wie sich der Türknauf drehte – zurückschnappte und von einer ungelenken Hand neuerlich gedreht wurde. Hilary stand auf und wandte sich zur Tür. Der kleine Junge kam herein, und in dem Sekundenbruchteil, bevor seine Augen das Kind erblickten, durchströmte seine Adern, seinen Körper, sein ganzes Sein die Gewissheit, dass dies sein Sohn war.

III DIE PRÜFUNG

SIEBTES KAPITEL

Montag

Und dann sah er das Kind an.

Und dachte mit einer Art Grauen: »Wie konnte ich auch nur eine Sekunde lang glauben, das hier könnte mein Kind sein?«

Denn unmerklich hatte sich ein Bild von seinem Sohn in seinen Kopf eingeschlichen. Bewusst war ihm das nicht; wenn er sich einen Jungen vorzustellen versuchte, der sein Sohn sein könnte, sah er stets nur einen blinden Fleck. Doch unbewusst hatte er diesen blinden Fleck mit dem Kind auf dem Foto ersetzt, das er Pierre vorenthalten hatte, dem fünfjährigen kleinen Engländer mit dem Blazer und der kurzen Hose aus grauem Flanell, mit seinen grauen Strümpfen und blanken braunen Halbschuhen, dem Jungen mit den lachenden Augen unter dem grauen Filzhut und dem fröhlichen, selbstgewissen Grinsen im Gesicht. Dieser Schnappschuss war es, auf den sich all seine tiefsten Erwartungen an ein Erkennen gründeten.

Aber vor ihm stand ein magerer kleiner Junge in einem schwarzen Baumwollkittel. Die Ärmel waren zu kurz, und die roten, geschwollenen Hände, die heraushingen, schienen zu groß für die schmalen Handgelenke. Hilary sah von diesen armen Händen auf die langen, dünnen, schmutzigen Beine des Jungen, auf die groben, heruntergerutschten Strümpfe in den abgetragenen schwarzen, viel zu großen Stiefeln. Es ist ein fremdes Kind, dachte er stumpf, und erst dann wagte er einen Blick auf das kleine weiße Gesicht mit der schwarzen Haarsträhne, die ihm von einem jämmerlich krummen Scheitel hinab in die Augen fiel, riesige dunkle Augen, die flehend zu ihm emporblickten.

Er wusste selbst, dass es an ihm gewesen wäre, auf das Kind zuzugehen, es offen und mit Wärme zu begrüßen. Aber er konnte nur dastehen und voll Abscheu und Grauen auf die kleine Gestalt starren, während er sich panisch fragte: »Warum schaut er mich so an? Er weiß nicht, weshalb ich hier bin. Warum schaut er mich nur so an?«

Und während er sich noch verzweifelt zu einer lockeren Begrüßung aufzuraffen versuchte, fiel ihm plötzlich etwas ein, das seine Tante Jessie ihm erzählt hatte, über den Blick, mit dem er sie als kleiner Junge bei jedem ihrer Besuche fixiert hatte, wenn er neben ihrem Stuhl im Wohnzimmer stand – die riesigen flehenden Augen, die sie zu beschwören schienen: »Bitte lass mich mit dir auf den Bauernhof kommen, bitte nimm mich mit auf den Bauernhof.« »Aber er weiß doch nicht, wer ich bin«, wiederholte er stumm, und in dem Moment ging hinter dem Kind die Tür auf, und die Oberin kam mit einem kleinen Mantel überm Arm herein.

Ihr Blick glitt von einem zum anderen, und sie sagte munter: »Nun, habt ihr euch schon bekannt gemacht? Jean, das ist der englische Herr, von dem ich dir erzählt habe, Monsieur Wainwright. Geh hin und gib ihm die Hand. Wo hast du denn deine Manieren gelassen?«

Das Kind kam langsam näher, die Augen unverwandt auf Hilarys Gesicht gerichtet. Es streckte die Hand aus, und als Hilary die eisigen Finger berührte, fiel der Bann, unter dem sie beide gestanden hatten, von ihnen ab. Der Junge senkte die Lider, und Hilary holte tief Atem und fühlte sich halb tot vor Erschöpfung.

Die Oberin schien nichts zu bemerken. Mit gleichbleibend heiterer Stimme fuhr sie fort: »Monsieur ist für ein paar Tage hier, und dann fährt er nach Paris zurück, um Madame Quillebœuf zu erzählen, was du so machst.« Und mit leicht drängendem Unterton: »Jean, du erinnerst dich doch an Madame Quillebœuf?«

Der Junge machte ein ängstliches Gesicht. Er hat es gelernt, Fragen zu fürchten, dachte Hilary, und aus einem jähen Beschützerinstinkt heraus sagte er schnell und mit Gewissheit in der Stimme: »Aber natürlich erinnerst du dich an Grandmaman.«

Mit dem Ausdruck des Jungen ging eine wundersame Verwandlung vor sich. Wieder sah er Hilary an, erleichtert und dankbar diesmal, als hätte er das, worum sein Blick gefleht hatte, schon empfangen. Er sagte: »Sie hatte eine Uhr. Da kam ein Vogel raus und machte: ›Kuckuck‹.« Die Worte purzelten übereinander vor Aufregung.

Hilary dachte: Wie seltsam, ihn Französisch sprechen zu hören, und gleichzeitig: Das muss die Uhr sein, die die alte Frau verkauft hat. Und die Oberin sagte: »So eine Uhr hatte ich auch, als ich ein kleines Mädchen im Elsass war«, worauf der Junge ihr rasch das Gesicht zuwandte, das nun einem ganz anderen Kind zu gehören schien, einem Kind, das lebhaft war, eifrig, interessiert.

Resolut sagte sie: »Aber was stehen wir hier drin und schwatzen, wo ihr doch bestimmt zu eurem Gang aufbrechen wollt. Komm her, Jean«, und sie half ihm in den schweren schwarzen Mantel, knöpfte ihn fest zu und zog ihm die Kapuze über den Kopf. Darauf öffnete sie die Tür und wartete schweigend, bis die beiden hindurchgegangen waren. Dann schloss sie sie hinter ihnen, und Hilary fand sich allein mit Jean in der Vorhalle.

Er drehte den Knauf der Eingangstür, bekam sie aber nicht auf. Sofort war der Junge zur Stelle und sagte eilfertig: »Ich kann das machen, ich weiß, wie's geht.« Er reckte sich auf die Zehenspitzen und löste einen hoch oben sitzenden Riegel, stemmte sich dann gegen die Tür und hielt sie stolz für Hilary auf.

Es war kalt geworden während Hilarys Besuch im Waisenhaus, kalt und dämmrig. Bäume und Mauern verloren schon die Farbe, und vom Boden stieg ein dünner, nasser Nebel auf. Was zum Teufel machen wir jetzt?, dachte er bang und wandte sich zu dem neben ihm wartenden Kind. »Du musst mir sagen, wo wir hingehen sollen; ich kenne mich in eurer Stadt nicht aus.«

Jean fragte atemlos: »Mögen Sie Züge, Monsieur?«

»Ich mag Züge sehr gern«, sagte Hilary angenehm überrascht.

»Es gibt einen Bahnübergang«, sagte Jean. »Ich glaube – glauben Sie, Monsieur – es könnte vielleicht schön sein, da hinzugehen?«

»Nichts könnte schöner sein. Komm, führ mich hin«, sagte Hilary. Und dann stiegen sie zusammen die Stufen hinunter.

Am Tor blieb Jean stehen und sah zweifelnd zu Hilary empor. »Doch«, sagte Hilary, begütigend wie zu einem Hund, »ich möchte wirklich gern die Züge sehen«, und mit einem Mal war der Zweifel überwunden, und der Junge lächelte froh, sein erstes, ganz natürliches Kinderlächeln. »Robert hat gesagt, es geht da lang«, sagte er, und sie begannen ihren Weg den Hügel hinab.

Anfangs ging Jean gesittet an Hilarys Seite und spähte alle paar Meter zu ihm hoch. Und jedes Mal fühlte Hilary sich genötigt, ihm zuzulächeln, ihn ohne Worte wissen zu lassen, dass alles in Ordnung war und auch bleiben würde, und schließlich schien der Junge hinreichend überzeugt. Er begann herumzulaufen, ein paar Schritte hierhin, ein paar dorthin, manchmal einfach ein Stück voraus, aber er machte immer schnell wieder kehrt, kam an Hilarys Seite und sah ihn an, und zuletzt lächelte er schon, bevor Hilary lächeln konnte.

»Schau«, sagte Hilary, nachdem sie wohl hundert Meter gegangen waren, »da unten ist schon dein Bahnübergang«, und er deutete auf einen Seitenweg am Fuß des Hügels, wo hohe Schlagbäume neben der Straße aufragten.

Jean blieb reglos stehen, den Kopf schräg gelegt, und schaute. Noch ein Blick hinauf zu Hilary, und dann fing er zu rennen an.

Hilary machte längere Schritte, um ihm auf den Fersen zu bleiben. Aber große Eile war nicht geboten. Die dünnen Beinchen in den klobigen Stiefeln kamen nicht sonderlich schnell voran, und Hilary und Jean langten etwa gleichzeitig unten an.

Kaum waren sie da, senkten sich auch schon die schweren Schlagbäume langsam und majestätisch quer über die Straße, und die herabhängenden eisernen Sperrgitter setzten mit wuchtigem Scheppern auf dem Boden auf. Jean fasste nach Hilarys Mantelzipfel und sagte mit einem begeisterten Erschauern: »Robert sagt, wenn die Schranken zugehen, kommt der Zug«, und in dem Augenblick hörten sie auch schon das Stampfen einer nahenden Lok.

Es war ein langsamer alter Güterzug mit so vielen Kohlenwaggons, dass selbst Hilary staunte, und es dauerte lange, bis er vorbei war. Hilary vertiefte sich mit all der Intensität in den Anblick, die ein vorbeifahrender Zug dem Betrachter abverlangt, und vergaß kurzzeitig den kleinen Jungen an seiner Seite. Dann verschwand auch der letzte Waggon aus ihrem Sichtfeld, das Rattern und Rumpeln erstarb allmählich, und Hilary hörte eine überwältigte kleine Stimme sagen: »Ich habe einen Zug gesehen.«

»Heißt das, du hast vorher noch nie einen gesehen?«, fragte Hilary scharf.

Sein Ton erschreckte den Jungen. »Nein, Monsieur«, sagte er, und seine Augen weiteten sich furchtsam.

»Aber kommt ihr auf euren Spaziergängen denn nicht hier vorbei?«, forschte Hilary.

»Nein, Monsieur«, flüsterte Jean, »wir gehen immer in die andere Richtung.« Sein Blick bettelte förmlich um Vergebung.

Das ist unfassbar, dachte Hilary wild, es ist nicht zum Aushalten, und ich ertrage es nicht. Dann sah er Jean an und begriff, dass der Junge in seiner vollständigen Ahnungslosigkeit den Moment ebenso unerträglich fand wie er selbst, und mit einer ganz gezielten Kraftanstrengung überwand er sich und sagte warm: »Schau, Jean, die Schranken sind immer noch unten. Ich glaube, da kommt noch ein Zug.«

Sie warteten, und eine rostige Tenderlokomotive kam angeschnauft.

»Schauen Sie, Monsieur«, rief Jean. »Schauen Sie, sie fährt rückwärts.« Er lachte laut auf, und Hilary lachte mit ihm.

Dann hoben sich die Schranken wieder, und Hilary merkte, dass er fror. »Wollen wir in das Café da drüben gehen, da haben wir es wärmer«, schlug er vor, »und die Züge können wir auch durchs Fenster sehen.«

Jean nickte eifrig und grinste dazu, um zu zeigen, wie gut die Idee ihm gefiel.

Im Café war es warm und gemütlich. In dem großen Ofen im Eck brannte ein Feuer, und auf den kunstlederbezogenen Bänken mit ihren hohen Bretterlehnen saß man fast wie in einer Nische für sich. Hilary forderte den Jungen auf, sich an einen leeren Tisch nahe beim Fenster zu setzen, und nahm ihm gegenüber Platz.

»So«, sagte er, »was möchtest du trinken?«

Jean schaute verwirrt drein, und Hilary machte sich klar, dass ein Café eine ebenso neue Erfahrung für ihn war wie die Züge. Er bestellte ein Bier und Himbeersirup.

»Das ist eine hübsche Farbe«, sagte Jean zaghaft, als der Saft vor ihn hingestellt wurde. »Probier«, befahl Hilary, und Jean probierte und leerte darauf das ganze Glas in lauten, schlürfenden Schlucken. »Und, hat's geschmeckt?«, fragte Hilary, und Jean sagte kühn: »Ich könnte fast noch einen trinken«, und Hilary lachte und bestellte nach.

An die Züge dachte Jean offenbar gar nicht mehr. Seine Blicke wanderten mit wacher Neugier durch den Raum. »Schauen Sie, Monsieur«, rief er plötzlich und zeigte auf eine verstaubte grüne Topfpflanze. »Schauen Sie, da ist eine kleine Palme.«

»Woher weißt du, wie Palmen aussehen?«, fragte Hilary interessiert.

»Ich hab sie in einem Buch gesehen«, sagte Jean beiläufig.

»Liest du gern?«, fragte Hilary weiter.

Jean sagte: »Ich lese gern über Afrika.«

»Und was sonst noch?«, wollte Hilary wissen.

»Über was anderes habe ich kein Buch.«

Hilary runzelte die Stirn. Diese unfassbare Begrenztheit von Jeans Erfahrung – es ärgerte ihn, dass es ihm so schwerfiel, sich darauf einzustellen. Dann erinnerte er sich wieder daran, dass bei dem Part, den er hier spielte, ein Stirnrunzeln ein verbotener Luxus war, und fragte rasch: »Was steht in dem Buch noch alles über Afrika?«

»Dass es Schwarze Mambas gibt«, berichtete Jean. »Sie wickeln sich um einen Ast, sodass man sie nicht sieht, und wenn man vorbeigeht, spucken sie einem ins Auge, mit giftiger Spucke, und dann stirbt man, und niemand kann einen retten.«

»In London, wo ich herkomme«, sagte Hilary, »gibt es einen Park, der Zoo heißt, und darin wohnen alle möglichen wilden Tiere ...« »Fressen sie Menschen?«, unterbrach ihn der Junge begierig, und Hilary antwortete: »Nein, sie fressen keine Menschen, weil sie alle in ihren Käfigen eingesperrt sind, sodass sie dir nichts tun können. Und als ich ein kleiner Junge war, bin ich mit ...« – »mit meinem Vater«, hatte er sagen wollen, aber er änderte es in: »... sind wir manchmal in den Zoo gegangen, und einmal waren wir im Schlangenhaus, und der Wärter holte eine riesige Pythonschlange aus ihrem Käfig und hängte sie mir um den Hals.« Das Kind seufzte ergriffen und lauschte mit glänzenden Augen, während Hilary von

Pandabären und Giraffen und Elefanten erzählte. »Auf den Elefanten kann man sogar reiten«, sagte er und hätte am liebsten hinzugefügt: »Irgendwann machen wir das vielleicht auch mal.«

Aber er unterdrückte den Impuls. Er sah in das kleine weiße Gesicht, das so hingebungsvoll zu ihm aufblickte, und fragte abrupt: »Was hast du zu essen bekommen, bevor wir losgegangen sind?«

»Brot und ein Stück Zucker«, antwortete Jean. »Das bekommen wir nach der Schule immer.« Und er starrte Hilary beschwörend an und wartete auf dessen Billigung.

»Und zum Mittagessen«, sagte Hilary, »was gab es da?«

Das Kind schlug die Augen nieder und sagte: »Weiß nicht mehr.«

Hilf mir, langsam und behutsam zu sein, betete Hilary, zu wem, wusste er nicht. Mit betont frohgemuter Stimme sagte er: »Als ich ein kleiner Junge war, mochte ich am allerliebsten Bratkartoffeln. Wenn ich mir was zum Mittagessen wünschen durfte, habe ich mir immer Bratkartoffeln gewünscht.«

Es funktionierte, Jean hob den Kopf wieder, und der stumpfe, abwehrende Ausdruck wich aus seinen Augen. »Ich glaube, Bratkartoffeln würden mir auch gut schmecken«, sagte er vorsichtig.

Aber nun wusste Hilary schon wieder nicht weiter. Ihm fiel kein Gericht ein, das der Junge mit Sicherheit kennen würde. Er nahm einen neuen Anlauf: »Möchtest du mir vielleicht von dem Buch erzählen, das du gelesen hast – dem über Afrika?«

Offenbar war das eine andere Art von Frage, keine furchteinflößende, sondern eine willkommene. Jean sagte: »Es gehört Madame Lapointe. Ich lese es in der Lesestunde, weil ich lesen kann und die anderen Jungen in der Klasse nicht. Deshalb gibt Madame mir immer das Buch, und ich sitze hinten und lese es.«

»Aber wie kommt es«, sagte Hilary, »dass du lesen kannst und die anderen nicht?«

Jean antwortete schlicht: »Ich weiß es nicht, Monsieur«, aber diesmal war es kein Ausweichen; es war einfach die Wahrheit.

Die Tanzmusik, die bis dahin aus dem Radio gedudelt hatte, wurde unvermittelt von einer Sprecherstimme abgelöst, und Hilary, der das Radio jetzt erst wahrnahm, sah auf seine Uhr. »Es ist Viertel nach sieben«, sagte er und bemühte sich, in seiner Stimme nichts von seiner Erleichterung durchklingen zu lassen. »Wir müssen zurück, sonst wird die Oberin böse auf mich.«

Er stand auf, und der kleine Junge rutschte schweigend von seiner Bank und wartete, und wieder lag in seinen Augen der peinvoll flehende Ausdruck, mit dem er seinen Besucher zu Beginn angesehen hatte. Hilary hörte sich mit weicher Stimme sagen: »Keine Angst, Jean, keine Angst. Ich hole dich morgen wieder ab, und übermorgen auch.«

Der Ausdruck des kleinen Jungen veränderte sich nicht. »Und überübermorgen?«

»Hm, das weiß ich noch nicht«, sagte Hilary unbehaglich. »Das werden wir sehen, ja?« Das Kind schaute schnell zu Boden, und Hilary musste die großen bettelnden Augen nicht mehr sehen. »Nun komm«, sagte er und verließ mit dem Jungen im Schlepptau das Café.

Stumm begannen sie den Hügel hinaufzusteigen, Jean dicht an Hilarys Seite. Es war jetzt dunkel, das einzige Licht fiel aus ein paar wenigen Fenstern, deren Läden nicht geschlossen waren. Erst nach einer Weile bemerkte Hilary, dass der Junge zurückblieb, und mit einer aus Schuldbewusstsein geborenen Zärtlichkeit fragte er: »Bist du müde, Jean?«

Eine kleine Stimme antwortete zittrig: »Nein, Monsieur.«

»Also ich schon«, sagte Hilary. »Willst du nicht meine Hand nehmen, damit wir uns gegenseitig den Berg hochhelfen können?« Er streckte die Hand aus und umschloss fest die des Kindes, die eiskalt war, unmenschlich kalt. Gepeinigt fragte er: »Hast du denn keine Handschuhe?«

»Nein, Monsieur«, sagte Jean betrübt. Seiner Stimme war anzuhören, wie arg es ihm war, schon wieder eine ungenügende Antwort zu geben. Beflissen fügte er hinzu: »Robert hat Handschuhe, blaue. Seine Tante hat sie ihm gestrickt.«

Hilary erinnerte sich an etwas. »Ist Robert nicht der Rothaarige?«

»Doch«, sagte Jean.

»Sollte er dann nicht lieber rote haben, passend zu seinen Haaren?«

Der Junge lachte hellauf über den Scherz und stiefelte die nächsten Meter ein bisschen schneller.

Als sie das Tor durchschritten und Hilary auf die Eingangstür zuhielt, zupfte Jean an seiner Hand. »Was ist?«, fragte er, und Jean sagte ängstlich: »Wir dürfen nicht vorne reingehen, Monsieur. Die richtige Tür ist an der Seite.«

»Wenn du mit mir kommst, ist das in Ordnung«, beruhigte Hilary ihn. Er musste an die ersten Male denken, als sein Vater ihn im Internat besucht hatte, an seine Angst damals, sein Vater könnte sich irgendwie danebenbenehmen. Dann kamen ihm Zweifel, ob Jeans Furcht, so wie die seinige, nur den Konventionen galt, und er erklärte: »Weißt du, ich muss dich ja richtig abliefern, sonst borgen sie dich mir am Ende kein zweites Mal aus.« Sie stiegen die Stufen hinauf, und Hilary klingelte.

Wieder öffnete die dicke kleine Nonne mit der Kinnwarze, und Hilary, der sie und den Jungen genau beobachtete, sah die beiden ein spontanes, liebevolles Lächeln tauschen, bevor sie sagte: »Und jetzt bedankst du dich artig bei Monsieur, und dann schnell ins Bett mit dir.«

»Danke, Monsieur«, sagte Jean klanglos und gehorsam, doch im nächsten Moment kehrte offenbar eine Erinnerung zurück – vielleicht an die Züge oder den Himbeersirup oder die Elefanten im Zoo –, und er sah verklärt zu Hilary auf und sagte inbrünstig: »O danke, Monsieur«, und dann drehte er sich um und rannte davon, dass seine Stiefel über die schachbrettgemusterten Marmorfliesen klapperten.

»Er ist ein nettes Kind«, sagte die Nonne halb barsch, halb zärtlich, und dann: »Die Mutter Oberin lässt fragen, ob Sie noch eine Tasse Kaffee mit ihr trinken, bevor Sie gehen, Monsieur?«, und Hilary, der sich danach sehnte, allein zu sein, ungestört seine Gedanken und Gefühle zu examinieren, dem allen hier zu entfliehen, konnte sich nur höflich verneigen und sagen, dass er nichts lieber täte.

ACHTES KAPITEL

Montag – Fortsetzung

Die Oberin saß in ihrem vollgestopften kleinen Büro und schrieb im Licht einer nackten, trüben Glühbirne. Als Hilary hereinkam, legte sie den Stift weg, sah mit müden Augen auf und sagte mit einer Zuvorkommenheit, die echt wirkte, auch wenn ihr die Wärme fehlte: »Ich dachte, Sie könnten vielleicht einen Kaffee gebrauchen, bevor Sie in Ihr Hotel zurückkehren. Es ist so unwirtlich draußen.«

»Danke, das ist sehr nett von Ihnen.« Hilary setzte sich.

»Nichts zu danken«, sagte die Oberin. Dann fügte sie hinzu: »Es kommt nicht oft vor, dass ich früh genug mit allem fertig werde, um mir erlauben zu können, Besucher zu empfangen«, und Hilary verstand die Botschaft dieser Worte: Nach dem zeremoniellen Besuch heute Abend würde er das Kind fortan ohne weitere Umstände zurückbringen und gehen dürfen.

Die dicke Nonne erschien mit zwei großen Tassen Kaffee auf einem Tablett, das sie auf dem Schreibtisch abstellte. »Danke, Schwester Thérèse«, sagte die Oberin. »Ist der kleine Jean zu Bett gegangen?«

»Ja, *ma mère*«, sagte die alte Nonne, »er war so übermüdet, dass ich kaum wusste, wie ich ihn hineinbringen soll.« Aus ihrer Stimme klang der verkappte Grimm der treusorgenden Kinderfrau.

»Das ist nur die Freude«, beschwichtigte die Oberin sie, »bis morgen früh wird er es weggeschlafen haben, *ma sœur*«, und Schwester Thérèse murmelte pessimistisch: »Hoffen wir's«, und verschwand.

Die Oberin lachte leise und reichte Hilary dann seinen Kaffee. »Es ist leider kein richtiger«, sagte sie entschuldigend. »Echter Kaffee ist derzeit kaum erhältlich.«

»Ich wünschte, das hätte ich gewusst«, sagte Hilary zerknirscht, beschämt, dass er nicht daran gedacht hatte, ein so einfaches Gastgeschenk mitzubringen, und dann kostete er das Gebräu in seiner Tasse. Es schmeckte so viel widerlicher, als er es für möglich gehalten hatte, dass er eine angeekelte Grimasse nicht unterdrücken konnte. Hastig entschuldigte er sich, aber die Oberin wehrte ab und sagte mit einem Lächeln: »Bei uns hört man immer Schauergeschichten über den schlechten Kaffee in England, aber an Ihrem Gesicht sehe ich, dass er bei Weitem nicht so schlimm ist wie das hier.«

»Nein, bei Gott«, sagte Hilary mit Nachdruck. »Madame« – er verbesserte sich –, »*ma mère*, ist das wirklich alles, was hier aufzutreiben ist?«

»Außer auf dem Schwarzmarkt«, sagte die Oberin. »Schon bitter, nicht wahr? Uns Franzosen ist nichts so wichtig wie gutes Brot und guter Kaffee, und beides ist nicht zu haben.«

Diese Reden über die Versorgungssituation ließen Hilary wieder an den kleinen Jungen denken. Er vergaß ganz, wie sehr ihm vor dem Moment gegraut hatte, da die Oberin das Thema anschneiden würde. »Bekommen

Ihre Kinder – bekommen Sie genug zu essen für Ihre Kinder?«

»Nein«, sagte die Oberin entschieden, »nicht annähernd. Die Behörden tun, was sie können, aber in diesen Tagen hat unser unglückliches Land denen, die auf dem billigsten Markt kaufen müssen, sehr wenig an Nahrung zu bieten.«

»Aber bekommen die Kinder denn keine Sonderrationen?«

»Ach«, sagte die Oberin, »ich habe schon gehört, wie vorbildlich die Kinder in England versorgt werden, aber wir, Monsieur, sind kein so diszipliniertes Volk. Alle sagen, es muss Eier für die Kinder geben, aber wenn man auf dem Markt danach sucht, sind nie welche da. Milch bekommen wir zugeteilt, aber nur für Kinder unter sechs. Fleisch gibt es fast nie zu kaufen. Wir können nur hoffen, dass sich die Zustände bald bessern, aber bis dahin« – ihre Stimme hob sich –, »es sind die wichtigsten Jahre in der Entwicklung unserer Kinder.«

»Ist Jean gesund?«, wollte Hilary wissen.

Sie wog ihre Worte sorgfältig ab. »Ja, nach unseren derzeitigen Maßstäben ist er gesund – aber nur nach diesen Maßstäben. Der Arzt sagt, dass er zu Rachitis neigt; damit wird es zweifellos schlimmer werden, weil er bald sechs sein müsste, und dann bekommen wir keine Milch mehr für ihn – aber die meisten unserer Kinder neigen zu Rachitis. Blutarm ist er auf jeden Fall. Ein Schnupfen oder ein aufgeschlagenes Knie heilen bei ihm langsamer aus, als sie sollten, aber auch das gilt für alle Kinder hier. Nach den Tabellen in meinen Büchern, die alle noch vor dem Krieg geschrieben wurden, ist er untergewichtig, aber was will man erwarten; es stimmt zwar, dass manche Kinder von dieser Art der Ernährung eher dick werden, als abzumagern, aber das ist kein gesundes Fett. Und dann – und das ist heutzutage schon viel: Jean hat noch keine Tuberkulose.«

»Wollen Sie damit sagen«, fragte Hilary entgeistert, »dass Sie hier Kinder mit Tuberkulose haben – mit den gesunden zusammen?«

»Ja«, sagte die Oberin mit fester Stimme, »wir haben hier Kinder mit Tuberkulose. Wenn Sie mehr über die Verhältnisse auf dem Kontinent wüssten, Monsieur, dann wüssten Sie auch, wie privilegiert heutzutage ein Kind ist, das sich seine Tuberkulose in einem Heim mit Betten zum Schlafen und regelmäßigen Mahlzeiten holen darf.«

Hilary konnte es noch immer nicht glauben. »Aber es muss doch eigene Heime für Tuberkulosekranke geben«, beharrte er.

»Die sind voll«, sagte die Oberin. Sie presste die Lippen zusammen, wie um sich das Weitersprechen zu verbieten, und dann brach es doch aus ihr heraus: »Monsieur, Sie in England machen sich keine Vorstellung von den Zuständen auf dem Kontinent. Ihnen kommen die Bedingungen in Frankreich schlimm vor – glauben Sie mir, Monsieur, sie sind paradiesisch. Was unsere Schwestern berichten, die in Deutschland tätig waren, in Österreich, Polen – wenn ich um unsere Kinder weinen möchte, dann erinnere ich mich daran, was ich über diese anderen höre –« Sie brach ab.

Hilary sagte in aller Aufrichtigkeit: »*Ma mère*, vergeben Sie mir. In den vergangenen Jahren habe ich das Mitleiden verlernt – und jetzt überwältigt es mich.«

»Nein«, sagte die Oberin, »Sie müssen mir vergeben. Ich sollte Sie nicht länger von Ihrem Abendessen abhalten.

Wenn Sie morgen kommen, wird Jean fertig sein und auf Sie warten.« Sie erhob sich, und auch Hilary stand auf und verabschiedete sich.

An der Tür fiel ihm noch etwas ein, und er drehte sich um. »Entschuldigen Sie, *ma mère*, aber wer kommt für die Kleider Ihrer Kinder auf?«

»Es ist bei uns üblich«, antwortete sie, »dass die Familien oder Förderer der Kinder für ihre Kleidung sorgen. Manchmal ist das natürlich nicht möglich, und dann springen wir ein, mit der Hilfe von Spenden.«

»Würde irgendetwas dagegensprechen«, erkundigte sich Hilary zögernd, die Hand am Türgriff, »dass ich Jean Handschuhe kaufe?«

»Ganz und gar nicht«, sagte die Oberin, und ihr Lächeln war warm, menschlich, herzlich.

Hilary war halb verhungert; er war weder zum Mittagessen noch zu seinem Nachmittagstee gekommen, und im Hotel angelangt, ging er auf direktem Weg in den Speisesaal und setzte sich an einen Tisch in der Ecke.

Falls man hier jemals gehoben hatte speisen können, dann war jede Erinnerung daran getilgt worden. Nur wenige Tische waren gedeckt, und auf diesen wenigen kaschierte nicht einmal sauberes weißes Papier die Flecken auf dem zerschlissenen Tischtuch. Zwei Männer, die wie Geschäftsreisende aussahen, aßen zusammen an einem Tisch in der Nähe; ansonsten war der Raum verlassen. Risse durchzogen die Zimmerdecke, riesige Wasserflecken verunstalteten die Wände, und auf der langen Anrichte, die sich hätte biegen sollen von Obstschalen, Platten mit Schinken, Hummer und aufwendig garniertem Räucherfisch, standen nur ein paar Pfefferstreuer, Fläschchen mit Würzsaucen und leere, angelaufene Messingvasen. Wer hätte das für möglich gehalten, dachte Hilary, ein französischer Speisesaal, der so trostlos und abstoßend anmutete wie ein englisches Provinzcafé – aber diesem hier war das Kunststück zweifelsfrei gelungen.

Die Bedienung huschte mit der Speisekarte herbei. Er konnte Suppe haben, sah er, ein paar Pasteten, Obst. Mehr stand nicht darauf.

Irritiert fragte er: »Haben Sie gar nichts Besseres da?«

Die Frau sagte nervös: »Ich muss fragen«, und huschte wieder davon. Dann kam sie zurück und flüsterte: »Monsieur sagt, wenn Sie wünschen, können Sie als Vorspeise eine Pâté haben, dann ein Entrecôte vom Grill und dazu Bohnen und *pommes frites*?«

»Dann will ich genau das haben«, sagte Hilary mit Bestimmtheit. Die Bedienung wandte sich schon zum Gehen, kehrte aber noch einmal um und setzte schüchtern hinzu: »Madame meinte, Sie würden sicherlich verstehen, dass das *en supplément* ist?«

»Schon recht«, sagte Hilary, der keine Ahnung hatte, wovon sie sprach, und auch nicht die Geduld, es zu ergründen. Er orderte eine Flasche *vin ordinaire* und stellte sich darauf ein, ein neuerliches Beispiel französischer Kochkunst zu genießen.

Aber er konnte es nicht. Das Festmahl vom Vorabend hatte er staunend und beglückt als Geschenk hingenommen, ohne jeglichen Anflug von Schuldgefühlen. Jetzt aß er seine krossen, wunderbar fettigen Bratkartoffeln und sah den kleinen Jungen vor sich, der gar nicht wusste, was das war. Während er sein saftiges Entrecôte anschnitt, hörte er die Stimme der Oberin: »Fleisch gibt es fast nie zu kaufen.« Er blickte hinüber zu den Männern an dem mittleren Tisch. Auch sie ließen sich riesige Fleischstücke schmecken, und das ohne jedes Anzeichen von Gewissensbissen. Das ist der Schwarzhandel, sagte er sich, über den wir uns alle so entrüsten, der ist schuld daran, dass die Armen nicht satt werden, und dann dachte er: Aber wem helfe ich, indem ich es mir versage? Es käme ja nicht den Kindern zugute, sondern anderen Leuten, die reich genug sind, um dafür zu bezahlen, und so aß er sein Essen und rechtete dabei mit sich selbst, weil er wusste, dass er lieber hungrig bleiben sollte, und doch nicht bereit dazu war.

»Ich nehme noch einen Kaffee«, sagte er zum Schluss, und die Bedienung wisperte: »Echten Kaffee, Monsieur?« Er nickte, laut mochte er es nicht sagen, und der echte Kaffee kam, schwarz und duftend, echter französischer Kaffee, und während er ihn trank, dachte er an das Gebräu im Waisenhaus.

Ein Mann in schmutziger Kochuniform war an seinem Tisch erschienen. Die kurzen grauen Haare überwucherten seinen Schädel wie ein dichter Filz, die blauen Augen waren klein und standen zu eng beisammen, die Hände schlangen sich unentwegt umeinander. Devot erkundigte er sich: »Und hat es Monsieur gemundet?«

»Ja danke«, sagte Hilary angewidert und hoffte inständig, der Mensch möge verschwinden. Aber er blieb stehen, und Hilary zwang sich, höflich zu fragen: »Sind Sie der *patron*?«

»Jawohl«, sagte der Mann. Er beugte sich über Hilarys Schulter und sagte mit bedeutsam gesenkter Stimme: »Was immer Monsieur wünscht, er braucht es bloß zu sagen. Diese Speisekarte, verstehen Sie – die ist nur zum Schein.«

»Danke«, sagte Hilary eisig. Die Nähe des anderen ekelte ihn an, aber noch immer ging der Mann nicht, sondern raunte ihm in leisem, verschwörerischem Ton immer weiter ins Ohr.

»Einen Engländer hier zu haben, das ist wie in alten Zeiten. Vor dem Krieg hatten wir viele englische Gäste. Sie kamen immer wieder, jedes Jahr.«

Bestimmt lügt er, dachte Hilary. Die Stadt lag an keiner der Hauptstrecken von der Küste ins Landesinnere. Der *patron* beugte sich noch tiefer herab und fragte: »Ist Monsieur vielleicht auf Urlaub hier?« Anscheinend war er von Madame schon über die diversen Gründe ins Bild gesetzt, aus denen Monsieur *nicht* hier war.

»Nein«, sagte Hilary. Er zwang sich dazu, eine Erklärung zu liefern. »Ich bin hier, um das Kind eines alten Frontkameraden zu besuchen, das hier im Waisenhaus ist.«

»Ah!« Monsieur Leblancs Erleichterungsseufzer geriet etwas zu inbrünstig. Und mit Krokodilstränen in der Stimme fuhr er fort: »Es bricht einem das Herz, wenn man an die armen Kleinen da oben denkt, die der Krieg zu Waisen gemacht hat.«

»Ja«, erwiderte Hilary vielsagend, »aber sie haben wenigstens den Trost, dass ihre Väter als Helden gestorben sind.« Er stand von seinem Stuhl auf, den Monsieur Leblanc diensteifrig für ihn zurückzog, und hörte noch im Weggehen ein serviles: »Denken Sie daran, Monsieur, was immer wir für Sie tun können – ein Wort genügt.«

Und nun, sagte Hilary zu sich selbst, mache ich erst einmal einen kleinen Spaziergang. Dann setze ich mich in ein Café und trinke einen Cognac. Und wenn ich den Kopf frei habe, gereinigt von der Schleimspur dieses Wurms, dann denke ich über den heutigen Tag nach.

Der Mond war aufgegangen und schien auf die grauen Häuser herab. Hilary wanderte ziellos herum, diese Gasse hinauf, jene wieder hinab, ohne von seiner Umgebung viel wahrzunehmen, mit dem alleinigen Ziel, möglichst viel Zeit herumzubringen, bis er seinen ersten Programmpunkt guten Gewissens abhaken und zum zweiten übergehen konnte. Ich warte bis zum nächsten Café, sagte er sich, aber das ließ er links liegen und das danach auch, bis er schließlich an einem rostigen Eisentischchen in einem Vorbau Platz nahm.

Er bestellte einen Cognac und griff nach einer Zigarette. Es war nur ein schäbiges kleines Café, und bei keinem der Grüppchen, die um ihn herum unter den schwach leuchtenden Hängelampen saßen, ging es sonderlich angeregt zu. Zwei Mädchen in kurzen Schottenröcken und langen weißen Strickjacken schlenderten vorbei, hielten kurz inne, um Hilary neugierig zu mustern, und gingen dann kichernd weiter, die Köpfe zusammengesteckt. Der Cognac kam, minderwertiges, kraftloses Zeug ohne jedes Feuer. Hilary nippte, zog an seiner Zigarette, nippte wieder. Hielt sich an dem Cognac fest, bis er fertig geraucht hatte, stand dann auf und ging zum Hotel zurück, obwohl es erst halb zehn war – hinter mir liegt ein anstrengender Tag, sagte er sich, da wird mir eine frühe Nachtruhe guttun.

Im Bett, seine Bücher und den Aschenbecher griffbereit auf dem Nachttisch, sagte er sich: Jetzt kann ich in Ruhe nachdenken.

Eine Zeit lang starrte er an die Decke; in seinem Kopf

herrschte Leere. Dann ertappte er sich bei dem Gedanken: Nein, heute denke ich nicht mehr darüber nach, es ist alles noch zu frisch, ich bin zu müde. Heute lese ich noch ein bisschen, und dann schlafe ich. Er nahm seine Bücher und hielt sie einzeln hoch, um die Rücken zu betrachten.

Hilary war ein Schnellleser, dem vor nichts mehr graute, als irgendwo ohne Lesestoff zu stranden. Jede Lektüre war ihm lieber als gar keine, ob es Fetzen der Sportseite waren, die das Toilettenpapier ersetzen sollten, eine Autozeitschrift in einer Hotelhalle, ein veraltetes Abendblatt, das ihm in einem Bus in die Hände fiel. Begehrlich beäugte er die Bücher, die Fremde im Zug lasen, nötigte ihnen ein Gespräch auf, bis er sein eigenes ausgelesenes Buch im Tausch für ein neues anbieten konnte. Aber wehe, er fand sich zu nachhaltig auf Zufallsfunde zurückgeworfen, die seinem Geist nichts boten außer der nackten Tatsache des Gedrucktseins; dann wurde er unruhig, unleidlich, niedergedrückt, wie ein Gourmet, der nach einem schlechten Essen an Magenverstimmung leidet.

Darum hatte er die Bücher, die er für diese Reise eingepackt hatte, hauptsächlich nach ihrem Umfang ausgesucht, dicke Wälzer, mit denen sich viele Stunden vertreiben ließen. Er hielt den Stoß in den Händen und überlegte, welches er auswählen sollte. Ein Henry-James-Roman war dabei, ein Band Peacock, die Nonesuch-Ausgabe von Swift, Cloughs gesammelte Gedichte, die er schon lange lesen wollte, und Dickens' *Dombey und Sohn.* Die Wahl war schnell getroffen. Er nahm *Dombey und Sohn* und schlug es bei der Sterbeszene des kleinen Paul auf.

»*›Floy, habe ich Mama jemals gesehen?‹*

›Nein, mein Herz; warum?‹

›Habe ich nie ein freundliches Gesicht gesehen, gleich dem der Mama, das auf mich niederschaute, als ich noch ein kleines Kind war?‹«

Hilary las weiter, gierig, ohne jede Distanz. Die alte Amme des kleinen Paul kam ins Krankenzimmer.

»*›Ist dies meine Amme?‹, frug das Kind*«, und Hilary sah ein Paar flehender schwarzer Augen in das gütige alte Gesicht starren und las weiter.

»Ja, ja. Keine andere fremde Person hätte bei seinem Anblick solche Tränen vergießen, ihn ihr liebes, ihr herziges, ihr armes krankes Kind nennen können. Keine andere Frau würde sich neben seinem Bette niedergebeugt, seine abgezehrte Hand ergriffen und sie an Brust und Lippen gedrückt haben – nur eine solche konnte es tun, die einiges Recht darauf hatte, ihn zu lieben. Welche andere Frau …«

Das Buch fiel auf die Bettdecke. Hilary drückte das Gesicht ans Kopfpolster und schluchzte um den armen, einsamen Paul Dombey, dessen rote, geschwollene Hände so jammervoll aus den zu kurzen Ärmeln seines kleinen schwarzen Kittels heraushingen.

NEUNTES KAPITEL

Dienstag

Am nächsten Morgen wurde Hilary um sechs Uhr wach und las mit klarem Kopf bis um halb neun amüsiert in seinem Swift.

Dann stand er auf, kleidete sich an und sagte sich dabei sachlich: Der Tag gestern war höllisch, wir waren beide überfordert, der Junge genauso wie ich. Niemand hätte aus einer so grauenhaft emotionalen Situation etwas Sinnvolles ableiten können. Aber da das nun glücklich hinter uns liegt, kann man die Sache überlegt angehen. Es ist natürlich zu früh, um jetzt schon entscheiden zu wollen, ob er mein Kind ist oder nicht. Man muss sich ihm behutsam nähern und schauen, was daraus wird.

Du hast ja gesehen, dass direkte Fragen den Jungen quälen, sagte er sich beim Zähneputzen. Ihn unter Druck zu setzen, bringt gar nichts. Man muss einfach behutsam vorgehen.

Sicher, sagte er, während er sich kämmte, er ist ein netter kleiner Bursche. Jeder würde ihn gernhaben. Er überprüfte seinen Scheitel im Spiegel und ertappte sich dabei, dass er lächelte, zärtlich, widerstrebend, verschämt. Er griff nach dem Swift und nahm ihn mit hinunter zum Frühstück.

Madame in ihrem kleinen Glaskasten war schon eifrig am Kritzeln. »Bonjour, Monsieur«, sagte sie knapp, als er vorbeiging, und Hilary antwortete ihr mit einem ganz aufrichtigen »Guten Morgen«; ihre ungebrochene Feindseligkeit war ihm zehnmal angenehmer als die Liebedienerei ihres Mannes.

Die Geschäftsreisenden waren offenbar schon mit dem Frühstück fertig, denn die Bedienung räumte bereits ihre Teller ab, als Hilary in den Speisesaal kam. »Einen *café complet*«, bestellte er, und sie sagte bestürzt: »Aber das ist nur Brot und Ersatzkaffee, Monsieur, soll ich den *patron* fragen, ob es noch etwas anderes für Monsieur gibt?«

»Nein, das genügt mir«, sagte Hilary abwehrend. Kein verwerfliches Schwelgen mehr für ihn. Aber das ungebutterte Brot war grob und trocken und hart, die braune Flüssigkeit in der Tasse schmeckte unfassbar widerwärtig, und schlechten Gewissens sagte er sich erneut, dass, wenn nicht er, jemand anderes das gute Essen genießen würde, und dass niemand etwas davon hatte, wenn er sich hier aufs hohe Ross setzte.

Und jetzt plane ich meinen Tag, beschloss er.

Ich habe nichts zu tun bis um Viertel nach fünf, na gut, zehn nach fünf, gestand er sich zu, wenn ich ganz langsam gehe. Ich muss die Handschuhe für Jean kaufen. Ich könnte an meinem Artikel über Max Jacob weiterschreiben – damit wäre der Nachmittag dann auch schon beinahe um. Ob es in dieser Stadt wohl irgendetwas zu besichtigen gibt?

»Mademoiselle«, rief er der Bedienung zu, »gibt es irgendwelche Attraktionen hier in A--, irgendetwas, das man als Tourist besichtigen könnte?«

Beflissen kam sie zu seinem Tisch, ihr Gesicht voller

Sorge. Man konnte sehen, wie es in ihr arbeitete, wie sie suchte, abwägte, verwarf.

»Wir haben nicht viele Sehenswürdigkeiten in A--«, sagte sie schließlich. »Es gab die Abtei – die soll sehr alt gewesen sein, aber die ist bei dem großen Angriff zerstört worden. Und das Museum auch – das hat auch dran glauben müssen.« Mit sichtlicher Anstrengung überlegte sie weiter. »Die alte Burg gäb's noch«, bot sie an.

»Das klingt doch vielversprechend«, ermutigte Hilary sie. »Wo finde ich die alte Burg denn?«

»Die ist ziemlich schwer zu finden«, sagte sie ungewiss, »und es ist nicht mehr viel übrig davon. Monsieur weiß, wo's nach Boissières geht?«

»Nein«, sagte Hilary bedauernd. »Ich kenne mich hier in der Gegend leider gar nicht aus.«

»Dann muss ich nachdenken«, sagte die Bedienung und kam dieser Ankündigung in aller Ausführlichkeit nach.

Endlich hellte sich ihr Gesicht auf, und sie sagte: »Monsieur muss nur hier die Straße weitergehen, dann bei der Bäckerei links, und dann fragen Sie nach dem Haus von Madame Mercatel. Das Haus von Madame Mercatel kennt hier jeder, und die Burg ist gleich daneben.«

»Mercatel?«, wiederholte Hilary interessiert. »Ist das zufällig die Frau von Monsieur Mercatel, dem Lehrer im Waisenhaus?«

»O nein, Monsieur«, sagte sie, »Madame Mercatel ist Monsieur Bernards Mutter. So eine tapfere Frau, alles, was recht ist. Sie hat viel durchmachen müssen.«

»Erzählen Sie mir mehr von ihr«, bat Hilary. Unwillkürlich hatte er die Stimme seiner Mutter im Ohr, die ihm gereizt vorhielt, dass Leute von Stand nichts auf Dienstbotentratsch gaben. Aber es ist wichtig für mich, über diese Menschen Bescheid zu wissen, sagte er sich ungeduldig.

Die Frau ließ sich nicht lange bitten. Der alte Baron, so erfuhr Hilary, dem das große Schloss gehört hatte – jetzt war es abgerissen –, hatte fünf Töchter gehabt, aber keinen Sohn. Sie selbst hatte es damals noch gar nicht gegeben, aber ihr Vater war Reitknecht auf dem Gut gewesen, und sie hatte ihn und die Mutter oft davon reden hören. Monsieur könne sich wohl vorstellen, was das hieß, die Mitgift für fünf Töchter aufbringen zu müssen – wo doch der alte Baron keiner war, der sich einschränken mochte. Was hatte man sich nicht alles von den rauschenden Festen erzählt, die im Schloss gefeiert wurden – Monsieur würde es gar nicht glauben! Sodass es auch kein Wunder war, dass der Baron, als die jüngste Tochter verheiratet werden musste, nur zu gern den Antrag von Monsieur Mercatel annahm, der zwar reich war, das schon, aber eben doch nur ein Händler.

»Womit hat er gehandelt?«, wollte Hilary wissen.

»Er war einfach ein Kaufmann«, sagte die Frau unbestimmt, »aber dreimal Bürgermeister von A-- und ein hochangesehener Mann. Und dann, als der Krieg aus war – der erste Krieg, meine ich, Monsieur –, ja, keiner weiß so recht, wie es zugegangen ist, jedenfalls war Monsieur Mercatels ganzes Geld plötzlich weg, und er hat sich erschossen. Oh, welche Schande für die Familie! Welche Tragödie für seine Witwe! Und der arme Monsieur Bernard musste weg von der Universität und Lehrer werden, um seiner Mutter zu helfen!«

»Und seitdem hat er immerzu hier im Waisenhaus unterrichtet?«, fragte Hilary.

»Immerzu«, bestätigte die Bedienung in düsterem Triumph. »Ein braver Sohn, das ist er, Monsieur Bernard. Aber seine Mutter, was für eine fabelhafte Frau. Sie werden kaum jemand hier in der Stadt finden, dem Madame Mercatel nicht schon Gutes getan hat«, und ohne abzusetzen fuhr sie fort: »Dann geht Monsieur jetzt die Burg anschauen?«

»Nein, nicht jetzt«, sagte Hilary kurz. Er scheute sich, dem Haus des Mannes zu nahe zu kommen, mit dem er am Abend verabredet war. »Gibt es denn sonst nichts zu sehen in A--?«, fragte er, »eine alte Kirche, irgendetwas?«

»Kirchen gibt's schon«, sagte die Bedienung zweifelnd. Es war klar, dass sie keine weiteren Empfehlungen hatte, und Hilary ließ seine Zigarette in die Tasse fallen, stand auf und ging nach draußen.

Erst wanderte er bedächtig die Straßen rund um das Hotel ab, wobei er kritisch in alle Schaufenster sah, die Preisschilder mit der ausgestellten Ware verglich und soziologische Schlüsse zu ziehen versuchte, als sammelte er Material für einen Artikel, den zu schreiben es ihm, wie er wohl wusste, an Kenntnissen mangelte. Dann nahm er sich vor, der zweiten Abzweigung nach links zu folgen, ganz egal, wohin sie ihn führte, doch schon kurz darauf fand er sich am Fuß des Hügels, der zum Waisenhaus anstieg, und so machte er kehrt und ging den Weg wieder zurück ins Zentrum.

Und schließlich fragte er einen Passanten nach der nächstgelegenen Kirche. Er betrat sie und schritt langsam an jedem überladenen Altar vorbei, jeder Gipsfigur, und las gewissenhaft all die kleinen gerahmten Schilder, die an den Wänden hingen. Aber sehr lange vermochte er nicht, sich Interesse an diesem Bau aus dem späten neunzehnten Jahrhundert vorzuheucheln, und nur zu bald stand er wieder draußen auf der Straße.

Er sah auf die Uhr – halb elf. Wenn ich um zwölf Uhr zu Mittag esse, sagte er sich, dann ist es nicht übertrieben, wenn ich jetzt die Handschuhe kaufen gehe.

Also konnte er nun die Zeit damit totschlagen, dass er neuerlich in die Ladenfenster schaute, nur diesmal mit einer anderen Zielsetzung. Keines der Geschäfte hatte Kinderhandschuhe in der Auslage, und er war dankbar für die Ausrede, seinen Schaufensterbummel so lange auszudehnen, bis er alle Fenster in der Handvoll enger Gassen, aus denen die Altstadt bestand, inspiziert hatte. Am Ende entschied er sich für ein kleines Lädchen, das neben Kinderschürzen auch Wollknäuel im Fenster liegen hatte.

Die dunkelhaarige Frau hinterm Ladentisch plauderte angeregt mit einer Nachbarin, die einen Einkaufskorb überm Arm trug. Hilary hörte nicht hin, was sie sprachen. Er nickte kurz und begann dann, in einem Stoß Strickanleitungen zu blättern, die auf dem Ladentisch lagen, um zu zeigen, dass er keine Eile hatte und geduldig warten würde.

Aber Hilary war ein potenzieller Käufer und der Schwatz mit der Nachbarin nur ein Zeitvertreib. Sehr schnell wurde das Gespräch schleppender, dann versiegte es ganz, und die Nachbarin rückte ein Stück vom Ladentisch weg, sodass die Verkäuferin sich erwartungsvoll Hilary zuwenden konnte.

»Führen Sie Kinderhandschuhe?«, fragte er.

»Wie alt ist das Kind denn?«, wollte die Frau wissen.

»Um die sechs«, sagte Hilary, und die Frau zog eine Schublade heraus, stellte sie vor ihn auf den Tisch und sagte: »Alles hier drin geht für Sechsjährige.«

»Alles hier drin« belief sich auf recht wenig. Es gab mehrere Paare aus harter grauer Wolle, grob und kratzig anzufassen. Ein Paar war aus weißem Kaninchenfell, eins hatte senfgelbe Streifen, und eins war stahlblau. Hilary drehte sie skeptisch hin und her und sagte: »Eigentlich schwebt mir ja etwas Fröhlicheres vor – Rot zum Beispiel.«

»Warten Sie«, sagte die Frau und zog eine andere Schublade auf, »ich glaube ...«, sie kramte darin, dann: »Ah, dachte ich's mir doch. Hier, Monsieur«, und sie zeigte ihm ein Paar leuchtend roter Strickhandschuhe.

»Ja, so etwas suche ich«, sagte Hilary. Er nahm sie und tat so, als unterzöge er sie einer eingehenden Prüfung. »Ist das die gleiche Größe wie die anderen, Madame?«, fragte er.

Die Frau sagte: »Wie alt ist das Kind genau?«

»Fünf«, sagte Hilary, »also, fünfeinhalb.«

»Für ein Kind von fünfeinhalb Jahren sind diese Handschuhe genau richtig«, erklärte die Frau bestimmt, und Hilary sagte: »Ich nehme sie. Was sollen sie kosten?«

Die Frau nahm die Handschuhe wieder an sich und wog sie eine Weile in der Hand. »Hundert Franc«, sagte sie schließlich halb fragend, halb fordernd, und Hilary versuchte es mit einem Protest. »Das ist viel Geld für solch kleine Handschuhe.«

Aber die Frau hatte ihre Entscheidung getroffen. »Hundert Franc«, wiederholte sie, und Hilary zog einen Geldschein hervor. »Und der Bezugsschein?«, sagte die Frau.

»Welcher Bezugsschein?«, fragte Hilary.

Die Frau seufzte matt. »Handschuhe sind rationiert, Monsieur.«

»Ah«, sagte Hilary, »das wusste ich nicht.« Die Frau

begann die Schubladen wegzuräumen, und Hilary, den schlaff herabhängenden Hunderter zwischen den Fingern, stand da und appellierte an ihren Rücken: »Verstehen Sie doch, ich bin Engländer – ein Tourist. Wir bekommen hier keine Bezugsscheine. Lässt sich denn da nichts machen?«

Die Frau schien gar nicht auf ihn zu achten. Sie drehte sich um und wechselte leise ein paar Sätze mit der Nachbarin, die ihr die Hand gab und dann hinausging. Hilary stammelte: »Wenn Handschuhe rationiert sind, Madame – ich fürchte, dann …«

Sie nahm die Handschuhe und wickelte sie in einen Fetzen weißes Papier. Sie sah Hilary immer noch nicht an, als sie sagte: »Ich habe mich geirrt, Monsieur. Die Handschuhe kosten hundertfünfzig Franc«, und dann wartete sie, das Päckchen in der Hand.

Langsam, widerwillig klappte Hilary seine Brieftasche wieder auf und zog einen weiteren Schein heraus. Ich sollte mich darauf nicht einlassen, dachte er, aber offenbar läuft es überall so. Und schließlich ist es ja nicht für mich – ich muss diese Handschuhe haben. Dann dachte er zynisch: Das sagen sie wahrscheinlich alle – dass es bei ihnen sein *muss*. Er ertappte sich bei dem Wunsch, sich zu rechtfertigen, der Frau zu erklären, dass die Handschuhe für ein kleines Waisenkind bestimmt waren, dass das getätigte Schwarzmarktgeschäft nichts gemein hatte mit all den anderen, und voller Scham stopfte er das Päckchen in seine Tasche, sagte kalt: »Haben Sie vielen Dank, Madame«, und verließ den Laden.

Und immer noch war es erst Viertel nach elf. Hilary bummelte zum Hotel zurück, betrachtete mit angelegentlichem Interesse jedes Plakat, jedes Straßenschild, jede

Kreideschmiererei an jeder Mauer. Dann, als er eben schon das Hotel betreten wollte, bemerkte er an der anderen Wand der Toreinfahrt ein Café, das offenkundig zum Hotel gehörte. Gott sei Dank, sagte er sich, endlich eine Alternative zu meinem Zimmer oder der Straße, endlich ein Ort, wo ich lesen oder arbeiten und vielleicht sogar mit jemandem ins Gespräch kommen kann, ein Ort, der dafür gedacht ist, dass man seine Zeit dort verbringt. Nicht dass ich große Lust hätte, gerade dieses Café zu unterstützen, dachte er weiter, aber welche andere Wahl habe ich schon? – denn es gab ja wirklich keine, außer dem Hotelzimmer oder den Straßen oder irgendeinem anderen Café, das aber erst noch gesucht und ausgewählt werden müsste. Nein, ihm blieb keine andere Wahl als das Café des Hôtel d'Angleterre.

Also verbrachte Hilary den Rest des Vormittags hier. Aber er holte sein Buch aus dem Zimmer, denn eigentlich wollte er doch lieber von niemandem in ein Gespräch gezogen werden. Ich kann schließlich nicht sicher sein, was für Leute hier verkehren, dachte er. Wahrscheinlich ist an ihnen nichts auszusetzen, aber welch scheußliche Vorstellung, mit jemandem zu plaudern oder vielleicht sogar jemanden sympathisch zu finden, der den Deutschen geholfen hat.

Und das ließ ihn wieder an Pierre denken, der gesagt hatte, unter der Besatzung hätte jeder das getan, was er tun musste, und was das war, habe schon längst vorher festgestanden. Pierre ist ein besserer Mensch als ich, dachte er. Er besitzt die Liberalität, die ich mir auf die Fahne schreibe, die mir persönlich jedoch abgeht. Ich bin ein intoleranter Perfektionist; Pierre verurteilt niemanden als sich selbst. Und doch bin ich ein liberaler Intellektueller, während Pierre sich der Förderung einer illiberalen Perfektion verschrieben hat. Aber Pierre kann mir gegenüber Toleranz üben und ich ihm gegenüber nicht.

Eine Sehnsucht nach Pierre befiel ihn. Wäre Pierre nur hier, dann würde alles gut. Wäre Pierre hier, dann hätte ich Klarheit, dann würden wir vielleicht heute noch mit dem Jungen fortgehen und A-- und dieses anstößige Café für immer hinter uns lassen.

Aber so leicht darf ich es mir nicht machen, sagte Hilary sich verzweifelt. Ich habe Pierre unrecht getan – ja, ich gebe es zu, ich habe ihm unrecht getan. Pierre ist mein Freund, und ich brauche ihn. Aber ich weiß, dass ich das hier allein durchstehen muss.

Wenn Pierre hier wäre, dann wären wir uns einig, dass Jean mein Sohn ist. Aber ich hätte keine Gewissheit, und ich muss Gewissheit haben. Wenn ich schon meinen brüchigen Seelenfrieden, meine trügerische Sicherheit aufs Spiel setzen soll, dann brauche ich Gewissheit.

Und außerdem, dachte er aufatmend, hat die Oberin verlangt, dass ich es genau wissen muss. Wenn Pierre hier wäre, dann wäre das gemogelt.

Endlich war es Zeit fürs Mittagessen. Eine Familie saß mit ihm im Speisesaal, Vater, Mutter und zwei quengelnde Kinder, die sich, wie auch Hilary selbst, üppige Mengen nahrhaften Essens zu Gemüte führten. Und nach dem Mittagessen kam die Sonne heraus, und Hilary ging mit seiner Kladde zu einem Rasenfleckchen, das er am Vormittag auf einem kleinen Platz ausgespäht hatte. Er setzte sich auf eine harte Bank und schrieb einen Artikel, von dem er schon beim Schreiben wusste, dass er schlecht war, langatmig, unbrauchbar. Aber den Stift übers Papier zu führen, verschaffte ihm zumindest die Illusion sinnvoller Betätigung, und langsam, langsam kroch der Nachmittag dahin.

Und schließlich war es fünf Uhr vorbei, und erneut stieg er den Hügel zum Waisenhaus hinauf.

Als er zum Tor hineinging, überlegte er, ob es etwas Neues gab, das sie heute unternehmen konnten. Er konnte den Jungen mit ins Hotel nehmen – aber die Vorstellung widerstrebte ihm, und außerdem, beruhigte er sich, gab es dort für das Kind nichts zu tun. Sollte er mit ihm in ein Restaurant gehen und ihm eine ordentliche Mahlzeit vorsetzen? Er malte sich das Staunen aus, mit dem der Junge die unbekannten Speisen betrachten würde, die Wonne, mit der er aß und immer weiter aß, bis er satt war – und dachte dann hastig, nein, nein, das wäre ganz falsch, ich darf ihn nicht an solche Dinge gewöhnen. Aber er merkte, dass er nicht bereit war, diesem Gedankengang bis an sein Ende zu folgen, und beklommen ging er die Stufen hinauf und klingelte.

Wieder öffnete ihm Schwester Thérèse, und hinter ihrer fülligen weißen Gestalt sah er das blasse Gesicht des kleinen Jungen. Diesmal strahlten die großen Augen vor Aufregung. »Monsieur!«, rief er, stürzte auf ihn zu und gab ihm von sich aus die Hand.

Draußen auf der Eingangstreppe blickte Jean voller Erwartung zu ihm auf. Unweigerlich lächelte Hilary und fragte gutgelaunt: »Und, was soll's heute sein?«

»Die Züge!« Es war fast mehr Seufzen als Sprechen.

»Dann wollen wir mal«, sagte Hilary und nahm ganz selbstverständlich die Hand des Jungen, und zusammen marschierten sie den Hügel hinab.

Diesmal musste sich Hilary nicht das Hirn nach einem

Gesprächsthema zermartern, denn der kleine Junge plapperte unentwegt. Ob sie wohl wieder den Güterzug sehen würden? Und was glaubte Monsieur – ob der Zug aus Paris kam? Robert hatte gesagt, er hätte einen Personenzug gesehen, vielleicht kam heute ja auch ein Personenzug! Sein Gesicht spiegelte den Eifer in seiner Stimme wider, und Hilary fand diesen endlosen Strom aufgeregten Geplappers nicht eintönig, sondern belebend, und er antwortete auf die Fragen mit dem aufrichtigen Wunsch, Interesse zu wecken, weil auch sein Interesse geweckt war. So ein netter kleiner Junge, dachte er bei sich, und als sie den Bahnübergang erreichten, merkte er, dass auch er ganz gespannt war, welchen Zug sie als Erstes sehen würden.

An diesem Abend warteten sie, bis die Schranken drei Mal herunter- und wieder hochgegangen waren, und sie sahen nicht nur den Güterzug, sondern auch zwei Rangierloks und den ersehnten Personenzug, eine traurige, schäbige Reihung von Dritte-Klasse-Waggons, aber in Jeans ekstatischer Wahrnehmung der Inbegriff moderner Fortbewegungstechnik. »Oh, Monsieur!«, hauchte er, und seine Hand krallte sich in Hilarys Trenchcoat und hielt ihn ganz fest.

Danach hoben sich die Schranken wieder, und die wartenden Fahrzeuge rumpelten über die Schienen. Hilary, der die eingleisige Strecke entlangspähte, sah, dass die roten Signalarme in die Luft ragten. »Ich glaube, so schnell kommt jetzt kein Zug mehr«, sagte er bedauernd, »wollen wir wieder ins Café gehen?«

Der Junge nickte und folgte Hilary in das Café, wo er schnurstracks auf die Bank zusteuerte, auf der er am Abend zuvor gesessen hatte. »Himbeersirup?«, fragte Hilary und begann seinen Mantel aufzuknöpfen; dabei fiel ihm das Päckchen in seiner Tasche wieder ein.

Im Schutz der Tischplatte zog er es heraus und sagte: »Jean, ich habe ein Geschenk für dich.«

»Ein Geschenk?«, wiederholte Jean ungläubig. »Für mich?« Eine tiefe Falte erschien auf seiner Stirn, und er fragte unsicher: »Habe ich Geburtstag?«

Hilary besann sich auf seine Mission. Mit einem gezwungenen Lachen sagte er: »Das wirst du ja wohl eher wissen als ich, oder, Jean? Ist dein Geburtstag denn im Oktober?«

Der Junge sah Hilary traurig an und sagte: »Ich habe keinen Geburtstag.« Ein Gedanke schien ihm zu kommen, und er fragte: »Hab ich deshalb noch nie was geschenkt gekriegt, Monsieur?«

»Unsinn«, sagte Hilary eilig, »natürlich nicht. Nur ganz wenige Jungen bekommen im Krieg Geschenke, weil – weil die Erwachsenen so viel damit zu tun haben, Kanonen zu bauen.« Es sollte beruhigend klingen, aber seine Stimme war heiser vor Zorn. Das Kind sah ihn verschreckt an, flüsterte jedoch halsstarrig: »Die anderen Jungen haben aber Geburtstag und kriegen Sachen geschenkt.«

»Egal«, sagte Hilary in dem verheißungsvollen Ton, der ihm von den Geburtstagsbescherungen seiner Kindheit im Ohr geblieben war, »jetzt bekommst du ja was. Willst du sehen, was es ist?« Er brachte das Päckchen unter dem Tisch zum Vorschein und hielt es dem Jungen hin.

Langsam, ganz langsam breitete sich auf Jeans Gesicht ein staunendes Lächeln aus. Er sah zu Hilary, dann rasch auf das Päckchen, dann wieder zu Hilary. Plötzlich schoss seine Hand nach vorn, grapschte das Päckchen und drückte es eng an seine Brust. Dann wartete er reglos.

»Nur zu«, ermunterte Hilary ihn, »mach es auf.«

Noch immer schien der Junge sein Glück kaum glauben zu können. Vorsichtig, zögernd, das Päckchen nach wie vor an sich gedrückt, zupfte er das Papier auseinander, bis zuletzt die Handschuhe herausrutschten und auf seinem Schoß landeten.

Er sah auf sie herab, ohne das Papier loszulassen, so gebannt, als fürchtete er, er könnte den Traum verscheuchen und aufwachen. Hilary merkte, dass er sich schmerzhaft fest auf die Lippe biss. Er zwang sich dazu, locker zu lassen, und sagte behutsam: »Möchtest du sie nicht anprobieren?«

Der Bann war gebrochen. Das Papier raschelte zu Boden, Jean hatte die Handschuhe genommen und versuchte hastig, zu hastig, erst den einen, dann den anderen über seine linke Hand zu schieben.

»Halt, warte«, rief Hilary, »so wird das nichts. Lass dir kurz helfen.«

Er griff über den Tisch und fasste die Hand und einen Handschuh. Voll böser Ahnung, die zunehmend einer Art Panik gleichkam, mühte er sich, die rote Wolle über die roten Hände zu zerren, aber es nützte nichts; die Handschuhe passten nicht.

Nervös sagte er: »Ich glaube, sie sind zu klein« – und hielt die Hand hoch, an deren Spitze der Handschuh baumelte, leer und schlaff.

Der Junge starrte auf den Handschuh. Er riss ihn sich herunter, packte mit jeder Hand einen, ballte die Fäuste darum – und brach in Tränen aus.

Zunächst unschlüssig, dann aber rasch und ohne weiter zu zweifeln, stand Hilary von seiner Bank auf und setzte sich neben den kleinen Jungen. Er legte den Arm um die zuckenden Schultern, zog das Kind an sich und beschwor es: »Nicht weinen, Jean, bitte. Vergiss doch diese dummen alten Handschuhe.«

Zwischen Schluchzern rief der Junge: »Das sind keine dummen alten Handschuhe«, und Hilary drückte ihn noch enger an sich und murmelte: »Nicht weinen, Jean, bitte hör auf zu weinen.«

Nach und nach ebbte das bitterliche Schluchzen ab. Hilary, der über ihn gebeugt saß, hörte ihn zwischen krampfartigen Schniefern hervorstoßen: »Das war mein Geschenk – das sind keine dummen alten Handschuhe.«

»Schau mal, Jean«, flüsterte Hilary, »schau mal, wir könnten doch einfach so tun. Wir tun so, als ob das dein Geschenk zu deinem letzten Geburtstag gewesen wäre, als du noch ein ganz kleiner Junge warst. Und dann tun wir so, als wärst du gerade aus ihnen herausgewachsen und dein richtiges Geschenk zu diesem Geburtstag käme morgen.«

Jean bog die Fäuste auf und betrachtete traurig das Handschuhknäuel. »Wenn wir das machen, könnte ich sie dann behalten?«

»Warum denn nicht?«, versicherte Hilary ihm. »Du wirst einfach zwei Geschenke statt einem haben, verstehst du?«

Der Junge sagte zweifelnd: »Wenn mir meine Sachen zu klein werden, gibt Schwester Clothilde sie Louis.« Hilary wurde bewusst, dass sein Arm noch immer um die Schultern des Jungen lag; befangen zog er ihn zurück. Was sollte er darauf sagen: »Dann verwahre ich sie für dich« oder »Ich passe auf, dass sie niemand anderes bekommt«? Er entschied sich für Letzteres, zog sein Taschentuch heraus und wischte Jean sorgfältig die Augen trocken. »Nase putzen«, befahl er, wie es ihm in seiner eigenen Kinderzeit befohlen worden war, und Jean schnäuzte sich gehorsam und lächelte ein wässriges Lächeln.

»So«, sagte Hilary, »was ist jetzt mit deinem Saft? Halt dich ran, sonst schaffst du nicht noch einen.«

Der Junge ließ die Handschuhe verstohlen unterm Tisch verschwinden und drückte sie zu einem kleinen Ball zusammen, um den er die linke Faust schloss. Dann machte er sich über seinen Saft her, und Hilary trank schweigend sein Bier.

Ich muss ihm Fragen stellen, sagte er sich, aber was für welche sollten das sein? Falls er mein Sohn ist, dann habe ich ihn genau ein Mal gesehen, bei seiner Geburt, und seitdem gab es keinen Berührungspunkt mehr zwischen uns. Er könnte mir erzählen, was für Spielsachen er früher hatte – aber seine Spielsachen habe ich nie zu Gesicht bekommen. Er könnte mir von anderen Kindern erzählen, die er gekannt hat – aber ich bin ihnen nie begegnet. Selbst wenn er sich an ein Gutenachtritual erinnern würde, an irgendeine besondere Stelle, auf die seine Mutter ihn immer geküsst hat, wüsste ich deshalb trotzdem nicht, ob dies das Ritual zwischen Lisa und meinem Sohn war. Ich kenne ja nicht mal die kleinen Kosenamen, die sie füreinander hatten.

Doch das brachte ihn auf eine Idee. »Jean«, sagte er, »ich weiß deinen Vornamen, aber du weißt nicht, wie ich heiße, oder?«

Jean sah von seinem Saft auf und sagte: »Nein, Monsieur.«

»Ich heiße Hilary«, sagte Hilary langsam und ließ den Jungen nicht aus den Augen. »Gefällt dir der Name?«

Der Junge schien den Klang sorgfältig zu prüfen.

»Doch, das ist ein recht schöner Name«, antwortete er schließlich.

»Hast du ihn vorher schon mal gehört?«, fragte Hilary.

Er konnte keine Spur eines Erkennens im Gesicht des Jungen ausmachen, als dieser »Nein« sagte und sich wieder über seinen Saft beugte.

»Was für Mädchennamen magst du am liebsten?«, versuchte Hilary es.

»Mädchennamen kenne ich keine«, sagte Jean unsicher.

»Also hör mal«, sagte Hilary mit gezwungenem Lachen. »Die Schwestern haben doch alle Namen, oder vielleicht nicht? Was ist mit Schwester Thérèse, die die Tür aufmacht, oder Schwester Clothilde, von der du gerade erzählt hast?«

»Ach, solche Namen«, sagte Jean fachmännisch. »Ich wusste nicht, dass das Mädchennamen sind. Ich dachte, es wären einfach Schwesternnamen.«

»Mein liebster Mädchenname ist Lisa«, sagte Hilary.

Und mit einem Lächeln sagte Jean: »Den finde ich auch hübsch.«

»Hast du ihn schon mal gehört?«, fragte Hilary drängend.

Jean erschauerte, warf einen raschen Blick auf Hilary und flüsterte: »Nein, Monsieur.«

O Gott, dachte Hilary, jetzt habe ich ihn wieder verschreckt. Er hat gelächelt, als ich Lisa gesagt habe. Hat das etwas zu bedeuten oder nicht? Ja, der Name ist hübsch – aber hätte er nicht auch gelächelt, wenn ich stattdessen Joyce gesagt hätte?

Ich kann ihn nicht weiter aushorchen, das quält ihn und mich und führt nirgendwohin. Ich habe keine Ahnung, was ich ihn noch fragen könnte.

Außerdem, dachte er (aber nur ganz tief drin), bekomme ich, wenn ich ihn noch länger ausfrage, am Ende nur den Beweis dafür, dass er *nicht* mein Sohn ist.

Ich besuche ihn einfach weiter, beschloss er, rede möglichst natürlich mit ihm, baue eine Beziehung zu ihm auf. Wenn ich das mache, muss ich doch früher oder später Gewissheit erlangen, oder?

»Trink aus, Jean«, sagte er, »wir sollten uns langsam auf den Weg machen.«

»Da haben Sie ihn wieder«, sagte Hilary zu Schwester Thérèse, »heil und wohlbehalten.«

»Na, da bin ich froh«, sagte Schwester Thérèse auf ihre raue, brummige Art. »Und noch eine Sache, Monsieur. Die Haustür ist immer offen. Sie brauchen also nicht jedes Mal zu klingeln, wenn Sie kommen, und mich den ganzen Weg von hinten bis hier zur Tür hetzen. Sie kommen einfach herein, und wenn Sie Jean abholen, wird er hier in der Vorhalle auf Sie warten, und beim Zurückbringen lassen Sie ihn einfach da und gehen. So«, sie wandte sich an das Kind, »und du schaust, dass du ins Bett kommst.«

Aber Jean ließ Hilarys Hand nicht los, sondern umklammerte sie nur noch fester. »Was denn?«, fragte Hilary und beugte sich zu ihm herunter, und Jean flüsterte: »Mein Geschenk, Monsieur. Sie haben gesagt, Sie fragen sie.«

»Natürlich«, sagte Hilary. »*Ma sœur*, ich habe dem Jungen ein Paar Handschuhe geschenkt. Unglücklicherweise sind sie ihm zu klein. Aber sie gefallen ihm so gut, dass er fragen möchte, ob er sie trotzdem behalten darf.«

»Zeig her«, befahl die Nonne. Widerstrebend lockerte

Jean seinen Griff und legte die Handschuhe in die große ausgestreckte Hand.

»Das ist eine gute Qualität«, sagte sie rügend. »Es scheint eine frevelhafte Verschwendung, sie für nichts aufzuheben, wenn es andere Kinder mit kalten Händen gibt.«

»Dennoch«, sagte Hilary, »habe ich sie für dieses Kind gekauft. Ich bitte Sie, machen Sie eine Ausnahme und erlauben Sie ihm, sie zu behalten.«

»Und wo«, wollte die Nonne wissen, »soll er sie Ihrer Meinung nach hintun?«

»Nun ja«, sagte Hilary, »wo verwahrt er denn sein Spielzeug und solche Sachen?«

»Spielzeug!«, sagte die Nonne mit einem kurzen Auflachen. »Wir haben kein Geld für Spielzeug übrig, Monsieur. Die Jungen sind zum Arbeiten hier.«

Vor Hilarys innerem Auge erschien das klägliche Häuflein anklagend auf dem Bett ausgelegter Habseligkeiten. Zornig sagte er: »Aber es wird doch wohl einen Schrank geben, in dem Sie seine Kleider aufbewahren?«

»Schon«, sagte die Nonne, »aber der steht in der Wäschekammer, wo die Kleidung von allen Jungen aufbewahrt wird. Ich könnte seine Handschuhe ewig da für ihn aufbewahren, aber zu sehen bekäme er sie trotzdem nie.«

Hilary blickte hinab in das kleine blasse Gesicht, das so inständig zu seinem emporstarrte. »Wenn das so ist«, sagte er entschlossen, »werde ich die Handschuhe selbst für ihn aufheben«, und er trat einen Schritt vor, nahm sie Schwester Thérèse aus der Hand und stopfte sie in seine Tasche.

»Auf Wiedersehen, Jean«, sagte er, »morgen, wenn ich

dich abhole, bringe ich sie dir wieder mit.« Damit eilte er aus der Tür und die Stufen hinunter, getrieben von dem alarmierenden Gefühl, eine noch größere Verpflichtung eingegangen zu sein, welcher Art, wusste er selbst nicht recht.

ZEHNTES KAPITEL

Dienstagabend

Hilary aß früh zu Abend, ein Buch vor sich auf dem Tisch, um jegliche Gesprächsversuche vonseiten Monsieur Leblancs zu unterbinden. Dann ging er hinaus auf die Straße und wanderte dort auf und ab. Monsieur Mercatel sollte sich gar nicht erst dazu veranlasst sehen, das Hotel zu betreten und bei Madame nach ihm zu fragen. Es muss nicht alle Welt über meine Angelegenheiten Bescheid wissen, sagte er sich und verzog dann selbstironisch den Mund über eine so hoffnungslos britische Art zu denken.

Aber als Monsieur Mercatel schließlich des Weges kam, in Regenmantel und Filzhut, einen gestrickten Schal um den Hals, wirkte er seinerseits höchst erleichtert darüber, Hilary vor dem Hotel anzutreffen. »Das ist sicher töricht von mir«, räumte er ein, »aber für mich käme es einer Kapitulation gleich, wenn ich mit diesen Menschen sprechen würde, und sei es, um ihnen eine schlichte Frage zu stellen.«

»Ja, sie sind grässlich«, stimmte Hilary schaudernd zu. »Wohin gehen wir?«

Monsieur Mercatel sagte bescheiden: »Meine Mutter, Monsieur, lässt fragen, ob Sie ihr das Vergnügen machen würden, mit uns den Kaffee einzunehmen. Die Cafés hier sind leider nicht mehr besonders einladend – und ihr liegt sehr viel daran, Sie kennenzulernen.«

Der Vorschlag behagte Hilary ganz und gar nicht. Er wollte sich in Ruhe mit diesem stillen Mann unterhalten, nicht Konversation mit einer alten Französin treiben müssen, die berühmt war für ihre Wohltätigkeit. Aber es blieb ihm nichts übrig, als zu sagen: »Es wäre mir eine Ehre, Monsieur; das ist ausnehmend gütig von Ihrer Frau Mutter«, und so machten sie sich auf den Weg die dunkle, stille Straße entlang.

»Sie kommen direkt aus Paris, nicht wahr?«, sagte Monsieur Mercatel verbindlich. »Wie war Ihr Eindruck?«

»Es bleibt für mich die schönste Stadt der Welt«, erwiderte Hilary, »aber diesmal habe ich eine Atmosphäre der Tristesse empfunden, fast des Zerfalls. Man hatte beinahe das Gefühl, einer Kultur bei ihrem allmählichen Untergang zuzuschauen.«

»Ja, das hat etwas Verstörendes«, pflichtete Monsieur Mercatel ihm bei. »Barbarentum in einem primitiven Stadium ist schön und gut, aber nicht, wenn es einen Rückfall darstellt – wenn eine Zivilisation auf den Hund kommt. Mich zieht sehr wenig in das heutige Paris.«

»Waren Sie lange nicht mehr da?«, erkundigte sich Hilary höflich.

»Vor dem Krieg pflegte ich jedes Jahr hinzufahren«, sagte Monsieur Mercatel, »zu einem Essen, das alljährlich von meinen Kollegen an der Sorbonne ausgerichtet wurde. Aber seit dem Krieg war ich nicht mehr dort.«

»Sie waren an der Sorbonne?«, fragte Hilary, nicht ganz sicher, wie er das Wort »Kollegen« verstehen sollte.

Monsieur Mercatel lachte leise, ohne eine Spur von Bitterkeit. »Ich habe dort unterrichtet«, erklärte er, »ich war früher ein recht passabler Mathematiker. Ich habe hochgelehrte Abhandlungen verfasst, die von so gut wie niemandem gelesen wurden. Aber meine Kollegen von damals haben mich nicht vergessen, und es war immer ein großes Vergnügen, sie einmal im Jahr wiederzutreffen und über die alten Zeiten zu plaudern. Dieses Jahr hoffe ich endlich wieder hinfahren zu können.«

Ein paar Schritte lang schwiegen sie, und dann trieb tiefes Mitleid Hilary dazu, zu sagen: »Sie müssen sich hier sehr einsam gefühlt haben all die Jahre.«

»Einsam?«, wiederholte Monsieur Mercatel. Es klang überrascht. »Aber nein, Monsieur. Ich bin hier in A-- geboren und zur Schule gegangen, ich habe viele gute Freunde in der Stadt. O nein, ich fühle mich nicht einsam hier.«

»Ich meine«, erklärte Hilary, dem diese Antwort ganz und gar nicht ins Konzept passte, »Sie haben hier doch bestimmt nicht viele Menschen, mit denen Sie reden können.«

»Ach so« – nun verstand Monsieur Mercatel –, »Sie meinen, mit denen ich über Mathematik reden kann. Aber Mathematik ist nicht wie Literatur, sie eignet sich nicht als Gesprächsthema im Freundeskreis. Nein, Monsieur, über die Mathematik denke ich für mich allein nach, und wenn ich mit meinen Freunden zusammenkomme, gibt es hunderterlei andere Dinge, über die wir uns unterhalten.«

»Aber …«, setzte Hilary an und brach dann ab. Ihm schien es ein Unding, dass ein intelligenter Mann sich damit zufriedengab, in einem Provinznest zu leben und sich mit Leuten von minderer Intelligenz über hunderterlei Nichtigkeiten zu unterhalten. Unwillkürlich ertappte er sich bei der Überlegung, dass Monsieur Mercatel offenbar doch nicht ganz so intelligent war wie gedacht, dass er zu jenen Menschen gehören musste, die gut in ihrem Fach waren, aber ansonsten kein großes Licht. Immerhin wusste er, dass ich ein Dichter bin, dachte er verwirrt, und im selben Moment sagte Monsieur Mercatel: »Wir haben hier einen Literaturzirkel, der sich jeden ersten Dienstag im Monat trifft. Letzte Woche hat einer der Teilnehmer – der als Literaturkritiker für unsere Lokalzeitung schreibt – einen Aufsatz über englische Gegenwartsliteratur vorgelesen, und ständig fiel Ihr Name. Es hat mich so interessiert, dass ich mir in Paris einen Band Ihrer Gedichte bestellt habe – und nun sind Sie plötzlich leibhaftig in A--. Ist das nicht ein merkwürdiger Zufall?«

»In der Tat, ja«, sagte Hilary, »aber bitte, machen Sie Ihre Bestellung doch unbedingt rückgängig und erlauben Sie mir, Ihnen ein Exemplar zu schicken, wenn ich wieder in England bin.«

»Wie überaus freundlich von Ihnen.« Monsieur Mercatel war sichtlich erfreut. »Ich würde es hüten wie einen Schatz.«

Über den grauen Dächern stieg der Mond auf, und Sterne funkelten am schwarzen Himmel. Geistlos ist er auf keinen Fall, sagte Hilary zu sich, während sie die Straße entlanggingen, aber wie in drei Teufels Namen kann er sich in so einer Kleinkrämerstadt wohlfühlen? Ich würde sterben vor Langeweile, wenn ich in der englischen Provinz leben müsste. Wahrscheinlich, dachte er voller Groll, besitzt er diese Fähigkeit zum Glücklichsein, die Pierre gemeint hat. Aber versetzt einen das in die Lage, fragte er sich, die Menschen, egal, wo man lebt, kritiklos nett zu finden und einfach glücklich zu sein? Was ist das denn für ein Glück, wenn man nur Dummköpfe zum Reden hat? Oder hängt er am Ende dem alten, sentimentalen

Credo an, dass man das Menschsein schlechthin als Wert anerkennen muss und dass auf der Ebene allgemeiner Menschlichkeit ein jeder zur lohnenden Gesellschaft wird?

Das ist ein Glaube, den wir englischen Intellektuellen vollständig über Bord geworfen haben, sinnierte er weiter. Wir rümpfen gelangweilt die Nase, sobald wir mit jemandem verkehren sollen, der nicht unseresgleichen ist – außer er wäre, sagen wir, ein klassenbewusster, politisch aktiver Straßenbahnarbeiter. Was vermutlich auch der Grund ist, warum es unseren Werken an Universalität mangelt; wir verschanzen uns in unserem Elfenbeinturm, und deshalb fehlt es uns an Stoff, um allgemeingültige Aussagen über menschliche Emotionen zu treffen.

Und letztlich fehlt es uns auch an den Erfahrungen selbst, dachte er bitter, und in dem Moment bogen sie um eine Ecke, und Monsieur Mercatel sagte anspornend: »Schauen Sie, Monsieur, hier wohnen wir.«

»Wie wunderschön!«, sagte Hilary impulsiv, ganz verzaubert von dem Anblick, der sich ihm im Mondlicht bot.

Die Straße vor ihnen führte ein Stück geradeaus und knickte dann scharf nach rechts ab. Auf dieser Seite war sie von einer hohen Mauer begrenzt, über der schattenhaft riesige nackte Äste zu ahnen waren. Vor ihnen, an der Straßenbiegung, ragten die zerklüfteten Zinnen der Burgruine auf, und durch ihre leeren Fenster schimmerten die Sterne. Zur Linken stand eine Ansammlung alter Häuser, jedes anders und jedes entzückend. Hilary sah ein langgestrecktes, niedriges Haus mit so filigranem Fachwerk, wie man es in ganz England vergeblich gesucht hätte, ein ähnlich langes, aber höheres Haus mit Stuckfassade und

Blumenkästen vor den Fenstern, aus denen richtige kleine Hecken sprossen, und daneben, der Kurve am nächsten, ein kleines Haus aus dem achtzehnten Jahrhundert, ganz schlicht und von makellosen Proportionen.

»Das ist ja unglaublich«, sagte Hilary, ohne sich auch nur zu bemühen, sein Erstaunen zu verbergen. »Ich hatte es völlig aufgegeben, in dieser Stadt noch auf etwas Schönes zu hoffen.«

»Ein paar Dinge sind den Verheerungen unserer Zeit tatsächlich nicht zum Opfer gefallen«, sagte Monsieur Mercatel. »Unsere Städte im Norden gelten gemeinhin als hässlich, aber es finden sich etliche Winkel wie dieser, die sowohl der Bombardierung als auch dem Abriss entgangen sind – nur eben nicht an den Hauptstraßen, wo die Touristen hinkommen.« Er ging voran zu dem mittleren Haus mit den Buchsbaumhecken vor den Fenstern, brachte aus seiner Tasche einen riesigen Schlüssel zum Vorschein und steckte ihn in ein massives altes Schloss.

Im Inneren erwartete sie ein schmaler Gang zwischen hohen Wänden. »Hier entlang«, sagte Monsieur Mercatel und wandte sich zu einer Tür zur Linken, während er erklärte: »Früher hatten wir das ganze Haus für uns, aber da seit einigen Jahren nur noch meine Mutter und ich hier wohnen, brauchen wir den Platz nicht mehr. Ein paar Räume im Erdgeschoss reichen uns jetzt vollauf, und das restliche Haus ist vermietet.«

»Sehr praktisch«, äußerte Hilary höflich und dachte bei sich, dass eine solche Maßnahme nur der Not geschuldet sein konnte. Monsieur Mercatel führte ihn einen graugestrichenen Flur entlang, an dessen Ende er eine Tür öffnete und seinem Gast den Vortritt ließ.

Hilary verschlug es einen Moment lang den Atem, so

schön war der Raum, der vor ihm lag. Früher war dies unzweifelhaft der Salon eines Hauses von herrschaftlichen Dimensionen gewesen. Vor den drei hohen Fenstern hingen Vorhänge aus schwerer gelber Seide, und die Wände waren mit grauer Toile-de-Jouy bespannt, auf der sich zierlichst gearbeitete Kavaliere und ihre Damen in pastoraler Landschaft ergingen. An der Rückwand des Zimmers stand ein wuchtiger Bücherschrank aus Rosenholz, vor dem mittleren Fenster ein kleines, bunt bemaltes Spinett. An der anderen Wand brannte in einem großen Kamin ein Holzfeuer, und daneben erblickte Hilary in einem Rosenholzstuhl mit sehr hoher Lehne die Hausherrin und trat auf sie zu.

Sie sagte in tadellosem Englisch: »Wie nett, Sie kennenzulernen, Mr Wainwright. Sie werden mir nachsehen, wenn ich zur Begrüßung nicht aufstehe, aber die Arthritis macht mir sehr zu schaffen.«

»*Mais, Madame* ...«, stammelte Hilary völlig perplex. Dann besann er sich auf seine Manieren, nahm ihre ausgestreckte Hand und sagte auf Englisch: »Bitte verzeihen Sie meine Verblüffung. Aber verraten Sie mir doch, wie kommt es, dass Sie meine Sprache so perfekt sprechen?«

Klein und zusammengesunken saß sie da, eine alte Dame im abgetragenen, altmodischen schwarzen Kleid, einen vergilbten Spitzenschal über dem dünnen weißen Haar. Sie wirkte unsagbar alt und gebrechlich und gänzlich unenglisch.

Ihr Ton freilich war genau der, den Hilary so gut von den alten Damen am Domplatz kannte: »Ich muss gestehen, Mr Wainwright, ich hatte gehofft, Sie verblüffen zu können. Aber die Erklärung ist sehr einfach. Meine Mutter war Engländerin, und als ich ein Mädchen war, sind wir jedes Jahr nach London gefahren, zu meinen Großeltern in Holland Park.«

»Waren Sie dann in letzter Zeit einmal in England?«, fragte Hilary, der sich so schnell nicht von seiner Überraschung erholte, dümmlich.

»Seit fast vierzig Jahren nicht mehr«, sagte Madame Mercatel. »Meine Großeltern sind kurz vor dem letzten Krieg gestorben, und allmählich werden die Kontakte doch sehr spärlich, auch wenn meine noch lebenden Cousinen mir nach wie vor Briefe und gelegentlich auch Pakete schicken, die uns natürlich hochwillkommen sind. Aber setzen Sie sich, Mr Wainwright. Nach dem Marsch ist Ihnen sicher kalt.«

Hilary nahm auf einem Rosenholzstuhl Platz, auf dessen Rückenlehne ein großer Messingadler die Schwingen spreizte. »Wie schön, ein offenes Feuer zu sehen«, bemerkte er lahm.

Madame Mercatel lachte. »Als mein Mann und ich frisch verheiratet waren, habe ich zu ihm gesagt, endlich habe ich meinen eigenen englischen Kamin, und ich weiß noch gut, wie er über mich lachte, denn natürlich haben viele alte Häuser in Frankreich einen offenen Kamin. Aber er war uns allen eine große Freude, und besonders jetzt, denn Zentralheizungen mögen es nicht, wenn man sie mit Holz füttert, und ohne meinen Kamin hätten wir oft Stein und Bein gefroren.« Sie wandte sich an ihren Sohn und sagte: »Bernard, schenkst du bitte den Kaffee ein? Auf meine Hände«, sagte sie entschuldigend zu Hilary, »ist bei solchen Gastgeberpflichten leider kein Verlass mehr.«

Von einem Seitentisch aus reichte Monsieur Mercatel Kaffee in winzigen, hauchzarten Porzellantässchen und dazu dünne Scheiben gezuckerten Biskuitkuchens. »Das ist echter Kaffee«, sagte Madame Mercatel, »aus einem meiner englischen Pakete. Ich habe ihn eigens für einen Anlass wie diesen aufgespart.«

»Er schmeckt wunderbar«, sagte Hilary dankbar, »aber Sie dürfen Ihren kostbaren Kaffee doch nicht an mich verschwenden.«

»Unsinn«, sagte die alte Dame mit großer Entschiedenheit, »Sie ahnen nicht, welch ein Genuss es für mich ist, wieder einmal Englisch sprechen zu dürfen. Ich hatte schon Angst, ich würde es völlig vergessen.«

»Sprechen Sie ebenfalls Englisch, Monsieur?«, fragte Hilary höflich.

Monsieur Mercatel sagte: »Ich verstehe es sehr gut, aber beim Sprechen habe ich meine Schwierigkeiten. Wenn Sie erlauben, bleibe ich einfach beim Französischen. Es dürfte eine etwas sonderbare Unterhaltung werden, aber ich weiß, dass es meiner Mutter eine solche Freude ist, Englisch zu sprechen.«

»Mir ist es auch eine Freude«, sagte Hilary wahrheitsgemäß. Und es war mehr als das, es war eine unglaubliche Erleichterung. Erst jetzt wurde ihm klar, welch zusätzliche Belastung es all die Tage gewesen war, eine Sprache sprechen zu müssen, die nicht seine eigene war – vor jedem Wort, das er gebrauchen wollte, innezuhalten und zu überlegen, ob es seinen Gedanken auch treffend genug wiedergab. Befreit von der Last dieses fortwährenden Abwägens, konnte er sich das erste Mal seit seiner Abreise aus England wieder ganz als er selbst fühlen.

»Ein wunderschönes Zimmer haben Sie hier, Madame«, sagte er; es war eine Schönheit, die ihn wärmte, ihn freier atmen ließ.

»Ja«, sagte sie, »die Proportionen sind ideal, auch

wenn das Mobiliar natürlich furchtbar altmodisch ist. Als wir geheiratet haben, wollte ich eigentlich, dass mein Mann es für mich neu möbliert, aber in diesem Punkt ließ er nicht mit sich reden. ›Du hast deinen englischen Kamin‹, sagte er mir, ›das muss reichen. Es wäre eine Sünde, all diese guten Sachen zu ersetzen. Als mein Großvater sie gekauft hat, da wollte er, dass sie hundert Jahre halten, und das sollen sie auch.‹ Und davon war er nicht abzubringen. Aber mit den Jahren habe ich mich an sie gewöhnt.«

Sie meinte es völlig ernst, machte sich Hilary klar und fragte sich, welche Art von Einrichtung sie sich von ihrem Mann wohl gewünscht hatte anstelle dieser bildschönen Empiremöbel. Im Zweifel einen gediegenen, viktorianischen Holland-Park-Stil, dachte er amüsiert, und wie auf ein Stichwort sagte sie: »Und nun, Mr Wainwright, müssen Sie mir von London erzählen. Mein Holland Park würde ich wahrscheinlich gar nicht mehr wiedererkennen, oder? Hat es sehr unter den Bombardements gelitten?«

Nun bot Hilary all seinen Charme auf. Er passte seinen Redestil mit Bedacht ihren Ansichten und ihrer Zeit an, wählte seine Worte so sorgsam, so pedantisch, wie die Schriftsteller sie gewählt haben mochten, die damals beliebt gewesen waren. So plauderte er mit ihr über London während des Kriegs und davor, über englische Sitten und Gebräuche, über sich wandelnde Geschmäcker und Moden, wobei er bei all seinen Ausführungen darauf achtete, an Dinge anzuknüpfen, die ihr noch ein Begriff sein mussten. Nach und nach ließ er dann ihren Anekdoten immer mehr Raum, goutierte kennerisch, was sie von ihrem Großpapa erzählte, der Teehändler war, »aber dabei auch literarisch sehr interessiert, immer aufgeschlossen für die neuesten Schriftsteller der Zeit«, von ihrer Cousine Alice, der Kunstsinnigen in der Familie, die einmal ein Buch mit Illustrationen von Mr Aubrey Beardsley mit nach Hause gebracht hatte, »und Großpapa warf es kurzerhand ins Feuer, und keiner wagte etwas einzuwenden«, und von Guy, »so ein lustiger Bursche, Mr Wainwright, immer mit einem Lachen und einem flotten Spruch auf den Lippen«, der aber leider im Zweiten Matabelekrieg den Heldentod gestorben war. Der Feuerschein flackerte, während sie sprach, Monsieur Mercatel saß entspannt und zufrieden in seinem Sessel, und Hilary lauschte in dem wohligen Bewusstsein, dass er sich hier, in diesen Minuten, rundum im Reinen mit sich fühlte, glücklich und frei.

Die Stimme der alten Dame klang aus, und kurze Zeit schwiegen sie wie alte Freunde, die sich Stille leisten können; nur die kleinen grünen Äste knatterten und spuckten im Feuer. Hilary seufzte. Madame Mercatel seufzte ebenfalls und fragte dann: »Was denken Sie über das heutige Frankreich, Mr Wainwright?«

Hilary antwortete mit einer Freimütigkeit, wie es ihm nicht möglich gewesen wäre, wenn sie Französisch gesprochen hätten: »Ich finde es grauenvoll – grauenvoll und zutiefst elend. Ich habe Frankreich immer bewundert und geliebt wie kein zweites Land, aber seit ich zurückgekommen bin, sehe ich um mich herum nichts als einen Sumpf der Korruption.«

Monsieur Mercatel nickte düster. Seine Mutter sagte: »Mir ist es am widerwärtigsten, wie sie sich alle darauf herausreden, dass die Betrügerei gegen die Deutschen ja legitim gewesen sei, und nun könnten wir eben nicht mehr anders. Wir hätten lieber anständig bleiben sollen, wenn Sie mich fragen, auch gegen die Deutschen, als es so weit kommen zu lassen, dass wir einander betrügen und am Ende auch uns selbst.«

Zum ersten Mal, seit seine Mutter und Hilary ihre Unterhaltung begonnen hatten, schaltete Monsieur Mercatel sich ein. Auf Französisch sagte er: »Ich weiß nicht, ob wir uns wirklich selbst betrügen. Ich glaube eher, wir errichten einen Schutzwall um uns, weil wir uns so vieler Dinge schämen müssen – sogar der Wahrheit.«

Madame Mercatel blieb beim Englischen. Sie sagte temperamentvoll: »Und was könnte schlimmer sein als das – dass sich Franzosen der Wahrheit schämen? Wissen Sie, wie der Pariser Chic der Kriegsjahre aussah, Mr Wainwright?«

»Äh, ja, ich habe Bilder gesehen ...«, sagte Hilary verwundert.

»Uns wurde erklärt«, sagte sie, »dass diese Mode eine Kampfansage sei. Man wolle die Deutschen ärgern, indem man ihnen attraktive Frauen zeigte, die sie nicht haben konnten. Als ich eine junge Frau war«, erklärte sie streng, »hatten wir ein Wort für Frauenzimmer, die sich zu diesem Zweck herausputzten, und glauben Sie mir, Mr Wainwright, es war nicht ›Widerstandskämpferin‹.«

»Aber Maman ...«, begann Monsieur Mercatel. Seine Mutter brachte ihn mit einer Handbewegung zum Schweigen. »Wir müssen den Tatsachen ins Auge sehen«, sagte sie. »Ich sage das auf Englisch, aber ich bin Französin genug, um auch daran zu glauben.« Sie sah Hilary an und fragte: »Sehen Sie den Tatsachen ins Auge, Mr Wainwright?«

»Ich versuche es«, sagte Hilary, der nicht ganz sicher war, wie eine ehrliche Antwort auf diese Frage lauten könnte, »aber ich kann mir der Tatsachen so selten gewiss sein.« Was für eine Kluft, dachte er, lag zwischen ihm und seiner Gastgeberin, die offenbar keinerlei Zweifel kannte.

Sie sagte: »Ich nehme großen Anteil an der Sache mit dem kleinen Jean, müssen Sie wissen. Ich war es nämlich, die die Oberin dazu gebracht hat, ihn aufzunehmen.«

»Ach ja?«, sagte Hilary mit ganz neuem Interesse. »Davon hatte ich keine Ahnung.«

»Ich war bei ihr, um ein paar geschäftliche Dinge zu besprechen, als die alte Waschfrau mit dem Jungen kam«, erklärte sie. »Anfangs hatte die Oberin Zweifel, ob sie ihn aufnehmen sollte. Wie Sie sich denken können, sind die Bestimmungen sehr strikt. Aber ich habe einen gewissen Einfluss auf sie – ich stehe einem Komitee von Damen aus unserer Stadt vor, die Geld und Kleidung für das Waisenhaus sammeln –, und ich konnte sie davon überzeugen, dass dies ein Fall war, wo wir die Richtlinien etwas lockerer auslegen sollten.«

»Warum haben Sie das getan?«, fragte Hilary.

»Das habe ich mich auch schon gefragt«, antwortete sie. »Ich bin normalerweise nicht rührselig, was Kinder angeht – nicht zuletzt deshalb arbeiten die Oberin und ich so gut zusammen, weil sie ebenso unsentimental veranlagt ist. Nein, aber aus irgendeinem Grund hat mich dieses Kind auf eine Weise gedauert, wie keines der anderen es bisher getan hat.«

»Er ist aber auch ein bedauernswertes kleines Kerlchen«, sagte Hilary warm.

Sie lächelte. »Ah, Sie spüren es auch«, sagte sie, »und ich frage mich, ob Sie dann wohl auch das andere seltsame Gefühl teilen, das mich bei diesem Jungen ergriffen hat – dass dies ein Kind ist, dem zu helfen einen Menschen sehr glücklich machen könnte.« Sie sah ihn durchdringend an, wobei sie die Augen mit ihrer dürren gelblichen Hand mit den knotig hervortretenden blauen Adern beschirmte. Doch auf Hilarys Gesicht spiegelte sich nichts von dem plötzlichen Begreifen und Hoffen wider, das sich bei ihren Worten in ihm geregt hatte, und sie ließ die Hand in den Schoß fallen und fügte sachte hinzu: »Und haben Sie irgendein Gefühl, ob er Ihr Sohn ist, Mr Wainwright?«

Hilary dachte verwundert: Ich sollte empört sein über diese Frage, ich sollte so eine Verletzung meiner Privatsphäre kalt abschmettern. Stattdessen will ich darüber reden, hier und jetzt und mit diesen Menschen. Ich möchte in meiner eigenen Sprache darüber reden, mit dieser Frau, die von Anfang an die Richtige für solche Gespräche gewesen wäre, schon vor meiner Ankunft hier, in dem geschmacklosen weißen Haus in dem Londoner Vorort, ja selbst in dem alten roten Backsteinhaus am Domplatz. Ganz kurz fragte er sich: Wird sie mir sagen, was ich tun muss?, und dann antwortete er: »Ich weiß nicht, ob er mein Sohn ist. Es ist nichts an ihm, das mir Aufschluss darüber gäbe, ob er es ist oder nicht.« Und im Stillen fügte er hinzu: Ich weiß nicht einmal, ob ich mir wünschte, dass er es ist.

Monsieur Mercatel sagte: »Ich wollte Ihnen gern sagen, was ich, als sein Lehrer, von dem Jungen halte. Darüber, ob er Ihr Sohn ist oder nicht, kann ich mir natürlich keine Meinung erlauben. Ich bin mir aber ganz sicher, dass er der Sohn von jemandem wie Ihnen sein muss.«

»Wie meinen Sie das?«, fragte Hilary.

»Sein geistiges Format hebt sich deutlich von dem der anderen Jungen ab«, sagte Monsieur Mercatel. »Wohlgemerkt, ich sage damit nicht, dass aus ihm ein großer Gelehrter wird – um das zu beurteilen, ist es noch zu früh.

Aber ich unterrichte diese Waisenjungen schon seit vielen Jahren, und ich hatte noch nie einen Schüler, bei dem ich mit solcher Sicherheit sagen konnte, dass er aus einem kultivierten, intellektuellen Milieu stammt. Der kleine Jean weist eine ganz andere geistige Beweglichkeit auf – einen ganz anderen Sinn für Zusammenhänge, sollte man vielleicht sagen – als die Kinder, mit denen ich es sonst zu tun habe.«

Hilary konnte einen gewissen Stolz nicht unterdrücken. Falls er mein Sohn ist, dachte er, brauche ich mich seiner jedenfalls nicht zu schämen, aber dennoch widersprach er: »Es ist natürlich mehr als wahrscheinlich, dass ein Kind, das auf diese Weise versteckt wurde, aus einer Familie von Intellektuellen kommt. Das waren schließlich die Leute, die am ehesten in Schwierigkeiten mit den Deutschen gerieten.«

»Das ist sicher richtig«, gab Monsieur Mercatel zu. Seine Mutter sagte: »Und das Aussehen des Jungen? Entdecken Sie da irgendeine Ähnlichkeit?«

»Nein«, sagte Hilary fast verzweifelt. »Meiner Frau sieht er auf jeden Fall nicht ähnlich.«

»Haben Sie ein Bild von ihr da?«, wollte Madame Mercatel wissen.

Das kleine Foto, das hinten in Hilarys Brieftasche steckte, hatte ein Freund aus Oxford gemacht, der sie in Paris besucht hatte. Das war in jenen Tagen gewesen, als junge Männer mit fotografischen Ambitionen sich an Porträts versuchten, von denen eines exotischer und dramatischer als das andere war. Der oder die Abgebildete musste auf dem Boden ausgestreckt liegen, hinter einem Totenschädel hervorspähen, durch ein Sektglas schauen – und das unweigerlich vor einem Hintergrund tintiger Schwärze. An diesen Maßstäben gemessen, war Hilarys Foto harmlos, und doch scheute er sich, es Madame Mercatel zu zeigen. Während er es zögernd aus der Brieftasche zog, sah er wieder Lisas Gesicht auf dem Bild vor sich, ihr in die langen, schmalen Finger gestütztes Kinn, das Spiel von Licht und Schatten, das die glatten, glänzenden Haare und die hohen Backenknochen hervorhob; es war alles andere als das konventionelle Porträt einer konventionellen viktorianischen Ehefrau. Und noch deutlicher sah er den Ausdruck auf Lisas Gesicht vor sich, die leicht schräg stehenden Augen, die in grüblerischer Intensität von der Kamera wegblickten. Wie oft hatte sie so auf ihn herabgeschaut, wenn er nach leidenschaftlicher Hingabe verausgabt auf dem Bett lag und sie neben ihm. »Jetzt weiß ich, was Blake meinte, als er von den ›Zügen des befriedigten Begehrens‹ sprach«, hatte er einmal zu ihr gesagt, und als er das Foto nun herausholte und neuerlich betrachtete, schien ihm jede andere Deutung ihres Blicks ausgeschlossen. Mit leichtem Stirnrunzeln reichte er es Madame Mercatel.

Sie hielt es sich dicht vor die Augen und studierte es einige Sekunden. »Ihre Frau war außerordentlich schön«, sagte sie dann. »Die Aufnahme ist nach der Geburt des Kindes entstanden, nehme ich an?«

»Wie kommen Sie darauf?«, fragte er erschrocken.

»Der Ausdruck auf ihrem Gesicht«, sagte sie. »Man sieht gleich, dass sie eine wahrhaft mütterliche Natur war.« Sie seufzte und legte das Foto auf ihren Schoß. »Was für eine Tragödie«, sagte sie.

»Darf ich auch einen Blick darauf werfen?«, fragte Monsieur Mercatel.

»Ja, selbstverständlich«, sagte Hilary. Welch bizarrer

Irrtum, dachte er, und dann, panisch: Aber ist es denn einer? Um nicht länger darüber nachdenken zu müssen, sagte er: »Sehen Sie – keinerlei Ähnlichkeit zwischen meiner Frau und dem Jungen.«

»Oh, nein, wirklich nicht«, stimmte Madame Mercatel zu. »Er sieht eher aus wie Sie.«

»Wollen Sie damit sagen – also Sie finden, dass er mir ähnelt?«, stammelte er.

Madame Mercatel sprach langsam und bedächtig. »Ich will natürlich keineswegs behaupten, dass jeder, der den kleinen Jean kennt und danach Sie kennenlernt, den Jungen gleich als Ihren ansehen würde. Mein Sohn hat bei Ihrer ersten Begegnung nach dieser Art von Ähnlichkeit Ausschau gehalten und konnte nichts entdecken, genauso wenig wie ich. Aber Sie haben doch so viel gemeinsam, finde ich, dass man es nicht ganz ausschließen kann. Meinst du nicht auch, Bernard?« Sie drehte sich zu ihrem Sohn um, der sagte: »Doch, unbedingt. Es ist nichts da, worauf man den Finger legen könnte, aber eine gewisse Grundähnlichkeit besteht auf jeden Fall.«

Hilary sagte verwirrt: »Darauf, dass er mir ähnlich sehen könnte, bin ich gar nicht gekommen. Gut, oberflächlich betrachtet sind wir uns vielleicht nicht unähnlich – wir haben die gleiche Haarfarbe, die gleiche schmale Statur ...« Er brach ab, versuchte aus der Erinnerung heraus, das weiche Kindernäschen, die blassen Lippen in ein ausgeformtes Erwachsenengesicht zu übertragen.

»Bei Ihnen beiden läuft der Haaransatz im Nacken spitz zu«, sagte Monsieur Mercatel.

»Aber die Augen«, wandte Hilary ein, »denken Sie an diese riesigen dunklen Augen. Meine Frau hat – hatte – keine solchen Augen, und ich erst recht nicht.«

»Und in Ihrer Familie gab es auch sonst niemanden mit solchen Augen?«, fragte Madame Mercatel. Er hatte das Gefühl, sie beide warteten auf seine Antwort wie zwei Richter.

Er dachte an seine Mutter, seinen Vater, Onkel Jim, seine Schwester Eileen. »Nein«, sagte er, »in meiner Familie gibt es keine solchen Augen«, und dann erinnerte er sich an etwas, und er fügte zögernd hinzu: »Aber jetzt fällt mir gerade ein, dass Lisa – meine Frau – zwei polnische Tanten mit sehr großen dunklen Augen hatten.«

Die beiden nickten feierlich. Seine Antwort war richtig gewesen. »Aber daraus kann man doch nichts schließen, oder?«, sagte er beinahe flehentlich. »Ich meine, nichts Verlässliches. Wenn man die ganze Verwandtschaft mit einbezieht, sieht doch jeder jedem ähnlich.«

»Nein«, sagte Madame Mercatel, »Beweiskraft hat das alles nicht.«

Er hatte sich geirrt. Die Richter entschieden doch nicht zu seinen Gunsten.

Sorgfältig verwahrte er das Foto wieder in seiner Brieftasche und sagte: »Es wird langsam Zeit für mich. Ich danke Ihnen für diesen reizenden Abend.«

»*Ich* danke *Ihnen*«, erwiderte Madame Mercatel. »Ich hoffe, Sie besuchen uns noch einmal, bevor Sie abreisen. Wie lange bleiben Sie denn noch in A--?«

»Das weiß ich noch nicht«, Hilary erhob sich, »aber ich komme sehr gerne wieder, wenn es Ihnen recht ist.«

Darauf lächelte sie wohlwollend. Monsieur Mercatel sagte: »Ich begleite Sie zurück in Ihr Hotel.«

»Nein, bitte, machen Sie sich keine Umstände«, wehrte Hilary ab und konnte sie zuletzt überreden, ihn allein gehen zu lassen.

An dem großen Tor zur Straße hinaus sagte Monsieur Mercatel: »Es hat gutgetan zu sehen, welche Freude meine Mutter daran hatte, einmal wieder mit einem Engländer zu reden.«

»Ich fühle mich sehr geehrt, sie kennengelernt zu haben«, erwiderte Hilary, und trotz des unerträglichen Lebens in dieser engen Provinzstadt verspürte er einen bitteren, verzehrenden Neid auf Monsieur Mercatel.

ELFTES KAPITEL

Mittwoch

Am nächsten Morgen strömte dichter, stetiger Regen aus einem bleigrauen Himmel herab. Kein Wetter, bei dem man dem Verstreichen der Stunden nachhelfen konnte, indem man in der Stadt herumschlenderte und so tat, als hätte man seine Gründe, warum man diesen Weg einschlug und nicht jenen. Hilary vergeudete schon zu viele seiner Buchseiten bei den Mahlzeiten, wenn er las, um ungestört zu bleiben; wollte er nun auch noch vormittags lesen, blieb für den Nachmittag nichts mehr zu tun.

Aber einen anderen Zeitvertreib gab es nicht. Eine Weile las er in dem leeren Café, wo er mehrmals den aufdringlichen Barmann fortscheuchen musste, der auch das Gepäck trug und im Hotel offenbar Mädchen für alles war. Auf Hilary machte dieser Mensch, den die Stammgäste Lucien riefen, einen geistig minderbemittelten Eindruck. Er sprach ihn zwar nicht an, aber dafür stellte er sich in regelmäßigen Abständen neben Hilarys Stuhl auf, um ihm schweigend ins Buch zu glotzen, und solange er dort stand, konnte Hilary nicht weiterlesen, konnte nur mit abwehrend hochgezogenen Schultern dasitzen, geplagt von einer absurden Angst, der Mann könnte ihn berühren. Schließlich hielt er es nicht länger aus und ging hinauf in sein Zimmer, wo er sich aufs Bett legte und so langsam er konnte weiterlas, bis es Zeit zum Mittagessen war.

Nach dem Essen goss es immer noch. Er hatte sich den erneuten Handschuhkauf für den Nachmittag aufgespart und begrüßte diese notwendige Besorgung wie ein lang ersehntes Vergnügen. Als er im Trenchcoat die Treppe herunterkam, den Kragen bis zu den Ohren hochgeschlagen, fand er unten die kleine alte Bedienung, die erschrocken fragte: »Monsieur will doch bei diesem Wetter nicht ausgehen?«

»Ich muss«, sagte Hilary und lächelte über ihre Besorgnis. Sie sagte: »Ach ja, *monsieur le patron* hat uns von dem armen kleinen Kind erzählt, das Monsieur besucht.«

»*Monsieur le patron*«, sagte Hilary schneidend, »wäre gut beraten, sich um seine eigenen Angelegenheiten zu kümmern, und alle anderen auch.« Dann sah er, dass sie zitterte, und zwang sich, in milderem Ton hinzuzufügen: »Sie wissen ja, wir Engländer mögen es nicht, wenn man sich in unsere Angelegenheiten mischt.« »Ja, natürlich, Monsieur«, sagte sie eingeschüchtert, und dann, als er schon weitergehen wollte: »Monsieur, ich will nicht aufdringlich sein, aber wenn Monsieur in diesem Wetter hinausmuss, könnte ich ihm meinen Schirm leihen.«

Ein Schirm hatte Hilary gerade noch gefehlt, aber er blieb stehen und sagte lobend: »Wie außerordentlich umsichtig von Ihnen. Ich wäre Ihnen sehr dankbar.« Sie huschte davon und kam mit einem riesigen Baumwollschirm zurück, den sie ihm stolz überreichte.

»Danke«, sagte er und schob dann nach: »Darf ich fragen, wie Sie heißen?«

»Mariette, Monsieur«, antwortete sie, und so sagte er

»Danke, Mariette« und marschierte hinaus in den Regen, vorbei an Madames kalter, höhnischer Miene, in der Hand den großen Baumwollschirm.

Er nahm den Schirm auch mit, als er am späten Nachmittag den Hügel zum Waisenhaus hinaufstieg. Mit dem Zügeanschauen wird es heute nichts, dachte er, wir sehen am besten zu, dass wir auf schnellstem Weg ins Café kommen, ins Trockene, und er merkte, dass er enttäuscht war, dass er sich auf die Hand gefreut hatte, die sich so fieberhaft in seinen Mantel krallte, auf die atemlose, verzückte Stimme, die flüsterte: »Schauen Sie, Monsieur, der Zug!«

Diesmal öffnete er einfach die Tür und ging hinein. Jean saß in seinem kleinen schwarzen Kittel auf einer Bank an der Wand. Er sprang auf, als Hilary hereinkam, und das Grinsen auf seinem Gesicht war diesmal ganz natürlich, das Grinsen eines vergnügten kleinen Jungen.

»Wo ist dein Mantel?«, fragte Hilary. »Den musst du bei diesem scheußlichen nassen Wetter gut zuknöpfen.« Verdammt, dachte er, ich klinge schon wie eine alte Kinderfrau.

»Schwester Thérèse wollte, dass ich sie hole, wenn Sie da sind«, sagte Jean und sauste den Gang entlang.

Kurz darauf kam er zurück und hinter ihm, schlurfend, die alte Nonne. »Guten Tag, Monsieur«, sagte sie, »die Mutter Oberin meinte, falls Sie kommen, könnten Sie bis halb acht das Empfangszimmer haben, weil's ja draußen so nass ist.« Sie drehte den Knauf, stieß die Tür auf und ging brüsk davon.

Was soll das heißen, »falls ich komme«?, fragte sich Hilary feindselig. Hält sie mich für jemanden, der pflichtsäumig wird, nur weil es regnet? All diese Leute setzen ihre Maßstäbe, und man darf zusehen, wie man ihnen gerecht wird, dachte er, und laut sagte er: »Gut, dann komm, Jean. Zumindest bleiben wir auf diese Weise trocken.«

Der Anblick des Raums brachte unweigerlich die Erinnerung an seinen letzten Aufenthalt hier zurück. Er ging zum Fenster, wo er über die roten und grünen Sechsecke hinwegstarrte, und fühlte sich lustlos, unglücklich und matt.

Der Junge stand schweigend hinter ihm. Schließlich drehte Hilary sich um und lächelte, und als hätte Jean nur auf dieses Signal gewartet, stieß er hervor: »Haben Sie mein Geschenk dabei?«

Hilary wusste, dass nicht die neuen Handschuhe gemeint waren. Langsam, geheimnisvoll fischte er in seiner Manteltasche und brachte nach umständlichem Tasten und Suchen triumphierend die zusammengeknautschten roten Handschuhe zum Vorschein.

Jean seufzte hingebungsvoll und nahm sie. »Sie sind einfach so schön, nicht?«, sagte er. Er äußerte es wie eine Tatsache, die keinen Einwand zuließ.

»Also«, sagte Hilary energisch, »was wollen wir machen?« Er sah sich in dem Raum um, doch der bot keine Hilfe. »Setzen wir uns an den Tisch«, bestimmte er, »dann können wir vielleicht ein Spiel spielen. Kennst du irgendwelche Spiele?«

Jean schüttelte den Kopf, kletterte aber brav auf einen der Holzstühle, und Hilary setzte sich neben ihn.

»Dann zeige ich dir ein Spiel, das ich als kleiner Junge gespielt habe«, sagte er, zog Kladde und Stift aus der Tasche und malte auf das linierte Papier ein Quadrat und in das Quadrat Punkte.

Als er aufsah, bohrte Jean neben ihm ganz versunken in der Nase. Er hob schon die Hand, um auf den stochernden Finger zu klapsen, gebot sich dann aber Einhalt. Ich habe dazu kein Recht, dachte er, ich habe kein Recht. Und ganz bewusst sagte er sich: Man kann nicht an den Kindern anderer Leute herumerziehen.

»Schau her, Jean«, sagte er, »das Spiel geht so.«

Schritt für Schritt erklärte er dem Kind die Regeln, erfreut über die Gelehrigkeit, mit der der Junge sie aufnahm. Sie spielten eine Runde, wobei Hilary sich absichtlich zurückhielt, damit Jean gewinnen konnte, was dieser mit heller Begeisterung tat. Aber gegen Ende der zweiten Runde begann der Junge, offensichtliche Chancen zu vergeben, und schließlich sagte Hilary streng: »Stell dich nicht so dumm an, Jean. Siehst du nicht, dass du nur diesen Strich ziehen musst, und schon hast du ein Kästchen?«

»Ich wollte doch nur, dass diesmal Sie gewinnen.« Voller Hoffnung sah Jean in Hilarys Gesicht auf, und dieser musste erkennen, dass nicht Begriffsstutzigkeit das Kind hemmte, sondern das Bedürfnis, zu teilen. Er nahm das Geschenk an; daraufhin schlug ihn der Junge beim dritten und vierten Spiel mit erstaunlichem Geschick.

Aber die Käsekästchen langweilten Hilary nun. »Möchtest du deine neuen Handschuhe sehen?«, fragte er, und Jean bejahte, wenn auch ohne allzu großes Interesse.

Die neuen Handschuhe waren aus dunkelgrauer Wolle, etwas anderes hatte Hilary nicht finden können. Jean sagte Danke und ließ sich von Hilary folgsam demonstrieren, wie gut sie passten, aber dieses Paar war wertlos, verglichen mit dem zu kleinen roten, das seine linke Hand die ganze Zeit über eng umklammert hielt.

Hilary sah unauffällig auf seine Uhr: erst Viertel nach sechs. Er versuchte sich seine eigene Kindheit ins Gedächtnis zu rufen, daran, wie er damals verregnete Nachmittage herumgebracht hatte, aber er erinnerte sich nur an Malstifte und Puzzlespiele, Baukästen und Bilderbücher, alles Zeitvertreibe für ein behütetes Kind, das viele Dinge geschenkt bekam. Dann hatte er eine andere Idee. »Soll ich dir eine Geschichte erzählen?«, schlug er vor.

»Au ja, Geschichten mag ich!«, sagte Jean voller Inbrunst. Hilary fragte eifersüchtig: »Wer erzählt dir denn noch Geschichten?« »Schwester Clothilde erzählt uns Geschichten von den Heiligen, als sie noch Kinder waren«, erklärte Jean. »Die mag ich so gern!« Sein Gesicht leuchtete vor Erwartung.

»Geschichten über Heilige kenne ich keine«, sagte Hilary und überlegte angestrengt, was ihm denn mit fünf gefallen hatte. Ich fürchte ja, es war Puh der Bär, dachte er, aber ich werde den Teufel tun und irgendein Kind mit dieser Art von Kauzigkeit bekannt machen. Inwieweit stand es Eltern zu, fragte er sich, ihren Kindern Geschichten oder Bilder vorzuenthalten, die sie als Erwachsene aus stilistischen Gründen ablehnten? – und wurde durch Jean unterbrochen, der ihn am Ärmel zupfte und drängte: »Bitte, die Geschichte!«

Ganz erlöst erinnerte sich Hilary auf einmal an das Märchen vom Rotkäppchen. »Es war einmal ein kleines Mädchen ...«, begann er, und während er erzählte, sah er Jean an und Jean ihn, und es gab nur sie beide und die Geschichte.

Man konnte sich keinen besseren Zuhörer wünschen als Jean. Er fieberte sichtbar und fühlbar mit. Seine großen Augen weiteten sich, sooft die Spannung stieg, beim

Höhepunkt streckte sich seine Hand blind aus, um sich in Hilarys Ärmel zu graben. Und als das Märchen zu Ende war, blieb er reglos sitzen und sah Hilary grübelnd an.

»Was hältst du von der Geschichte?«, fragte Hilary.

»Monsieur«, sagte Jean, »hat Rotkäppchens Vater Rotkäppchen lieb gehabt?«

»Ganz bestimmt«, versicherte Hilary ihm.

»Und Rotkäppchens Mutter?«

»Natürlich«, sagte Hilary.

»Aber warum«, fragte Jean, die Stirn tief gefurcht, »haben sie es dann in den Wald geschickt, damit es den Wolf trifft?«

»Sie wussten doch gar nicht, dass es den Wolf treffen würde«, sagte Hilary, befriedigt über diesen Beweis, dass das Kind selbstständig mitdachte, »und der Vater ist ja gekommen und hat es vor dem Wolf gerettet und es dann wohlbehalten heim zur Mutter gebracht.«

Jean schaute auf den Tisch hinab und spähte dann mit verstohlenem Blick hoch zu Hilary. »Haben mein Vater und meine Mutter mich lieb?«, wollte er wissen.

»Aber ja«, sagte Hilary unbehaglich.

Mit einem Ruck hob Jean den Kopf und sah Hilary an, der nicht antwortete, nicht antworten konnte. Sie starrten sich ins Gesicht, jeder mit seiner eigenen Qual im Herzen, und dann senkte der kleine Junge die Augen wieder.

Jetzt könnte ich es sagen, dachte Hilary. Jetzt wäre der Zeitpunkt.

Die Augen noch immer auf den Tisch gerichtet, fragte Jean: »Kennen Sie Armand?«

»Nein«, sagte Hilary, »wer ist Armand?«

Rasch sagte Jean: »Einmal ist Schwester Thérèse ins Klassenzimmer gekommen und hat Armand rausgeholt, und ein Mann hat gewartet, das war Armands Vater, der aus dem Krieg zurück war, und er hat Armand mitgenommen.« Wieder warf er Hilary diesen verstohlenen Blick zu, bevor er die Augen erneut niederschlug. »Und Lucs Vater ist aus Deutschland zurückgekommen, und Luc ist auch weggegangen.«

O Gott, schrie es in Hilary, o mein Gott. Hat jemand ihn beiseitegenommen, oder hat er selbst eins und eins zusammengezählt? Vielleicht steckt auch gar nichts dahinter, vielleicht macht er nur Konversation. Diese verfluchte alte Frau gestern Abend, dachte er, es ist nicht fair. Ich weiß es schlicht noch nicht, ich lasse mich nicht festnageln. Schon dieses Mitleid jetzt reicht tiefer als jedes Gefühl, zu dem ich mich in der Lage geglaubt hatte. Noch weiter darf es nicht gehen – nicht in diesem Stadium. Er stand auf und sagte: »Jean, ich muss los.«

»Kommen Sie morgen wieder?« Es war mehr Forderung als Frage.

»Wenn ich kann«, sagte Hilary.

»Sie müssen meine roten Handschuhe mitnehmen«, sagte Jean drängend, und Hilary griff blindlings nach ihnen, stopfte sie sich in die Tasche und lief weg.

Ich werde zerrieben, sagte sich Hilary, während er durch den Regen stapfte. Ich kenne meine Pflicht. Ich bin hergekommen, um meiner Pflicht zu genügen. Um den Jungen mitzunehmen, wenn er mein Sohn ist, und ihn hierzulassen, wenn nicht. So einfach sollte das sein. Gefühle waren bei dieser Entscheidung nicht vorgesehen. Pflichterfüllung muss hier die Devise sein, nicht Gefühl.

Schon um Lisas willen brauche ich Gewissheit. Sie wollte, dass ich mein Kind rette, unser Kind, das Kind unserer Liebe. Meine Pflicht ist es nicht, einen armen kleinen Waisenjungen zu retten, mit dem mich nichts verbindet.

Ich muss mich gegen Emotionen wappnen. Ich darf mich kein zweites Mal von ihnen zugrunde richten lassen, nein, auch dann nicht, wenn das Kind meines wäre.

Aber wenn es mein Kind ist, dann muss ich es nehmen, Lisa zuliebe, der es wichtiger war, unser Kind gerettet zu wissen, als selbst zu überleben. Und in jäher Eifersucht fragte er sich: Hat sie das Kind mehr geliebt als mich?

Ich kannte sie als meine Geliebte, dachte er, als Mutter meines Kindes habe ich sie nicht gekannt. Hat sie bei seiner Geburt entdeckt, dass mit ihm eine ganz neue Gefühlswelt geboren wurde, und ihre endgültige Erfüllung in der Liebe zu ihm gefunden?

Aber ich war ihre große Liebe, rief es in ihm, und erneut durchbohrte ihn die Eifersucht. Ich habe ihr alles gegeben, so wie sie mir.

Wie soll ich jetzt etwas geben, wo ich selbst so bedürftig bin?

Bei Lisa konnte ich geben. Es war die ideale Beziehung, jeder gab und empfing, gleich viel und im richtigen Maß.

Dann fiel ihm Madame Mercatels Kommentar zu Lisas Bild wieder ein. Aber habe ich denn gegeben?, fragte er sich voller Schrecken. Habe ich gegeben? War ich jemals imstande zu geben?

Wir hatten die ideale Beziehung, wiederholte er verzweifelt. Geben und Empfangen. Was zum Teufel hat diese Frau mit Lisas mütterlichem Ausdruck gemeint? Es war nicht Mütterlichkeit. Es war befriedigtes Begehren. Ich war so durch und durch glücklich damals. Was sollte es gewesen sein, wenn nicht befriedigtes Begehren?

ZWÖLFTES KAPITEL

Donnerstag und Freitag

Der Donnerstagvormittag bot insofern eine Abwechslung, als Hilary, der am Abend zuvor sein letztes Buch ausgelesen hatte, unverhofft einen Schreibwarenladen mit einem Bord voller Bücher fand, die zu verkaufen waren, und so eine halbe Stunde damit füllen konnte, sie durchzusehen und so zu tun, als versuchte er sich zwischen ihnen zu entscheiden. Die Auswahl war allerdings kläglich, und nachdem er sich durch einen Haufen Krimis und Liebesgeschichten geblättert hatte, die banal bis zur absoluten Unlesbarkeit waren, kaufte er schließlich einen Daudet-Roman, von dem er noch nie gehört hatte.

Beim Mittagessen verkündete Mariette ganz stolz, heute Abend habe das Kino geöffnet. Er hatte das Gefühl, dieser verschüchterten alten Frau etwas schuldig zu sein; durch die Nachsicht mit ihr rechtfertigte er vor sich selbst seine Ruppigkeit gegenüber dem grässlichen *patron* und seiner Frau. »Wie schön!«, sagte er mit betont dankbarer Stimme und musste sich dann eingestehen, dass er in der Tat dankbar war: endlich einmal ein Abend, an dem er nicht gezwungen sein würde, in der unsäglichen Tristesse des scheußlichen Cafés seinen kostbaren Lesestoff aufzubrauchen.

Um halb sechs war er oben am Waisenhaus, und er und Jean gingen hinunter zum Bahnübergang, anschließend ins Café und dann wieder den Hügel hinauf.

Trotz all seines Elends und allen Haderns ragten diese zwei Stunden heraus aus dem unerträglichen Lauf seiner Tage. Diese zwei Stunden forderten seine volle Konzentration, nicht für sich selbst und seine Empfindungen, sondern für das Kind. Er musste seine Angst und Langeweile verbergen, musste Interesse wecken und wachhalten. Und er musste durchgehend daran arbeiten, eine heitere, geschützte Atmosphäre aufrechtzuerhalten, nicht den kleinsten Riss entstehen zu lassen, durch den die Flut der Gefühle hereinbrechen konnte.

Davon abgesehen genoss er die Gesellschaft des Jungen. Es war unübersehbar, dass Jean über keine großen Kraftreserven verfügte; nach kurzem Herumtollen, einem Schwall aufgeregten Geplappers verstummte er jedes Mal und saß still da, die riesigen Augen unverwandt auf Hilary gerichtet, die roten Handschuhe fest an sich gedrückt. Doch unter Hilarys unausgesetzten Bemühungen erwies er sich als ein fröhlicher kleiner Junge, und gelegentlich sogar als ein witziger kleiner Junge.

Hilary merkte, dass ihm die körperliche Verfassung des Kindes, die sich in dem Bedürfnis nach Ruhe und Rückzug offenbarte, Sorgen machte. Der Junge schien ihm nicht geschaffen für diese Art von Gemeinschaftsleben, wo sich der Einzelne ständig durchsetzen musste. Er gehört auf einen Bauernhof, dachte er und vermied sorgfältig den bestimmten Artikel, wo er nach Belieben herumrennen und sich, wenn er müde wird, einfach ins Gras werfen kann. Er versuchte sich den Jungen in Latzhose und Pullover vorzustellen, sauber und rotbackig, gebot seiner Fantasie jedoch hastig Einhalt und sann auf einen neuen Scherz, um Jean zum Lachen zu bringen.

Diesmal streckte er die Hand beim Abschied ganz von selbst nach den roten Handschuhen aus.

Am Abend ging er ins Kino. Die Vorstellung hatte begonnen, während er noch beim Essen saß, und als er ankam, war schon Pause, die endlose Pause aller französischen Kinos, in der Lichtbilder mit den Werbeanzeigen der ortsansässigen Händler die einzige Zerstreuung sind. Doch endlich wurde es dunkel, und der Hauptfilm fing an.

Wie alt dieser Film war, ließ sich nicht sagen. Nach den Flecken, Rissen und flimmrigen Einschlüssen im Zelluloid zu schließen, waren die verbeulten Filmdosen schon jahrelang von einer Provinzstadt zur anderen unterwegs, um dort in kleinen, abgehalfterten Kinos wie diesem gezeigt zu werden, die nur einmal die Woche aufmachten. Der Ton war viel zu stark aufgedreht, weshalb aus den Lautsprechern ein solches Krächzen und Scheppern kam, dass Hilary nur hier und da einen Satz verstand. Aber der Handlung ließ sich auch so unschwer folgen, denn sie war denkbar vorhersehbar und platt. Es gab einen Eisenbahner mit einer schwarzhaarigen Tochter. Es gab einen rechtschaffenen bäuerlichen Verehrer. Es gab einen eleganten Großstadtschnösel. Durch all die Wirrungen von Begehren und Gewalt, Verrat und Zerstörung roch er das aufdringliche Parfüm seiner Sitznachbarin, sodass diese beiden Dinge, der Film und das Parfüm, für ihn untrennbar miteinander verschmolzen.

Und so abstoßend er die Vulgarität des Parfüms und die Vulgarität des Films fand, erregte die Kombination doch allmählich seine Sinne. Film wie Parfüm operierten nach dem Grundsatz, dass das sexuelle Verlangen eine treibende Kraft war und dass die Menschen ein Leben wählen konnten, in dem es vornehmlich um die Befriedigung dieses Triebes ging. Und während er einsam im Dunkeln saß, wuchs in ihm ein Verlangen, das kein sexuelles in dem Sinn war, eher der unklare Wunsch nach irgendeiner Leidenschaft von ebensolcher Größe und Macht wie die sexuelle Lust, die er gekannt hatte, etwas, das die innere Leere mit sich fortriss und ihn ausfüllte mit einer übermächtigen Emotion, einem drängenden Hunger, der am Ende gestillt wurde. Irgendeine Schranke war da, die niedergebrochen, eine Prüfung, die bestanden werden musste ... Der Film endete, die Lichter gingen wieder an, und immer noch war er nicht dahintergekommen, welche Form diese befreiende Emotion annehmen könnte.

Am Freitagvormittag stattete er dem Schreibwarenladen einen erneuten Besuch ab und erstand einen Detektivroman.

Am Freitagnachmittag schloss er sich in seinem Zimmer ein und schlug sich mit einem Kapitel für ein literaturtheoretisches Buch herum, an dem er vor seiner Abreise aus England zu schreiben begonnen hatte.

Eine Schwüle lag an diesem Tag in der Luft, als braute sich ein Gewitter zusammen, und als er den Hügel hinaufstieg, fühlte er sich rastlos und bedrückt. Seinen Tagen fehlte die Richtung; indem er sich das Denken gezielt versagte, hatte er sie planlos vergehen lassen, die gewohnten Abläufe gleichgültig hingenommen. An diesem Abend jedoch, während ihm die Haut kribbelte von dem nahenden Unwetter, empfand er, dass bald etwas passieren, eine Hand das Netz lüften musste, in dessen Maschen er mittlerweile so hoffnungslos zappelte.

Dann, als er den Jungen in der Eingangshalle ablieferte, wartete Schwester Thérèse auf ihn.

»Die Mutter Oberin möchte Sie sprechen«, sagte sie mürrisch, und Hilary folgte ihr mit einem mulmigen Gefühl.

Auch diesmal saß die Oberin wieder an ihrem Schreibtisch. »Danke, dass Sie gekommen sind, Monsieur«, sagte sie und deutete auf einen Stuhl, während Schwester Thérèse aus dem Zimmer ging.

»Schwester Thérèse scheint mich nicht sehr zu mögen«, bemerkte Hilary mit einem gezwungenen Lachen.

Die Oberin blickte auf wie aus ihren Gedanken gerissen. Dann fiel sie höflich in Hilarys Lachen ein und sagte: »Nein, es hat nichts damit zu tun, dass sie Sie nicht mag. Sie ist eifersüchtig.«

»Eifersüchtig?«, wiederholte Hilary. »Sie meinen, wegen Jean?«

Auf ihrer Stirn erschien eine Falte, als wäre es eine ungewohnte und schwierige Aufgabe für sie, Motive erklären zu müssen. »Nein, nicht direkt«, sagte sie, »aber wenn man sich auf die Art um Kinder kümmert, wie wir es tun, gewinnt man sie unweigerlich lieb, nicht als Einzelwesen, sondern im Ganzen. Und wenn auf einmal ein Kind gesonderte Aufmerksamkeit erhält, so wie Jean diese Woche, dann geht einem das womöglich gegen den Strich, um der anderen willen.«

»Ich hoffe, sie hat es ihn nicht spüren lassen«, sagte Hilary beklommen.

»O nein«, sagte die Oberin bestürzt. »Schwester Thérèse ist ein sehr guter Mensch.«

Sie nestelte an ihrem Rosenkranz, als scheute sie sich, auf den eigentlichen Grund für die Unterredung zu sprechen zu kommen, und sagte dann mit plötzlicher Erleichterung: »Ach, ehe ich es vergesse, Monsieur Mercatel bat mich, Ihnen etwas auszurichten. Er fürchtet, Sie sehr vernachlässigt zu haben, aber seine Mutter war die letzten Tage über bettlägerig, und da das Mädchen abends heimgeht, konnte er sie natürlich schlecht allein lassen.«

»Es ist hoffentlich nichts Ernstes?«, sagte Hilary, heilfroh, dass es ihm erspart bleiben würde, sich ein zweites Mal diesem Tribunal zu stellen, vor dem er sich selbst verurteilt hatte.

»Nur ihre Arthritis«, sagte die Oberin, »das feuchte Wetter fesselt sie oft ans Bett. Monsieur Mercatel lässt Ihnen sagen, dass sie beide sehr hoffen, Sie noch einmal zu sehen, bevor Sie abreisen.« Sie hielt inne, drehte die Perlen zwischen den Fingern. Dann sagte sie: »Das bringt mich zu dem, worüber ich mit Ihnen sprechen wollte. Da Sie mich noch nicht aufgesucht haben, um mir Ihre Entscheidung mitzuteilen, nehme ich an, dass Sie zu keiner Klarheit darüber gelangt sind, ob der kleine Jean nun Ihr verlorener Sohn ist oder nicht.«

»So ist es, *ma mère*«, antwortete Hilary.

»Wenn Sie sich erinnern«, fuhr sie fort, »bei unserer ersten Begegnung sagte ich Ihnen, Sie müssten sich Ihrer Entscheidung sehr sicher sein, da Sie nicht katholisch sind, und Sie sagten, Ihr Sohn würde in jedem Fall katholisch erzogen werden. Ist das richtig?«

»Ja«, sagte Hilary.

»Seitdem«, sagte sie, »habe ich viel über alles nachgedacht. Ich habe Pater Ludovic um Rat gefragt, der unser Beichtvater und ein sehr guter Mann ist, und ich habe immer wieder darum gebetet, dass Gott mir den rechten Weg weisen möge.« Sie neigte den Kopf, und Hilary machte sich nicht ohne Staunen bewusst, dass er in ihr zum ersten Mal, seit er sie kannte, mehr die Nonne als die Heimleiterin sah. »Ich bin zu der Überzeugung gelangt, dass es richtig ist, wenn Sie das Kind zu sich nehmen.«

»Selbst wenn es nicht mein Kind wäre?«, fragte Hilary ungläubig.

»Hören Sie, Monsieur«, sagte die Oberin, »wenn Sie nicht wissen, ob es Ihr Kind ist oder nicht, wie wollen Sie das je bei irgendeinem Kind wissen? Ihr Instinkt hat Ihnen nichts eingegeben, sonst hätten Sie mittlerweile Gewissheit, so oder so. Ich gehe davon aus, dass Sie den Jungen befragt und herauszubringen versucht haben, woran er sich erinnert, und dass er sich, wie nicht anders zu erwarten, an nichts erinnert, das Ihnen helfen könnte. Wenn dies nicht Ihr Kind ist, wenn Ihr leibliches Kind immer noch darauf wartet, von Ihnen gefunden zu werden, dann werden Sie dennoch keine Gewissheit haben, ob dieses andere Kind Ihr Kind ist oder nicht.«

»Ein anderes Kind würde sich vielleicht an etwas erinnern«, wandte Hilary ein. »Oder es würde meiner Frau so ähnlich sehen, dass ich mir zwangsläufig sicher wäre.«

»Die Zeit vergeht«, sagte die Oberin, »ein Kind vergisst mit jedem Tag ein wenig mehr. Kein anderes Kind wüsste heute noch mehr darüber, was vor drei Jahren war, als dieses es tut. Und was die Ähnlichkeit angeht – wie Ihre Frau aussah, weiß ich nicht, aber es kann keinen Zweifel geben, dass der kleine Jean etwas von Ihnen hat.«

Hilary sagte heftig: »Ich könnte es nicht ertragen, das falsche Kind zu mir zu nehmen und dann später vielleicht mein eigenes wiederzufinden.«

»Aber das werden Sie nicht«, sagte die Oberin, »mit an Sicherheit grenzender Wahrscheinlichkeit werden Sie das nicht. Wenn dieses Kind nicht Ihres ist, dann finden Sie Ihren Sohn nie.«

»Das hat Pierre auch gesagt«, sagte Hilary, ohne nachzudenken.

»Pierre?«, wiederholte sie fragend.

»Mein Freund, Monsieur Verdier«, erklärte Hilary. »Sie haben mit ihm korrespondiert.«

»Ah, ja«, sagte sie, »so, wie ich seinen Brief verstanden habe, hatte er bereits intensiv nach Ihrem Sohn geforscht, und dieses Kind, das wir hier haben, war das einzige, das aus seiner Sicht infrage kam. Nein, Monsieur, ich bin mir sicher, entweder ist das Ihr Sohn, oder Ihr Sohn ist an keinem Ort, an den wir Menschen je gelangen können. Und da ich davon ausgehen kann, dass er im rechten Glauben erzogen würde, wäre es sehr in meinem Sinne, wenn Sie dieses Kind als das Ihrige anzuerkennen wünschten.«

»Warum?«, fragte Hilary schroff. »Warum sind Sie so erpicht darauf, dass ich ihn zu mir nehme?«

Sie sah ihm ein paar Sekunden fest in die Augen und sagte dann: »Dafür gibt es viele Gründe. Einer ist, dass Sie mir von Herzen leidtun. Sie wirken auf mich verloren und trostbedürftig. Ich würde Ihnen diesen Trost ungern vorenthalten.«

Hilary flüsterte kindisch: »Ich will nicht bemitleidet werden«, und wusste einen Augenblick lang, dass er genau das wollte, es so sehr wollte wie nichts sonst auf der Welt. Wie betäubt lauschte er ihren nächsten Worten: »Und auch um Jeans willen wäre es mir lieb, ihn in Ihrer Obhut zu wissen. Er ist nicht so wie die Kinder, die wir gewöhnlich hier haben, und braucht, glaube ich, eine andere Zuwendung als die, die wir ihm geben können.«

»Wie meinen Sie das?«, fragte Hilary.

Auch jetzt schien die Oberin wieder nach Worten zu suchen. »Nun ja, er ist ein aufgeweckter Junge«, sagte sie. »Monsieur Mercatel hält große Stücke auf ihn – wie er Ihnen bestimmt auch gesagt hat. Aber man merkt, dass seine Begabung von anderer Natur ist als bei den übrigen Jungen, keine, die ihm bei einer Laufbahn, wie wir sie ihm bieten können, förderlich wäre. Wie ich ja schon erwähnt hatte, bekommen unsere tüchtigsten Jungen ein ordentliches Handwerk beigebracht, und für die meisten von ihnen bedeutet das ein besseres Leben, als sie es unter normalen Umständen erwarten dürften. Aber der kleine Jean – er hat nicht die nötigen Voraussetzungen. Er hätte eher das Zeug zum Lehrer – oder zum Schriftsteller, so wie Sie, Monsieur«, schloss sie erleichtert.

»Aber wenn er bei Ihnen bleibt«, fragte Hilary hartnäckig, »gibt es für ihn dann keine andere Zukunft als einen Handwerksberuf? Werden nicht beispielsweise manche von Ihren Jungen adoptiert?«

Die Oberin lächelte bitter. »Ja«, sagte sie, »einzelne unserer Jungen werden von den Bauern im Umland adoptiert, die Arbeitskräfte brauchen, weil es ihre eigenen Söhne in die Städte zieht. Aber welcher Bauer sollte ein so schwächliches Kind wie Jean adoptieren wollen?«

In Hilary wallte eine unerwartete Wut auf. Er ist nicht schwächlich, wollte er ausrufen, er ist vielleicht dünn, aber jeder kann sehen, dass er mehr wert ist als hundert von diesen ungeschlachten Tolpatschen – und wenn er schwächlich ist, wessen Schuld ist das denn? Aber die Oberin sprach schon weiter.

»Ich will ganz ehrlich zu Ihnen sein, Monsieur«, sagte sie. »Ich trage nicht nur eine Verantwortung gegenüber diesem Kind, sondern gegenüber dem Waisenhaus als

Ganzem. Wir sind ein sehr armes Stift, das habe ich Ihnen bereits gesagt, und wir sind vollständig auf Spenden angewiesen. Eigentlich muss jedes unserer Kinder über einen Elternteil, einen Angehörigen oder einen Gönner zu uns kommen, der bereit ist, und sei es in noch so geringem Maße, zu den Unterhaltskosten beizutragen. Wir bedauern es nicht, den kleinen Jean aufgenommen zu haben, und ich glaube auch nicht, dass ich damit falsch gehandelt habe. Aber ich kann nicht verhehlen, dass es andere Kinder gibt, die ein größeres Anrecht auf einen Platz hier hätten. Wenn ich also sehe, dass Jean die Chance hat, ein gutes Zuhause zu bekommen, und ein Zuhause noch dazu, in dem er weiter in seinem Glauben erzogen wird, dann würde ich meiner Pflicht nicht gerecht, wenn ich nicht versuchen würde, diese Chance zu nutzen.«

Hilary war außer sich. Außer sich, dass Spenden ins Spiel gebracht wurden, außer sich, dass die Oberin so ohne Weiteres bereit war, ein Kind herzugeben, das doch, so empfand er wider alle Vernunft, eine Sonderstellung in ihrem Herzen einnehmen sollte. Er wollte sie mit Vorwürfen überhäufen, ihr das Nasebohren vorhalten, die vergessenen Geburtstage, die Spaziergänge, die nie hinunter zum Bahnübergang führten. Er wollte sie der Gefühllosigkeit bezichtigen, eines Mangels an Nächstenliebe, wie man sie bei einer Nonne, noch dazu einer Nonne, die einem Waisenhaus vorstand, ja wohl erwarten durfte.

Er sagte: »Das verstehe ich voll und ganz, *ma mère*. Bis wann brauchen Sie meine Entscheidung?«

Stockend sagte sie: »Ich hatte gehofft, dass Sie das Kind vielleicht lieb gewonnen hätten ...« Der Satz klang aus, und Hilary ignorierte ihn. »Ich lasse es Sie am Montag wissen«, sagte er. Warum Montag?, fragte er sich, aber er wiederholte mit festerer Stimme: »Ja, ich lasse Sie meine endgültige Entscheidung am Montag wissen«, und er stand auf, gab ihr die Hand und ging.

Das war's also, dachte Hilary, als er den Hügel hinabstieg: alles entschieden, alles klar, und mein Leben ist gelaufen.

Es bringt nichts, jetzt noch damit zu hadern, sagte er sich. Ich habe keine Wahl mehr. Ich muss praktisch denken.

Montag habe ich im Zweifel nur deshalb gesagt, um wenigstens die Illusion einer Wahl aufrechtzuerhalten. Am Montag bin ich eine Woche hier; am Montag kann von mir eine Entscheidung erwartet werden.

Also gut, am Montag werde ich Jean zu unserem Spaziergang abholen und es ihm sagen. (Ihm was sagen?, fragte er sich, und wie wird er reagieren?) Dann werde ich der Oberin mitteilen, dass ich mich entschlossen habe, das Kind zu mir zu nehmen. Sie ist eine höfliche Frau, sie wird mir den Glauben lassen, es sei allein meine Entscheidung.

Es wird zu spät sein, um ihn noch am gleichen Tag mitzunehmen. (Was wird er denken, wenn er zum letzten Mal in diesem harten Eisenbett schläft?) Am Morgen werde ich wiederkommen und ihn abholen, und wir werden in den Zug nach Paris steigen. (Wie aufgeregt er sein wird, wenn er Zug fahren darf!) Ich werde ihn in einem Hotelzimmer absetzen. Ich werde Pierre suchen. Zwischen Pierre und mir wird wieder alles im Lot sein.

Das ist der Dienstag. Am Mittwoch gehe ich in die Botschaft. Es werden Formalitäten zu erledigen sein; das Kind muss in meinem Pass eingetragen werden. Das alles kann ein Weilchen dauern. Ich sollte besser nicht damit rechnen, vor Freitag nach England aufzubrechen.

Dann ist da die Geldfrage. Vielleicht sollte ich als Erstes herausfinden, wie hoch meine Hotelrechnung sein wird.

Muss ich ihm noch etwas zum Anziehen kaufen, bevor wir fahren?

Ich werde ihn in meine Wohnung bringen müssen. Und Joyce muss ich anrufen. Vielleicht darf ich ihn ja auch gleich bei ihr lassen. Wenn ich Joyce heirate, bräuchte ich ihn nicht erst zu meiner Mutter zu bringen – nicht, bevor er und ich eine stabile Beziehung aufgebaut haben.

Wäre ich jetzt sentimental, dann würde ich mir sein Gesicht ausmalen, wenn er es erfährt; ich würde mir ausmalen, wie ich ihn an mich drücke und ihm sage: Dein Vater steht hier, er kommt dich holen und lässt dich nie wieder von sich fort. Ich würde mir ausmalen, wie ich mit ihm in den Zoo gehe, ihm Spielzeug kaufe, ihn abends ins Bett bringe ... O mein Gott, rief er, aber ich bin nicht sentimental, ich muss praktisch denken. Am Montag sage ich es ihm, am Dienstag fahre ich mit ihm nach Paris – und dann, durchfuhr es ihn mit einem explosionsartigen Gefühl der Befreiung, muss ich endlich diese öde, trostlose Stadt nicht mehr sehen.

Als er das Hotel erreichte, war das Gewitter noch immer nicht losgebrochen.

Zum ersten Mal seit seinem Ankunftstag blieb Hilary wieder vor dem Glaskasten in der Hotelhalle stehen.

»Madame«, sagte er, »könnten Sie bitte überschlagen, wie hoch meine Rechnung bis jetzt ist, und sie mir heute Abend zukommen lassen?«

In die blauen Augen trat ein neugieriges Glitzern. »Monsieur verlässt uns?«, erkundigte sie sich.

»Nicht sofort«, sagte Hilary kalt, »aber ich bin nun schon eine Weile hier und wüsste verständlicherweise gern, wo ich stehe.«

»Natürlich«, sagte sie nicht minder kalt, und er spürte, wie ihr harter Blick ihm folgte, als er durch die Halle ins Café ging.

Dort saß er bei einem Cognac und las seinen Detektivroman. Er war in einer Art Argot geschrieben, dem französischen Pendant zu dem Slang eines Damon Runyon, und so konnte Hilary langsam lesen und nach jedem Absatz erst einmal innehalten, um im Geist nach möglichen amerikanischen Entsprechungen zu suchen. Er nahm keine Notiz von den wenigen Einheimischen, die vereinzelt hereinkamen oder hinausgingen, saß nur über seinem Buch und wünschte, das Gewitter möge endlich losbrechen und die drückende Luft reinigen.

Unvermittelt übermannte ihn aufs Neue dieses unerträgliche Verlangen, das ihn gestern Abend im Kino befallen hatte. Er meinte wieder die flimmernde Leinwand zu sehen, die heiseren, unverständlichen Stimmen zu hören, das billige, aufdringliche Parfüm zu riechen – nein, das Parfüm roch er wirklich. Ruckartig hob er den Kopf und sah neben seinem Tisch eine Frau stehen.

Er sah zwei große Brüste unter dem dünnen weißen Stoff der weit aufgeknöpften Bluse, er sah schimmernd blondes Haar, einen feucht glänzenden Mund, braune, sinnliche Augen. Er starrte sie an, und es kam ihm vor wie ein Wiedererkennen.

»Ich soll Monsieur seine Rechnung bringen«, sagte sie. Noch immer starrte er sie an, ohne zu sprechen, und sie setzte hinzu: »Monsieur ist doch der Herr aus England, der nach seiner Rechnung gefragt hat?«

Erst nach und nach drang zu Hilary durch, wovon sie sprach. Er erhob sich und sagte: »Verzeihen Sie meine Begriffsstutzigkeit, Madame – ich muss gedöst haben. Kann es sein, dass wir uns von irgendwoher kennen?«

Sie schüttelte den Kopf. »Ich bin gerade erst angekommen«, sagte sie. »Ich bin die Nichte von Madame Leblanc. Ich komme manchmal am Wochenende aus Paris und besuche meine Tante.«

»Hilary Wainwright«, stellte er sich vor. »Darf ich fragen, wie Sie heißen?«

»Nelly«, antwortete sie und sah ihn lächelnd an.

»Nelly«, sagte er, »würden Sie mir die Ehre erweisen, ein Glas mit mir zu trinken?«

»Das täte ich sehr gern«, sagte sie bedauernd, »aber heute Abend kann ich nicht. Mein Onkel und meine Tante warten.«

Die Erinnerung an ihr Parfüm und an sein Verlangen wurden eins. »Dann eben morgen«, forderte er rau.

»Das sollte zu machen sein«, sagte sie. Und mit einem raschen Blick über die Schulter: »Ich muss jetzt zurück, sonst kommen sie mich suchen. *Au revoir.*« Sie streckte ihm die Hand hin, und als er sie nahm, spürte er ihre Fingerkuppen streichelnd an seiner Hand. Ein Seufzer entfuhr ihm. Dann ließ sie seine Hand los und verließ mit schnellen Schritten den Raum. Auf das Krachen der ins Schloss fallenden Tür folgte das erste Rumpeln des Donners.

DREIZEHNTES KAPITEL

Samstag

Auf die Hotelrechnung warf er erst am nächsten Morgen einen Blick und war entsetzt.

Der Preis, den man ihm ursprünglich genannt hatte, war schon unverschämt gewesen, aber er stand in keinem Verhältnis zu der aberwitzigen Gesamtsumme. Alles, was er seit seiner Ankunft verzehrt hatte, galt offenbar als Extra-Service, und für alles waren absurd hohe Beträge veranschlagt worden. Aber ihm wurde schnell klar, dass er wenig dagegen tun konnte. In seinem Drang, möglichst auch vor sich selbst zu verschleiern, dass er nicht die reguläre Hotelkost aß, hatte er jeden der verführerischen Vorschläge, die ihm gemacht wurden, angenommen und sich verboten, nach dem Preis zu fragen.

Jetzt setzte er sich mit Papier und Bleistift hin und versuchte, Klarheit über seine Finanzen zu gewinnen. Schließlich kam er zu dem Ergebnis, dass ihm bis Montag gerade noch genug bleiben würde, um mit Jean nach Paris zurückzukehren und sparsam über die wenigen Tage zu kommen, die bis zu ihrer Abreise nach England verstreichen mussten.

Dann sagte er sich: Wie dumm ich bin! Sobald ich in Paris bin, kann Pierre mir aushelfen. Kein Grund zur Panik also; kein Grund, mir meine Steaks und meinen Cognac zu versagen, dachte er, ein wenig beschämt, aber erleichtert; ich kann die Sache schön komfortabel zu Ende bringen, und wenn ich erst in Paris bin, wird sich alles fügen. Damit stand er auf, zog sich an und ging hinunter zum Frühstück.

An diesem Morgen fiel es ihm schwer, den Blick gesenkt zu halten. Immer wieder hob er ihn und ließ ihn hastig durch den Saal schweifen, um ganz sicher zu sein, dass er auch niemanden verpasste, der durchging. Doch nur Mariette eilte geschäftig hin und her, und von Zeit zu Zeit kam der *patron* hoffnungsfroh aus der Küche geschlurft und machte, wenn sich Hilary darauf schnell das Buch vors Gesicht hielt, traurig kehrt.

Nach dem Gewitter des Vorabends war heute ein klarer Tag, und ein Spaziergang in der kalten, frischen Luft hätte sich angeboten. Doch Hilary sann auf eine Ausflucht nach der anderen. Ich sollte mit meinem Artikel weiterkommen, sagte er sich. Wenn ich erst Jean bei mir habe, wird mir dafür kaum mehr Zeit bleiben. In meinem Zimmer arbeiten zu wollen, ist sinnlos, da bin ich nur Mariette beim Putzen im Weg. Ich nehme meine Kladde lieber mit hinunter ins Café, dort habe ich meine Ruhe.

Sie kam herein, als er bereits eine halbe Stunde gewartet und so getan hatte, als würde er schreiben. Das Café war leer bis auf sie beide. Er sprang auf und sagte: »Guten Morgen, Madame. Darf es jetzt ein Gläschen sein?«

»Ach, ich habe eigentlich nur Lucien gesucht.« Sie machte sich nicht erst die Mühe, es glaubwürdig klingen zu lassen. »Nein, jetzt grade passt es nicht. Aber wenn es Ihnen wirklich ernst ist ...« Sie lehnte sich an den Tresen, bot ihren Körper ganz offen seinem Blick dar.

»Es ist mir ernst«, sagte er. »Wann?«

»Warten Sie heute Abend um halb neun an der zweiten Laterne nach der Kurve auf mich«, sagte sie, und er hatte den Eindruck, dass diese flinkzüngige Verabredung so nicht zum ersten Mal getroffen wurde. »Ich werde da sein«, sagte er, und sie ging rasch hinaus, nicht ohne ihm an der Tür noch einmal über die Schulter zuzulächeln; und nun, da er nicht mehr so tun musste als ob, ging auch er hinaus und bummelte durch die Stadt.

Als er an diesem Nachmittag mit dem kleinen Jungen den Hügel hinunterstapfte, erfüllte ihn ein Gefühl unumschränkter Macht. So war es ihm als Kind gegangen, wenn ihm ein Geheimnis anvertraut worden war, von dem er wusste, dass er es zu einem gegebenen Zeitpunkt enthüllen durfte und sich dann als Quell aller Güte fühlen würde. Um keinen Preis hätte er sich vor der Zeit offenbart, denn dieses Abwarten war der Vorgeschmack auf einen fast vergessenen und dadurch umso einzigartigeren Genuss.

Und so, dank Hilarys erhöhter Empfänglichkeit an diesem Tag, geriet ihr Treffen fröhlicher, lebhafter, angeregter als an irgendeinem der Tage zuvor. Sie redeten über Afrika, und Hilary erzählte Jean von den singenden Memnonkolossen, von Krokodilen, die aus dem Wasser hervorkamen, wenn die Eingeborenen sie riefen, und vergessenen Römerstädten, die im Wüstensand unversehens wiederentdeckt wurden. Sie unterhielten sich über Züge, und Jean erfuhr von der Transsibirischen Eisenbahn, die einen in vierzehn Tagen von Harbin bis nach Moskau brachte, von Schlafwagen, Speisewagen, Zahnradbahnen und Drahtseilbahnen. Sie sprachen über Hilarys Kindheit und die Spielsachen, die in seinem Kinderzimmer gestanden hatten – das Schaukelpferd, das Dreirad, die Rollschuhe und das Indianerzelt –, denn nun gab es doch wohl keinen Grund mehr, solche Themen auszusparen? Er konnte seine Vorsicht und Wachsamkeit über Bord werfen. Zum ersten Mal, seit er Lisa in Paris zurückgelassen hatte, durfte er den Augenblick genießen, ohne sein momentanes Wohlgefühl gegen vergangenes und künftiges Unglück aufzurechnen. »Ich hatte einen Löwen, der konnte laufen, wenn man ihn aufzog«, sagte er dem Jungen. »Ich habe ihn immer vor dem Indianerzeit laufen lassen und dann mit Pfeil und Bogen auf ihn geschossen. Und wenn ich getroffen hatte, habe ich ihn verbunden und gespielt, er würde aus lauter Dankbarkeit zahm und zutraulich.«

Durch den Jungen ging ein Ruck, als hätte er sich plötzlich an etwas erinnert. Er legte die roten Handschuhe vorsichtig auf den Tisch und begann in seinem Kittel zu nesteln.

Hilary unterbrach sich. »Was hast du, Jean?«

»Ich habe auch ein Spielzeug«, sagte Jean. »Wollen Sie es sehen?«

»Unbedingt«, sagte Hilary, und nach bänglichem Wühlen in der zerrissenen Kitteltasche brachte der Junge den kopflosen kleinen Schwan mit dem Halsverband zum Vorschein, den Hilary bei den verbotenen Sachen auf der grauen Bettdecke gesehen hatte.

»Das ist mein Spielzeug«, sagte er schnell, und seine Augen forschten in Hilarys Gesicht.

Hilarys erster Impuls war, zu sagen: Ich kaufe dir ein besseres Spielzeug. Aber er verbot es sich, und zwar, wie ihm überraschend klar wurde, aus schlichter Höflichkeit. Wie kurios, dachte er: Aus einer Höflichkeit heraus, wie man sie unter Erwachsenen pflegt, stelle ich meinen natürlichen Wunsch zu geben hintan.

Er hatte zu lange gezögert. Die Hand des Jungen schloss sich um sein verschmähtes Spielzeug. Seine Lippe zitterte, und voller Beschämung hörte Hilary ihn sagen: »Ich mag ihn jedenfalls.«

»Oh, ich auch«, versicherte Hilary eilig. »Er sieht genauso aus wie der, den ich als Kind hatte.«

»Wirklich?«, fragte Jean misstrauisch. Er nahm die Hand von dem verstümmelten Schwan und betrachtete ihn kritisch. »Hatte Ihrer auch keinen Kopf mehr?«, erkundigte er sich.

»Ja, genau wie deiner«, log Hilary, »aber ich hatte ihn trotzdem sehr lieb.«

Jean lächelte zärtlich. »Ich habe meinen Schwan lieber als alles auf der Welt, außer Robert«, sagte er.

»Ist Robert so nett zu dir?«, fragte Hilary.

»Ziemlich nett«, sagte Jean maßvoll. In seinem Kopf schien es zu arbeiten, und dann fügte er hinzu: »Robert sagt, so lieb wie ihn habe ich sonst keinen Menschen.«

»Aha«, sagte Hilary, erleichtert und dabei doch seltsam eifersüchtig auf die Liebe, die Robert für seinen Teil in die Waagschale geworfen haben musste.

Der Junge schob nach: »Schwester Clothilde hat mir den Schwan weggenommen, aber Robert hat ihn aus dem Schrank geholt und mir wiedergegeben.«

Mit diesem Vertrauensbeweis fand sich Hilary unter Jeans Beschützer eingereiht. Ein Gedanke kam ihm, und er fragte: »Und Schwester Thérèse und Schwester – wie hieß sie – Clothilde, hast du die lieb?«

»Nein«, sagte Jean gleichgültig, während er seinen Schwan auf dem Tisch hin und her schob.

»Hast du irgendjemanden im Waisenhaus lieb?«, fragte Hilary weiter.

»Glaub nicht«, sagte Jean, nach wie vor mit dem Schwan beschäftigt.

Hilary wollte fragen: Hast du mich lieb?, aber er wagte es nicht. Wie schön das wäre, dachte er unvermittelt, und die rührseligen Fantasien, gegen die er so ankämpfte, brachen mit Macht über ihn herein: die dünnen Ärmchen, die sich um seinen Hals schlangen, das blasse, kalte Gesicht, das sich an seines schmiegte – und dann dachte er an andere Arme und ein anderes Gesicht und sagte kurz: »Jetzt pack deinen Schwan wieder weg, wir müssen los.«

Er stand lange unter der zweiten Laterne nach der Kurve, bis sie endlich kam. »Ich konnte nicht früher weg« – sie nahm seinen Arm und drückte sich eng an ihn –, »und außerdem hätte ich ja schlecht als Erste da sein können. Was sollen die Leute denken, wenn sie mich hier auf der Straße warten sehen?«, und sie lachte und schüttelte dabei ihr Haar, sodass es seine Schulter streifte, und wieder roch er das billige, aufdringliche Parfüm.

»Wo sollen wir hingehen? Haben Sie etwas Bestimmtes im Sinn?«, fragte er, und dabei ließ er die Hand an ihrem Arm hinabgleiten und umfasste ihr Handgelenk.

Sie zuckte die Achseln. »Normalerweise gehe ich ins Café Dupont«, sagte sie, »das ist noch das beste hier in diesem toten Kaff.«

»Dann gehen wir dahin«, stimmte Hilary zu, und sie führte ihn durch Seitengassen, bis sie auf dem Trümmerfeld in der Stadtmitte herauskamen und es überquerten.

Um seine wachsende Erregung zu überspielen, fragte Hilary höflich: »Kommen Sie oft hierher?«

»Ungefähr einmal im Monat«, sagte sie. »Ich lebe in Paris, wissen Sie, und kann da Dinge besorgen, die hier schwer aufzutreiben sind: Zigaretten, Kaffee und so weiter. Die kann meine Tante immer brauchen, und dafür gibt sie mir Käse und Butter und Eier, an die man in Paris nicht herankommt, und auf diese Weise schlage ich mich ganz gut durch.«

Das offene Bekenntnis zur Schieberei stieß Hilary auch jetzt wieder ab, aber der Widerwille schürte sein Verlangen nur. Je verworfener er diese Frau fand, desto stärker zog sie ihn an. »Was machen Sie in Paris?«, fragte er.

»Ich habe einen Hutladen auf dem Boulevard Malesherbes«, sagte sie. »Er heißt Nelly, goldene Buchstaben quer über das ganze Schaufenster, wie Schreibschrift. Bei mir kaufen die schicksten Damen. Vielleicht kommen Sie ja auch mal und kaufen einen von meinen Hüten für Ihre Frau?«, und sie zog an seinem Arm, um im Mondschein einen Blick auf sein Gesicht zu erhaschen.

Er überging ihre Frage. »Heißen Sie wirklich Nelly?«

»Mein Taufname ist Eulalie«, sie lachte auf, »aber als ich meinen Laden aufgemacht habe, musste ich mir was anderes ausdenken. Und amerikanische Namen sind so schick, finden Sie nicht?«

»Er passt zu Ihnen«, sagte Hilary, und dann waren sie in dem Café im neuen Teil der Stadt angelangt, genau ihr Geschmack, dachte Hilary: glänzendes Mahagoni-Imitat und Chrom, aus der Ecke Radiogeplärre und dazu ein Trupp junger Stenze in dunkelroten Anzügen und gepunkteten Fliegen, die Nelly mit einer Vertraulichkeit begrüßten, die auf mehr als nur gute Bekanntschaft hindeutete.

Es war eine Umgebung, wie Hilary sie zutiefst verabscheute, doch auch dieser Abscheu vor der Örtlichkeit und den Leuten fachte sein Begehren nur stärker an. Je billiger und gewöhnlicher ihm Nelly erschien, je ungenierter in ihrer Triebhaftigkeit, desto sicherer konnte er sich sein, dass ihm hier Leidenschaft abgekoppelt von jeder Emotion vergönnt sein würde. Mit verachtungsvollem Entzücken beobachtete er sie, wie sie seinen Brandy trank und mit den jungen Männern über das Radrennen plauderte, das nächste Woche durch A-- führen sollte. Während um ihn das Stimmengewirr an- und abschwoll, sinnierte er über die eigenartige Wandlung, die mit so vielen Pariserinnen vor sich ging – von der zarten, rehhaften Schönheit zur aufgetakelten Männermörderin –, und wie selten es vorkam, dass man sie, wie er jetzt Nelly, in der kurzen Übergangsphase zwischen diesen beiden Stadien erlebte.

Dann erinnerte sie sich an ihn und sagte: »Sie sind so still. Monsieur ist Engländer«, ließ sie die Runde stolz wissen.

»Dein erster Engländer?«, fragte einer listig.

»Was für eine Frage!«, sagte sie und lachte so schallend, dass ihre großen Brüste unter der Satinbluse ins Schaukeln kamen.

Hilary stand auf und befahl: »Gehen wir, Nelly.«

»Schon?«, sagte sie schmollend, und dann, nach einem Seitenblick auf sein Gesicht: »Na schön, gehen wir. Gute Nacht allerseits.«

»Sehen wir uns morgen im Zirkus?«, rief jemand, als sie schon an der Tür waren.

Ein Zirkus!, dachte Hilary elektrisiert, ich kann mit Jean in einen Zirkus gehen! Nelly sagte herausfordernd: »Schon möglich – wenn ich wen finde, der mich einlädt«, und unter einem Schwall anzüglicher Offerten verließen sie das Café.

Draußen zog sie ihre Jacke um sich und sagte: »Wir sollten schauen, dass wir zurückkommen, sonst fragen sie sich noch, wo ich bin.«

»Ist das wichtig?«, fragte Hilary.

»Ja«, sagte Nelly, »leider schon. Mein Mann ist in Kriegsgefangenschaft, wissen Sie – weiß Gott, wie lange noch –, und wenn meiner Tante irgendwas über mich zu Ohren kommt, steckt sie es ihm garantiert, und dann zahlt er vielleicht nicht mehr.«

»Sie sind also verheiratet?«, sagte Hilary.

Sie zuckte mit den Schultern. »Er ist jetzt über fünf Jahre weg«, sagte sie. »Das Leben geht schließlich weiter.« Hilary schwieg, und sie zupfte an seinem Arm, damit er sie ansah, und fügte besorgt hinzu: »Nicht dass Sie denken, ich würde mit jedem gehen. Die Boches zum Beispiel – die haben mir das Blaue vom Himmel versprochen, aber ich bin hart geblieben. Nein, hab ich gesagt, ich schlaf nicht mit Deutschen, und das hab ich auch nie, das können Sie mir glauben.«

Sie lügt, dachte Hilary mit einer Art innerem Frohlocken. Sie hat mit Deutschen geschlafen, die dreckige Schlampe, und mit jedem anderen, der ihr genug dafür geboten hat. Sie waren jetzt auf Höhe der zerbombten Kirche, und kurzentschlossen zog er sie in den Schatten des leeren Portals, wo er sie grob gegen den harten Stein stieß und sich an sie drängte, ihr die Zunge zwischen die Lippen schob, durstig die tröstliche Wärme ihres Mundes trank.

Schließlich löste er seine Lippen von ihren, mit einem Seufzer der Befriedigung, der mehr ein Grunzen war.

Langsam ließ er die Hände über ihren Körper gleiten und fühlte sie erschauern unter seiner Berührung. Dann küsste er sie von Neuem, gierig, verzweifelt, und sie umschlang ihn mit einer Dringlichkeit, die der seinen in nichts nachzustehen schien.

Er nahm den Mund von ihrem, um heiser zu flüstern: »Gehen wir zurück. Du kannst mit in mein Zimmer kommen.«

Sie hob die Hand, streichelte ihm die Wange. »Das geht nicht«, murmelte sie, aber dabei schmiegte sie sich nur noch enger an ihn.

Er bog ihre Hand weg und drückte sie nach unten. »Warum nicht?«, fragte er harsch. »Ich will dich. Du musst kommen.«

»Was bist du denn so unfreundlich«, wisperte sie, den Mund dicht an seinem, sodass er ihren warmen, übersüßen Atem roch. »Du weißt, dass ich es möchte. Aber ich schlafe in dem Zimmer gleich neben meiner Tante, und sie würde hören, wenn ich mich rausschleiche. Sie passt auf wie ein Schießhund.«

Hilary sagte: »Aber ich muss dich haben.« Er sah an ihr vorbei in das höhlenartige Dunkel der Kirchenruine und dann wieder zu ihr. »Dann eben hier«, flüsterte er, »jetzt gleich.«

Sie riss sich los. »Wie kannst du nur?«, rief sie ganz entrüstet. »Wofür hältst du mich – eine Zigeunerin?«

»Aber ich will dich«, bettelte Hilary verzweifelt. »Willst du mich denn nicht?«

»So was gehört sich nicht«, sagte sie, und noch empörter: »In einer Kirche auch noch! Was denkst du bloß von mir?«

Sie will, dass wir heucheln, dachte Hilary müde. Sie

will, dass ich ihr den Hof mache, dass ich Respekt vortäusche, Hingabe, den ganzen romantischen Zinnober. Sie weigert sich, in meiner Posse mitzuspielen; stattdessen soll ich den Hanswurst in ihrer geben.

Mit einem Mal fühlte er sich nur noch ausgelaugt; er machte ein paar Schritte weg von ihr, lehnte die Stirn an den kalten Stein der Mauer und sehnte sich danach, allein in seinem Bett zu liegen und zu schlafen, fernab aller Entscheidungen und Erinnerungen.

Leicht beunruhigt rief sie ihm nach: »Gehst du morgen mit mir in den Zirkus?«

»Was?«, sagte er, richtete sich müde auf und ging wieder auf sie zu. »Was hast du gesagt?«

»Gehst du morgen mit mir in den Zirkus?«, wiederholte sie nervös.

»Mit dir?«, sagte er, »mit dir?« Er brach in ein freudloses Gelächter aus. »Wann ist dieser Zirkus denn?«, fragte er dann.

»Es gibt eine Vorstellung um drei«, sagte sie schnell, »aber zu der schaffe ich es nicht, weil ich da mit meiner Tante unterwegs bin. Und dann ist noch eine um halb acht. Da könnte ich, und danach könnten wir auf den Jahrmarkt gehen, und du schießt mir was Schönes. Ich wette, du bist ein guter Schütze. Das sind die Engländer meistens. Bitte sag, dass wir hingehen!« Und sie schob sich dicht an ihn heran, hob ihr Gesicht zu ihm empor und lächelte ihn einladend an.

Aber seine Gedanken waren nicht bei ihr. »Einen Jahrmarkt gibt es also auch«, sagte er hellhörig.

»Natürlich.« Langsam wurde sie ungeduldig. »Was ist jetzt«, sagte sie, »wollen wir hin oder nicht?«

Wie schade, dass es keine Sechs-Uhr-Vorstellung gibt,

dachte er, und dann erst besann er sich wieder auf Nelly. »Ja, natürlich, sehr gern«, sagte er hastig, »aber ich fürchte, halb acht schaffe ich nicht ganz.«

»Also, wenn du nicht willst«, sagte sie, »es gibt genügend Leute, die darauf brennen, mich zu begleiten.« Sie kehrte ihm den Rücken zu, holte einen Lippenstift aus ihrer Tasche und begann an ihrem Mund herumzumalen.

»Nelly«, bettelte er, »ich würde wirklich liebend gern mitkommen. Es ist nur so, ich muss ins Waisenhaus und dort ein Kind besuchen – den Sohn eines alten Freundes von mir. Da komme ich erst um halb acht weg.«

Sie sagte kalt: »Du könntest dich bestimmt ein bisschen früher loseisen – wenn du ernsthaft wolltest«, und sie rammte die Hülse auf den Lippenstift und ließ Hilary stehen.

Er holte sie ein, fasste sie bei den Schultern und drehte sie unsanft zu sich um. »Also gut«, versprach er wütend, »treffen wir uns dort um halb acht. Wo ist es?« Sie sagte es ihm, und während er neben ihr herging, rasend vor Zorn und ohnmächtigem Verlangen, dachte ein Teil seines Hirns: »Doch, das ist nah genug, um vorher noch mit Jean hinzugehen.«

VIERZEHNTES KAPITEL

Sonntag

Und so gingen Hilary und Jean tags darauf auf den Jahrmarkt.

Hilary hatte kurz überlegt, ob er nicht darum bitten sollte, den Jungen rechtzeitig für die Nachmittagsvorstellung abholen zu dürfen – heute am Sonntag fand sicher kein Unterricht statt. Doch dann dachte er, nein, so ein Zirkusfreund bin ich auch wieder nicht, zweimal an einem Tag muss nicht sein. Jean weiß ja nicht, was ihm entgeht, schon der Jahrmarkt ist ein nie dagewesenes Abenteuer für ihn. Für den Zirkus wird später noch genug Zeit bleiben. Bertram Mills Zirkus, das Royal Tournament, Madame Tussaud und die Weihnachtsvarietés ... »Schau, Daddy, schau!«, die kleine heiße Hand in seinen Mantel gekrallt, die großen Augen leuchtend vor Aufregung. Ja, es würde später noch reichlich Zeit geben.

»Heute gehen wir mal nicht die Züge angucken«, sagte er, als sie die Stufen hinunterstiegen, und fügte, während sich Jeans Augen schon zu dem bekannten, herzzerreißenden Starren weiteten, schnell hinzu: »Wir machen etwas noch viel Spannenderes.«

»Was denn, Monsieur?«, fragte Jean bettelnd, und Hilary sagte: »Wart's nur ab. Es ist etwas sehr Schönes, aber« – das fiel ihm noch rechtzeitig wieder ein – »wir müssen uns beeilen, damit wir keine Zeit verlieren«, und er nahm den Jungen bei der Hand und schlug eilig den Weg zu der Brache am Stadtrand ein, wo der Zirkus seine Zelte aufgeschlagen hatte.

Der Zirkus war eine viel größere Angelegenheit, als Hilary es sich vorgestellt hatte. Das Zelt in der Mitte wirkte riesig, und rundherum drängten sich Wohnwagen, Buden, Schaukeln, Karussells, der ganze Jahrmarktszauber. »Oh, was ist das?«, fragte Jean atemlos, als sie näher kamen und der Lärm der blechern scheppernden Musik und der aufgeregten Menge zu einem Tosen anschwoll.

»Das ist ein Zirkus«, sagte Hilary stolz. »Ein Zirkus!«, wiederholte das Kind und rannte neben Hilary her, einen Ausdruck der Verzückung auf dem blassen Gesicht.

»Wollen wir die Tiere anschauen?«, schlug Hilary vor, und der Junge nickte, stumm vor Staunen. Als Erstes gingen sie in das Zelt, in dem die Pferde untergebracht waren, winzige kohlschwarze Shetlandponys, wuchtige Schecken mit Rücken wie Tischplatten, Schimmel mit wallenden Mähnen und Schweifen, bleiche, schwarzmäulige Araber, und die ganze Zeit über klammerte sich Jean an Hilarys Hand, zu überwältigt, um zu sprechen.

Dann gingen sie zu den Affen und Löwen und als Letztes zu dem einzelnen Elefanten, der von den Zuschauern Münzen entgegennahm und sie gehorsam bei seinem Wärter ablieferte. Sie sahen einige Minuten lang zu, und dann ließ Jean Hilarys Hand plötzlich los und trat vor. Hilary, zu überrumpelt, um einzuschreiten, sah Jean die zerknautschten roten Handschuhe aus der Tasche ziehen und sie dem tastenden Elefantenrüssel hinhalten, sah den Elefanten die unerwartete Gabe verdutzt durch die Luft schwenken und sie dann wie all die anderen in der Hand seines Wärters abladen.

Rasch trat Hilary zu dem Jungen und packte ihn an der Schulter. »Warum machst du so was?«, herrschte er ihn an, und Jean sagte verwirrt: »Ich weiß nicht. Ich wollte ihm etwas geben. Er ist so – so ...«, und brach ab, ratlos.

Jetzt kam der Wärter auf sie zu und wollte die Handschuhe zurückgeben. »Schau, Jean«, sagte Hilary, »willst du deine roten Handschuhe nicht wiederhaben?«, aber der kleine Junge drückte sich nur eng an ihn und schüttelte den Kopf. »Der Elefant soll sie haben«, sagte er und versuchte, Hilary von dem lockend dargebotenen Bündel fortzuziehen.

Genau wie Lisa, dachte Hilary unwillkürlich, während er sich von dem Jungen wegzerren ließ, und fragte sich dann überrascht, warum er das gedacht hatte. Es war weniger die Geste als solche, weniger der simple Akt der Großzügigkeit, als das Opfermütige daran, dieser Impuls, das Liebste herzugeben, was man besaß, in der Hoffnung, dann sein Glück behalten zu dürfen. Lisa, das fiel ihm nun wieder ein, hatte das Glück immer gefürchtet, sich immer neidische Götter vorgestellt, die es ihr zu entreißen trachteten. Dann sagte er sich, dass er zu viel in das Verhalten des Kindes hineindeutete, dass nicht mehr dahintersteckte als der schlichte, liebenswerte Wunsch, etwas herzuschenken.

»Komm, wir schauen, ob wir irgendwas gewinnen können«, sagte er, und sie machten vor einer Bude halt, wo man Kugeln eine Schräge hinab in nummerierte Löcher rollen lassen konnte.

Sie versuchten es mehrere Male, und ein paarmal gewannen sie auch ihr Geld zurück, aber zu einem Gewinn reichte es nicht. Dann warfen sie Münzen auf ein Tuch mit verschiedenen Feldern darauf, und hier gewann Jean einen potthässlichen Emaille-Aschenbecher. Sie hielten bei einem Mann an, der Löffelvoll bunten Zuckers in rasendem Tempo zu hauchfeinen Fäden verwirbelte, die sich um einen Holzstab wickelten und dort einen Bausch bildeten, groß wie ein Mopp. Jean schleckte hingebungsvoll, und ein wenig verschämt kaufte sich Hilary ebenfalls einen Stab Zuckerwatte und leckte ihn so blank wie das Kind. Als Nächstes warf Hilary mit Spickern und gewann einen Kochlöffel, dann kaufte er Jean einen riesigen roten Luftballon, und schließlich näherten sie sich den Fahrgeschäften.

Um die Schiffschaukeln machte er lieber einen Bogen. Als Kind war ihm in der Schiffschaukel oft schlecht geworden, und er wollte kein Risiko eingehen. »Wir fahren Autoscooter«, entschied er, kletterte in ein hellblaues Auto und setzte den Jungen neben sich.

Autoscooter-Fahren gefiel Jean. Seine Trophäen zwischen ihnen auf dem Sitz aufgehäuft, klammerte er sich wild entschlossen am Türrand fest und kreischte ausgelassen, sooft ein anderes Auto sie rammte. Er ist ein mutiger kleiner Bursche, dachte Hilary, und nach drei Runden Autoscooter sagte er: »So, und jetzt suchen wir uns ein Karussell, einverstanden?«

Jean fest an der Hand, damit er ihm in dem lärmenden Gedränge nicht verloren ging, sah er sich nach Karussells um. Schon bald kamen sie an einem kleinen, handbetriebenen vorbei, auf dem Kinder in Jeans Alter starr vor Ehrfurcht in Autos und Motorrädern mit vorsorglich hohen Seitenwänden saßen. Hilary fühlte Jean hoffnungsvoll an seiner Hand zupfen, aber er wollte auch etwas von der

Sache haben und zog ihn weiter zu dem größten Karussell von allen. Was Karussells anging, suchte dieses in der Tat seinesgleichen. Es war frisch angestrichen, und auf seinem Baldachin prangten die Generäle Leclerc, Montgomery, Schukow und Eisenhower. Seine gedrechselten Haltestangen glänzten wie Gold, und auf seiner Plattform drehten sich leuchtend bunte Pferde, Vogel Strauße, Löwen und Schwäne. »Wir reiten auf einem Schwan«, sagte Hilary unternehmungslustig, »rauf mit dir.« Er schwang den Jungen auf den Rücken des Schwans und stieg hinter ihm auf.

Das Triebwerk sprang an, die Drehorgel schepperte los, und immer schneller fuhr der Schwan im Kreis. Nicht lange, und Hilary spürte, wie der Junge in seinen umschließenden Armen erst zu zittern und sich dann krampfartig zu winden begann, und hörte schließlich durch die plärrende Musik hindurch sein dünnes Jammergeschrei. »Ich will runter«, jammerte er, »ich will runter.«

Hilary bekam Angst, das Zucken und Zappeln des Jungen könnte sie beide tatsächlich von dem Schwan stürzen lassen, der sich jetzt auch noch in schnellem Rhythmus hob und senkte. »Halt still, du Dummkopf«, zischte er, »willst du wohl stillhalten«, aber nichts vermochte das nunmehr hysterische Kind zu beruhigen, und Hilary, der seine liebe Not hatte, sie beide im Sattel zu halten, fühlte Zorn in sich aufsteigen und flüsterte drohend: »Halt den Mund, halt doch verdammt noch mal den Mund!«

Endlich drehte das Karussell langsam aus, und jetzt stand Hilary vor dem Problem, Jeans Hände vom Hals des Schwans loszubekommen. »Gehen wir, Jean«, murmelte er mit wachsender Wut, während sich unten am Boden immer mehr interessierte Gesichter in ihre Richtung wandten, und zuletzt erschlafften die klammernden Finger, und Jean ließ sich herunterziehen.

Als Hilary von der Plattform kletterte, den Jungen ungeschickt unterm Arm, sagte eine Frau böse zu ihm: »Wie kann man nur mit so einem kleinen Kind auf so einem Ding fahren!« Tödlich verlegen drängte er sich an ihr vorbei und setzte den Jungen schließlich in einer abgeschiedenen Ecke zwischen zwei Wohnwagen ab.

Dort starrten sie einander verzweifelt an, der Junge immer noch wimmernd, sein Gesicht völlig verschmiert von schmutzigen Tränen.

Hilary sagte nichts. Er stand da und sah auf das Kind und empfand nichts als Hass für dieses Geschöpf, das ihn in so eine Lage gebracht, ihm eine solche Blamage eingebrockt hatte. Der kleine Feigling, dachte er, der kleine Feigling.

Jean wimmerte: »Ich will meine roten Handschuhe wiederhaben.«

Jetzt lernst du, dass man sich Glück nicht erkaufen kann, dachte Hilary grausam. Laut sagte er: »Du kannst sie nicht wiederbekommen. Wenn man etwas wegschenkt, ist es für immer.«

Jean hörte auf zu wimmern, stand nur zitternd da mit seinen großen Augen. Jetzt lernst du, was Verzweiflung ist, dachte Hilary brutal, tja, das musste ich auch; und doch glomm unter der Wut eine eigentümliche Vorfreude, denn je größer jetzt das Unglück des Kindes, desto größer würde am Ende der Trost sein, den er schon bereithielt.

»Ich hab meinen Luftballon verloren«, sagte Jean mit verzagter Stimme.

»Ich kauf dir einen neuen«, sagte Hilary ungeduldig, und er fasste ihn bei der Hand und schleifte ihn zu dem

Karren mit den Luftballons. »Da!«, sagte er und drückte ihm das Geschenk mit, wie er selbst fand, beispielloser Unfreundlichkeit in die Hand und sah ohne Überraschung zu, wie das Kind die Schnur einfach losließ und der Ballon zur Erde fiel und sofort zertreten wurde.

Was bin ich nur für ein Schwein, dachte er; lasst mich noch einmal neu anfangen und ihn wieder froh machen. »Komm, wir gehen zu der Schießbude da drüben«, sagte er und verbannte dabei jeden Ausdruck aus seiner Stimme, und in dem gleichen ausdruckslosen Ton sagte Jean: »Ja, gehen wir zu der Schießbude.«

Aber dann fiel Hilarys Blick auf die Uhr, und es war schon sieben; eine Viertelstunde bis zum Waisenhaus, eine Viertelstunde wieder zurück zum Zirkus. »Nein, die Zeit reicht nicht«, sagte er grob, »wir müssen zurück, sonst komme ich zu spät.«

Jetzt zog Jean an seiner Hand wie jedes quengelnde Kind. »Nein, Monsieur«, winselte er, »ich will erst noch zu der Schießbude, bitte, gehen wir zu der Schießbude.«

»Keine Zeit«, antwortete Hilary. Und voll Grauen hörte er sich sagen: »Da unternehme ich so was Schönes mit dir, und zum Dank führst du dich so auf.« Das macht das Vatersein also mit einem, dachte er in erbitterter Scham und ging mit langen Schritten Richtung Straße, sodass das jammernde Kind rennen musste, um mitzukommen.

»Kannst du nicht schneller laufen?«, drängte er ein ums andere Mal, während sie den Hügel hinaufeilten, und jedes Mal antwortete Jean in dem inzwischen so verhassten Wimmerton: »Ich kann nicht, ich bin so müde«, und ließ sich immer mehr ziehen. »Also gut, dann trage ich dich«, sagte Hilary zuletzt, und er hob den kleinen Jungen hoch und hielt ihn in den Armen, wie er es sich so oft heimlich gewünscht hatte, und dort schlief das Kind ein, erschöpft von Aufregung und Unglück und Verlust.

Nach und nach wurde die leichte Last immer schwerer, sein Schritt immer schleppender. Und mit jedem Schritt schwand etwas von seinem Groll gegen den Jungen, bis nichts zurückblieb als eine Wut auf sich selbst, die entweder gesühnt werden musste oder ihn restlos verzehren würde.

Der Junge schlug die Augen auf, als Hilary die Eingangsstufen hinaufstieg, und in dem Licht, das sich im Türfenster spiegelte, sah Hilary ihn lächeln wie ein ganz normales glückliches Kind, das geborgen aus dem Schlaf aufwacht. Ehe er recht wusste, was er tat, neigte er den Kopf und küsste ihn auf die blasse, kalte Wange, und dann setzte er ihn hastig ab, schob ihn durch die Tür und ging davon.

FÜNFZEHNTES KAPITEL

Sonntag – Fortsetzung

Er holte Nelly kurz vor dem Eingang zum Zirkuszelt ein, den sie als Treffpunkt verabredet hatten. »Also hast du's doch geschafft, das Wurm loszuwerden«, sagte sie. »Komisch eigentlich, dass du dir um das Balg von wem andren so viel Mühe machst. Danach siehst du mir gar nicht aus.«

»Wonach sehe ich denn aus?«, wollte Hilary wissen, während er sich an ihrer Seite in das riesige, schummerige Zelt drängte. Jetzt war sie in ihrem Element, konnte mit den Wimpern klimpern und kokett erwidern: »Du wirkst viel zu wild und gefährlich, als dass man ein Kind mit dir allein lassen könnte. Sogar mir wird ja angst und bange bei dir!« Hilary lachte kurz auf und folgte ihr auf die teuren Logenplätze, die sie mit der erwarteten Selbstverständlichkeit ansteuerte.

Das Behagen, mit dem sie auf dem roten Plüschsitz Platz nahm, schien einstudiert und wollüstig zugleich, aber Hilary, der ihr Gesicht beobachtete, sah darin zu seiner Überraschung dieselbe naive Vorfreude leuchten wie in den Gesichtern all der anderen Stadtmädchen ringsum. »Wie ich den Zirkus liebe!«, sagte sie und drückte seine Hand, ohne freilich den zwangsläufigen kleinen Tanz der Fingerkuppen zu vergessen. »Ah, schau, jetzt geht's los!«

Der Dirigent hob seinen Taktstock, die Zeltklappen flogen auf, und die Vorstellung begann. Hilary sah gleichgültig zu, lächelte höflich, wann immer Nelly ihr strahlendes Gesicht zu ihm wandte, aber insgeheim verübelte er ihr diesen schlichten Spaß. Sooft die Clowns im Sägemehl hinschlugen, bei ihrem Auto die Seitenteile abfielen oder sich ein Wasserstrahl über alle in der Manege ergoss, lachte und johlte Nelly vor lauter Freude, und es schüttelte sie nur so auf ihrem Sitz. Hilary ärgerte sich über ihren derben, bäuerlichen Humor, er hätte sich gewünscht, dass sie abfällig dreinschaute, gelangweilt, blasiert, und konnte keinerlei Reiz mehr an ihren schweren, breit ins Polster gedrückten Schenkel entdecken, an ihren Brüsten, die bei jedem Heiterkeitsausbruch hüpften und wabbelten.

Dann, nach der Pause, verkündete der Zirkusdirektor: »Monsieur Stefanow und sein weltberühmtes tanzendes Pferd!« Ein langer, leiser Trommelwirbel ertönte, dann stimmte die Kapelle *An der schönen blauen Donau* an, und in die Manege walzte das tanzende Pferd. Es hatte ein goldfarbenes Fell, zu metallischem Glanz geglättet und über der Hinterhand in ein Schachbrettmuster gestriegelt, das die Lichter einfing und zurückwarf, während das Tier sich drehte und sprang. Es tanzte einen Walzer, eine Polka, einen Tango, und sein Körper und sämtliche seiner Bewegungen waren von einer solchen Anmut und Schönheit, dass es Hilary völlig verzauberte. Mit hingerissener Konzentration sah er dem goldenen Pferd zu, in einen Zustand der Verzückung versetzt, solange dieses exquisite Schauspiel vor ihm seinen Lauf nahm.

Als die Nummer vorbei war und das tanzende Pferd von einem lustigen Mann auf einem Drahtseil abgelöst wurde, hatten sich Hilarys Gefühle in ihr Gegenteil verkehrt. In dem euphorischen Zustand, den die Schönheit in ihm ausgelöst hatte, schien alles um ihn herum wie verwandelt, und die schenkelklatschende Nelly neben ihm wurde zum begehrenswerten Objekt, in dem seine Ekstase ihre Erfüllung finden konnte. Mit einem Mal sah er in ihr wieder das warme, unendliche anziehende Geschöpf, das Befriedigung und Trost über alles blutleere Denken hinaus versprach, und im Dunkeln presste er sich eng an sie und überließ sich der wachsenden Dringlichkeit seines Verlangens.

Dann traten sie hinaus in das Lichterblinken des Jahrmarkts, und Nelly sagte: »Ich hab Hunger. Holen wir uns was zu essen, und dann kannst du mir einen Hauptgewinn schießen.« »Wird gemacht«, sagte Hilary, und sie drängten sich zu einer Imbissbude durch, wo auf dem Tresen Teller mit kaltem Braten bereitstanden; im Gras davor waren mehrere kleine Tische aufgestellt.

Hilary holte ihnen etwas Aufschnitt und Bier und setzte sich Nelly gegenüber an einen der Tische. »Bist du losgekommen, ohne dass deine Tante Verdacht geschöpft hat?«, fragte er, und sie sagte: »Ich habe ihr erzählt, ich würde eine alte Freundin besuchen. Geglaubt hat sie's mir nicht, die misstrauische alte Ziege, aber sie konnte es mir ja schlecht verbieten.«

Hilary sagte: »Wenn wir spät genug zurückkommen, kannst du dann nicht einfach statt in dein Zimmer in meins mitkommen, ohne dass sie es merkt?«

»Da geh ich kein Risiko ein«, sagte Nelly, »und außerdem«, fügte sie mit gewerbsmäßigem Hochmut hinzu, »bist du dir da deiner Sache nicht ein bisschen zu sicher?«

»Bin ich das?«, fragte Hilary, und er langte über den Tisch, legte seine Hand über ihre und sah ihr in die Augen.

Sie lachte. »Wer weiß?«, sagte sie neckend und beugte sich zu ihm vor. »Ich hab die ganze Nacht an dich gedacht und überlegt, wie wir es hinkriegen könnten«, flüsterte sie. »Und dann ist mir etwas eingefallen. Ich muss morgen zurück nach Paris – komm doch einfach mit!«

»Morgen?« Hilary starrte sie an. Sein Griff um ihr Handgelenk schlaffte ab.

»Ich fahre mit dem letzten Zug«, erklärte sie. »Ich mach meinen Laden immer erst dienstags auf, wenn ich übers Wochenende hier war. Wir zwei könnten zusammen fahren, und ich glaube« – sie machte einen einladenden Schmollmund –, »wir könnten Spaß miteinander haben, ohne dass uns wer zuguckt.«

Hilary sagte verzweifelt: »Morgen – morgen ist bei mir schrecklich ungünstig. Kann ich nicht nachkommen, und wir treffen uns am Dienstag?« Ich könnte Jean im Hotel absetzen, dachte er, ich könnte dem Zimmermädchen ein Trinkgeld geben, damit sie ein Auge auf ihn hat, und keinem entstünde ein Schaden ...

»Dienstag geht bei mir nicht.« Sie zog ihre Hand weg.

»Dann Mittwoch – Donnerstag?«, bettelte Hilary.

»Nein, das haut alles nicht hin«, sagte sie entschieden. Sie nahm einen großen Bissen und begann langsam zu kauen. Als sie heruntergeschluckt hatte, sagte sie: »Ich sag dir, wie's ist. Ich hab einen Freund – er hat mir meinen Laden finanziert, verstehst du? Er kommt immer dienstags vom Land zurück, und er erwartet von mir, dass ich mir den Rest der Woche für ihn frei halte.«

So wollte ich dich, dachte Hilary grimmig, eine Frau, die von einem anderen ausgehalten wird, der Gipfel der Erniedrigung. *Je suis paillard, la paillarde me suit.* »Was macht dein Freund?«, fragte er.

»Er ist Fleischgroßhändler«, sagte sie. »Er schwimmt im Geld.« Sie befingerte den goldenen Armreif um ihr Handgelenk. »Ich habe eine hübsche kleine Wohnung«, flüsterte sie verheißungsvoll, »wir gehen essen, wir gehen tanzen, und dann feiern wir bei mir zu Hause weiter, nur du und ich.« Sie wartete auf eine Antwort und erwiderte auf sein Schweigen schließlich wie am Abend zuvor: »Aber wenn du nicht willst ...«

»Natürlich will ich«, beteuerte Hilary, »natürlich will ich. Das weißt du doch. Ich habe nur einfach noch etwas zu erledigen und muss überlegen, wie ich das alles unter einen Hut bringe. Du weißt, wie gern ich mitkommen würde. Um wie viel Uhr geht dein Zug?«

»Fünf Uhr fünfunddreißig.« Sie sah ihn auffordernd an. »Wir müssten uns am Bahnhof treffen – wenn ich am hellen Tag mit dir durch die Stadt gehe, werden wir todsicher von irgendwem gesehen. Und darauf«, fügte sie neckisch hinzu, »bist du wahrscheinlich genauso wenig erpicht wie ich.«

»Allerdings«, sagte Hilary und dachte an Madame Mercatel in ihrem Lehnstuhl am Feuer. »Gibt es keinen späteren Zug?«, fragte er. Vielleicht könnte ich ihn dann gleich mitnehmen, sagte er sich, nein, unmöglich, wie mache ich es nur?

»Das ist der letzte«, sagte sie, »die Züge gehen nicht mehr so oft wie vor dem Krieg. Also, kommst du jetzt mit oder nicht?«

»Bummeln wir ein bisschen über den Jahrmarkt«, sagte Hilary kurzentschlossen und stand auf, »und derweil lasse ich mir etwas einfallen – irgendeinen Weg finde ich schon.«

»Langsam glaube ich wirklich, du willst nicht«, sagte

sie über die Schulter, als sie sich vom Tisch abwandte, und er packte ihre Hand, zog sie hinter die Bude und küsste sie wild. »Glaubst du mir jetzt, dass ich mitkommen will?«, flüsterte er zwischen seinen Küssen, und sie schmiegte sich eng an ihn und flüsterte zurück: »Du musst mitkommen, du musst.«

Dann schlenderten sie Arm in Arm über den Jahrmarkt, warfen Ringe, rollten Münzen und fanden immer wieder eine dunkle Ecke, wo sie sich küssen und streicheln und ihr Begehren weiter anfachen konnten. Es gibt nur Entweder-oder, dachte Hilary, während sein Körper mechanisch alles von ihm Erwartete tat. Wenn ich mit ihr gehe, dann bedeutet das das Ende. Wenn ich mit ihr gehe, muss ich alles Geld, das ich noch habe, für sie ausgeben. Wenn ich mit ihr gehe und all mein Geld ausgebe, kann ich Pierre nicht bitten, dass er mir aushilft; ich kann Pierre nie wieder unter die Augen treten. Wenn ich mit ihr gehe, muss ich am Dienstag nach England abreisen, zurück in die Wohnung, zurück zu meiner freudlosen Sicherheit. Wenn ich mit ihr gehe, dann habe ich Jean heute zum letzten Mal gesehen.

Und im nächsten Augenblick: Was für ein Unsinn. Wieso muss es das Ende sein? Selbst wenn ich nach England zurückkehre, hindert mich nichts daran, später wiederzukommen, mit mehr Franc in der Tasche, vielleicht nächsten Monat, vielleicht nächstes Jahr. Aber für diesen Monat, dieses Mal, jetzt, kann ich entfliehen. Mit einem Ruck blieb er stehen und wandte sich ihr zu. Er sagte atemlos: »Ich will dich. Treffen wir uns morgen am Bahnhof.«

»Ich hab's doch gewusst«, sagte sie leise. Für sie gab es keinen Zweifel, dass das, was sie zu bieten hatte, stärker war, als jeder andere Wunsch es sein konnte. Sie lächelte ihn lasziv an und wiederholte: »Ich hab's doch gewusst.«

Einen Moment standen sie still, während um sie die Menge wogte, sie mit zusammengekniffenen Augen ihre Möglichkeiten auslotend, er trotzig, finster, seinem Verlangen machtlos ausgeliefert. Dann fasste sie nach seiner Hand und sagte: »Jetzt komm, du hast mir noch gar nichts geschossen. Probieren wir's da noch mal«, und sie zog ihn zu der Schießbude, die er für seine Versöhnung mit Jean ausgesucht hatte, bevor er ihn mit sich wegzerrte, um diese Frau treffen zu können, die nun die Summe all seiner Sehnsüchte war.

Und dort im Regal, zwischen all den anderen Gewinnen, saß ein rosa Plüschhund mit einem hoch- und einem heruntergeklappten Ohr, genau so einer wie damals auf dem Jahrmarkt in Carpentras.

»Das ist Binkie!«, sagte er ungläubig.

»Wovon redest du?«, fragte Nelly mit schriller Stimme. Sie folgte seinem Blick. »Ach, was für ein süßes kleines Hündchen«, rief sie mit einem affektierten Auflachen. »Den musst du mir gewinnen!«

Hilary drängte sich nach vorne, legte Geld hin und nahm ein Gewehr. Er visierte ein Ziel an, feuerte schnell und achtlos, sich seiner Sache vollkommen sicher. »Ich nehme den rosa Hund da«, sagte er, und dann, nachdem ihm der Hund ausgehändigt worden war, drehte er sich weg, wie vor den Kopf geschlagen, und drückte das lächerliche Tier an sich.

Nelly zog es ihm weg. »Ist er nicht goldig?«, rief sie aus und rieb die Wange an dem samtigen Kopf. Sie fing an, Babysprache zu sprechen, flüsterte zärtlich mit dem Hündchen, den Blick auf Hilary gerichtet.

»Aber den kannst du nicht haben«, sagte Hilary, noch immer wie benommen. »Der ist nicht für dich.«

»Sei nicht albern«, sagte sie in demselben zärtlichen Tonfall. »Ich würde ihn um nichts in der Welt hergeben.«

»Ich schieß dir etwas anderes, etwas Schöneres«, beschwor Hilary sie. Er drängte sich wieder zu der Bude durch, aber jetzt schoss er wild drauflos, und er gewann nichts mehr.

Er suchte in seinen Taschen. »Schau!«, sagte er und kramte den Kochlöffel und den Emaille-Aschenbecher hervor, die er eingesteckt hatte, als er mit Jean ins Karussell gestiegen war. »Schau, das ist doch viel besser als Binkie.«

Sie nahm seine Gaben und inspizierte sie kritisch.

»Woher hast du die?«, wollte sie wissen.

»Ich hab sie vorhin gewonnen«, stammelte er, »als – als ich auf dich gewartet habe.«

Ihre Augen blinzelten argwöhnisch. »Und wie nennst du den Hund?«

Er sagte verzweifelt: »Wir – ich hatte einmal genau so einen Hund – vor langer Zeit. Er hieß Binkie. Deshalb möchte ich den hier gern behalten.«

Sie blieb misstrauisch. »Du willst ihn doch nicht für jemand anderes?«, fragte sie fordernd.

»Nein, natürlich nicht«, sagte Hilary besänftigend, und im selben Moment wusste er, was er mit dem Hund machen würde.

Sie packte ihm das Tier auf den Arm. »Na gut«, sagte sie, »soll das Kind sein Spielzeug haben.« Der Aschenbecher verschwand in ihrer Handtasche, den Kochlöffel ließ sie mit einem verächtlichen »So was brauch ich nicht« auf den Boden fallen. Sie spazierten langsam von den

Buden weg, zurück zu den dunklen Straßen. »Da musst du mir in Paris aber was sehr Schönes schenken, wenn du das gutmachen willst«, raunte sie ihm ins Ohr, und er versprach ihr blindlings: »Du bekommst von mir in Paris, was immer du willst, wenn du nur gut zu mir bist.«

»Natürlich bin ich gut zu dir«, beruhigte sie ihn, und ihre Stimme war warm und tröstend. Und nun war es Dankbarkeit, keine Leidenschaft, die ihn anhalten und sie dicht an sich ziehen ließ. Er streichelte ihr Haar, hauchte schnelle, federleichte Küsse auf ihr Gesicht, und dazu murmelte er Worte der Zärtlichkeit, nicht des Verlangens. Es war eine ganze Fülle vertrauter Gesten, die er da wiederentdeckte, und mit ihnen die alten, vergessenen Gefühle. Er stöhnte auf. »Was denn?«, fragte sie, und er erwiderte rasch: »Nichts – ich will dich nur so sehr.« Aber sein Herz krampfte sich zusammen bei der Erkenntnis, dass er selbst bei dieser Affäre, in der er nichts suchte als Ablenkung, nicht ohne Zärtlichkeit auskam.

SECHZEHNTES KAPITEL

Montag

Am Montagmorgen saß Hilary in seinem Hotelzimmer und schrieb einen Brief.

Ma mère, schrieb er, *leider rufen mich dringende Geschäfte unerwartet nach England zurück, bevor es mir möglich gewesen wäre, zu einem klaren Entschluss betreffs des Kindes zu gelangen. Wenn ich etwas Endgültiges entscheide, setze ich Sie davon selbstredend unverzüglich in Kenntnis.* (Soll ich sie bitten, mich über ihn auf dem Laufenden zu halten?, fragte er sich und dachte dann, nein, dazu müsste ich ihr meine Adresse geben.) *Ich schicke ein Geschenk für den Jungen mit und hoffe sehr, dass Sie ihm erlauben werden, es anzunehmen. Ich kann Ihnen nur von Herzen für die Güte und Umsicht danken, die Sie mir erwiesen haben, und bedauere es sehr, dass die eilige Abreise es mir unmöglich macht, Ihnen diesen Dank persönlich auszusprechen.* Er besann sich auf die korrekte französische Schlussformel und setzte seinen Namen darunter. Daran ist nichts Endgültiges, sagte er sich, nichts, das mich daran hindern würde, zu einem späteren Zeitpunkt zurückzukommen, falls ich meine Meinung ändere – nichts außer der nicht zu ertragenden Demütigung, der Frau gegenübertreten zu müssen, die diesen Brief gelesen haben und wissen wird, was für ein Feigling ich bin. Hält sie den Brief erst einmal in Händen, führt kein Weg zurück, aber ich kann immer noch so tun, als wäre mir das nicht klar. Für meinen Seelenfrieden muss ich mir einreden, es gäbe noch ein Hintertürchen, durch das ich wiederkommen kann. Ich weigere mich zu glauben, dass ich mir etwas vorlüge.

Er klingelte nach dem Mädchen.

»Mariette«, sagte er, als sie kam, »würden Sie mir einen Gefallen tun?«

»Sehr gern, Monsieur«, sagte sie erfreut und geschmeichelt.

Er deutete auf das unbeholfen mit Zeitungspapier umwickelte Paket, das er gepackt hatte. »Das ist ein Geschenk für den kleinen Jungen aus dem Waisenhaus«, sagte er, »nur kann ich es ihm leider nicht selbst geben, weil die Besuchszeit erst anfängt, wenn mein Zug abfährt. Meinen Sie, Sie könnten das Päckchen mit einem Brief von mir zum Waisenhaus hinaufbringen und beides der Oberin geben?«

Auf ihrer Stirn erschien eine Furche. »Um wie viel Uhr müssen die Sachen denn dort sein, Monsieur?«, fragte sie.

»Um halb sechs«, sagte Hilary. »Das ist ganz wichtig, sie müssen um Punkt halb sechs dort sein.«

»Monsieur darf mich nicht für ungefällig halten«, sagte sie ängstlich, »aber könnte nicht vielleicht Lucien das Paket hinbringen? Ich weiß nicht, ob Madame mich um diese Zeit fortlässt – da kommen normalerweise die neuen Gäste an, wissen Sie?«

»Ich will aber nicht, dass Lucien sie hinbringt«, sagte Hilary störrisch. Tränen schossen ihm in die Augen, und er bettelte: »Können Sie es nicht irgendwie einrichten?«

Sie streckte die Hand aus, wie um ihm die Schulter zu tätscheln, zog sie aber rasch wieder zurück. »Ich bringe es selbst hin«, versprach sie, »Punkt halb sechs wird das Paket da sein.« Und sie fügte hinzu: »Wie schade, dass Monsieur uns verlässt. Alle reisen heute ab. Mademoiselle Nelly fährt heute Abend auch nach Paris zurück.«

Ein Prickeln der Erregung durchlief ihn beim Klang ihres Namens. Um es zu kaschieren, zog er seine Brieftasche hervor und gab der alten Frau einen Schein. »Das weiß ich wirklich sehr zu schätzen«, sagte er dankbar, »auf Sie ist eben Verlass.« Und sie wiederholte: »Um halb sechs wird das Paket im Waisenhaus sein, Monsieur.«

Tagsüber begegnete er Nelly nicht, aber sie hatten noch am Abend alles miteinander abgesprochen, und kurz vor fünf verließ er das Hotel, um zum Bahnhof zu gehen.

Dann ist es also ausgestanden, sagte er sich, als er aus der Toreinfahrt heraus in die kopfsteingepflasterte Gasse trat, es ist vorbei, und ich bin wieder ein freier Mann.

Vor seinen Augen lief ein wirrer Film kommender Genüsse ab: Essen, Lichter, Parfüm, Musik und schließlich das warme Bett, das wachsende Begehren, der Höhepunkt der Lust. In seinem Blut begann es ungeduldig zu pochen. Nur diese paar Straßen noch, sagte er sich, und dann wird sie bei mir sein, neben mir.

Und endlich wird dieser unerträgliche Hunger gestillt werden.

Oh, ich habe es mir verdient, rief es in ihm, nach allem, was ich durchgemacht habe, und er dachte an die nicht enden wollenden leeren Tage, die langen, öden Abende. Ich habe es mir verdient, mich zu vergnügen. Oh Gott, welche Erleichterung, fortzukommen aus dieser grässlichen Stadt und nie wieder zurückkehren zu müssen!

Nie wieder?

Wenn ich erst einmal wirklich weg bin, wird alles gut, sagte er sich, wenn ich neben ihr im Zug sitze und der Aufbruch endgültig und unumkehrbar ist. Hier in dieser Stadt bedrückt mich immer noch die Erinnerung an die Quälereien der letzten Tage. Aber bald, bald werde ich sie abschütteln können und nur noch an die Freuden denken, die vor mir liegen, und an das abschließende Wohlgefühl.

Wohlgefühl – aber niemals Glück. Zum Glücklichsein bin ich nicht fähig. Es ist kein Wunder geschehen, das mir das Glück über den Weg geschickt hätte.

Jetzt verlangst du also ein Wunder, hörte er sein Gewissen über die Leere des zerbombten Platzes hinweg sagen. Es gab eine Zeit, da wolltest du siegreich aus der Feuerprobe hervorgehen.

Ich pfeife auf irgendwelche Prüfungen, dachte er zornig. Für die Feuerprobe reicht mein Mut nicht aus. Ich muss flüchten.

Er versuchte, schneller zu gehen, aber die Tasche hing schwer an seinem Arm. Einen Moment lang, gestand er sich ein, habe ich an ein Wunder geglaubt. Einen Moment lang dachte ich, ich würde das Kind erkennen.

Aber das war natürlich Unsinn. Kein vernünftiger Mensch könnte das gelten lassen. Gelten dürfen nur die Fakten.

Und die Fakten sehen so aus: Es gibt keinen Beweis, dass das Kind mein Kind ist. Ich bin nicht hergekommen, um ein Kind zu adoptieren, sondern um mein eigenes zu finden. Ich habe es nicht gefunden, und darum darf ich nun frei mein Vergnügen suchen, darf mich ungehindert zurückretten in meine Unverwundbarkeit und meine Erinnerungen.

All meine Erinnerungen?

Wenn ich mich meinen Gefühlen hingegeben hätte, sagte er sich, dann wäre es einfach gewesen. Das Kind hätte mir das Herz zerrissen, ich hätte es genommen und getröstet und nie wieder losgelassen. Doch um Zärtlichkeit zu geben, fehlte mir der Mut.

Sein Gedächtnis flüsterte mit Pierres Stimme: »Jeder tut, was er kann; was das ist, steht oft schon lange vorher fest.«

Aber ich kann nichts geben, wehrte sich Hilary. Ich wage es nicht, zu geben, und deshalb laufe ich weg. Ich pfeife auf die Feuerprobe. Lieber flüchte ich mich in die bloße Triebbefriedigung, ohne Gefühl oder Verpflichtung.

Aber ich entrinne den Verpflichtungen ja trotzdem nicht, flüsterte er dann. Nicht einmal bei Nelly entkomme ich ja der Zärtlichkeit.

Zärtlichkeit für Nelly?, dachte er und schauderte.

In einem der Häuser, an denen er vorbeiging, schlug eine Uhr Viertel nach.

Aber wenn mir selbst Nelly Zärtlichkeit abnötigt, wenn es vor den Gefühlen kein Entrinnen gibt – dann bin ich ganz anderen verpflichtet als ihr.

Ich bin Pierre verpflichtet. Ich schulde ihm die Zuneigung, die er mir entgegengebracht hat, die Freundschaft, die ich verraten habe. Ich schulde ihm seine Sühne.

Bei Nelly konnte ich zärtlich sein. Was habe ich Pierre zu geben?

Wenn ich das Kind zu mir nähme, dann könnte ich meine Schuld gegenüber Pierre zurückzahlen.

Ich habe sie alle verraten, sagte er – Pierre, der mein

Freund ist, Madame Mercatel, meine Mutter, die Waschfrau und die Oberin. Ich habe den Jungen im Stich gelassen.

Aber dem Jungen schulde ich nichts, rief eine andere Stimme in ihm. Er ist nicht mein Sohn, ich schulde ihm nichts. Nur wehgetan habe ich ihm, denn ich hätte ihn trösten können, und jetzt gehe ich weg, und er wird niemals getröstet werden.

Er ist nicht mein Kind. Wenn ich ein Kind zu mir nehme, das nicht meines ist, dann verrate ich damit Lisa.

Hilary blieb jäh stehen. Wie seltsam, dachte er, wie unbeschreiblich seltsam. Nicht einmal darauf könnte ich mehr schwören.

Lisa ist der Grund, warum ich mich auf die Suche nach unserem Kind gemacht habe. Aber unser Kind ist noch immer verloren, verloren auf ewig. Hätte sie gewollt, dass ich dieses Kind zu mir nehme?

Er dachte: Wenn ich nur wüsste, was sie gesagt hätte. Ich muss mir ihr Gesicht vorstellen, ich muss versuchen, zu hören, was sie mir antwortet, dann werde ich wissen, was ich zu tun habe.

Er sah hinauf zu dem Gewirr der Trambahnleitungen, auf das der Schein einer einzelnen flackernden Straßenlaterne fiel. »Lisa«, sagte er laut, »was soll ich nur tun?«

Und unter Aufbietung all seiner Vorstellungskraft beschwor er ihr Gesicht, wie es zu ihm emporblickte, beschwor ihre Lippen, die Worte formten, versuchte, ihre Stimme zu hören, irgendeinen Klang, eine Betonung, an die er sich erinnern und die er wiedererkennen würde. Kein Bild stellte sich ein, er sah nichts als das Licht auf den Trambahnleitungen.

Mit niederschmetterndem Entsetzen stellte er fest: Ich

habe Lisa vergessen. Egal, ob ich bleibe oder gehe, ich werde niemals wissen, was der größere Verrat ist.

Dann flüsterte er: Nelly konnte ich Zärtlichkeit geben.

Ich kann geben …

Und dann, mit wachsender Gewissheit: Ich kann Liebe geben. In meinem Herzen ist dieses Kind mein Sohn.

IV DAS URTEIL

SIEBZEHNTES KAPITEL

Der kleine Junge saß auf der harten Bank in der Eingangshalle. Er saß nun schon ziemlich lange dort.

Vor einer guten Weile hatte eine alte Frau an der Tür geklingelt, und als Schwester Thérèse aufmachte, hatte die alte Frau ihr ein Paket und einen Brief übergeben. »Ich hätte eher da sein sollen«, hatte sie gesagt, »aber ich bin nicht früher losgekommen. Ich hab mich gesputet, so gut es ging.« Dann war die alte Frau wieder gegangen, und Schwester Thérèse hatte das Paket und den Brief zur Oberin gebracht. Als sie durch die Halle zurückkam, hatte sie den kleinen Jungen von der Seite angesehen und mit ihrer barschen Stimme gesagt: »Monsieur verspätet sich anscheinend.« Aber auch das war jetzt schon länger her, und noch immer saß der Junge da und wartete.

Die Oberin kam in die Halle. Sie setzte sich neben den Jungen und legte den Arm um ihn, was ihn überraschte und ein bisschen beunruhigte, denn so etwas hatte sie noch nie gemacht. Er schaute sie beklommen an und sah, dass ihre Augen feucht glänzten.

Sie sagte in einem seltsamen Ton: »Du hast ein Geschenk bekommen«, und brachte unter den Falten ihres Gewandes das notdürftig eingewickelte Päckchen zum Vorschein, das sie ihm auf den Schoß legte.

Er wusste inzwischen, wie man mit Geschenken umging, aber seine Hände waren kalt und ungeschickt, und er brauchte lange, um die Schnur abzuziehen und das Zeitungspapier auseinanderzuschlagen.

Hilary trat gerade noch rechtzeitig durch die Tür, um das Kind überschwänglich ausrufen zu hören:

»Binkie! Binkie ist wieder da!«